诺特博姆作品

Cees Nooteboom

Nootebooms Hotel

流浪者旅店

［荷兰］塞斯·诺特博姆 著

杜冬 译

译林出版社

序 言

你当如何描写沙漠？

杜 冬

你当如何描写沙漠？

是描写每一块岩石，每一颗沙砾，还是正视其无法书写的“巨大、辛辣、宏伟、空阔无边”？

你如何描写风暴？

是其中每一滴水，还是没有形状的大海？

你期待的是荒漠，还是绿洲？你看的是真实，还是蜃楼？

这都是旅行家和诗人难以回答的问题。所能回答的，是作者诺特博姆为自己提出的：是追随命运之星漂泊呢，还是在孤岛上度过一生？却都是听从心之召唤，一往无前。

他说："当时我一片惘然，但我选择了出发……我知道旅行中我会找到沉静，而沉静才能写作，行走和沉静，似异而实一。"

《流浪者旅店》是一个荷兰人在德国、意大利、西北非和伊朗等地的游记，最早的作品写于1971年前往摩洛哥及马里的旅行（时年作者三十八岁），当时革命和战争的热力依然蔓延整个世界。到2002年，诺特博姆六十九岁写就《阿伦岛之石》时，世界已经跨入了全球化的时代。前后跨度三十一年。

有人说，荷兰、比利时和瑞士出不了好作家，因为这些国家或者说着别国的母语，或是自己的语言被更强势的语言所挤压，西来有莎士比亚的英语，南来有塞万提斯的西班牙语。但身处欧洲的十字路口，他们却更全面地浸润不同语言、不同宗教的欧洲文化。诺特博姆有一颗欧洲之心，他所到的远方，无论是波斯波利斯的群山，或是廷巴克图的沙漠，都是从欧洲辽远的地平线看到的场景。他以意大利文书写威尼斯和曼图亚，以德文书写慕尼黑和苏黎世，以法文书写马里和冈比亚，以加泰罗尼亚语书写巴塞罗那，甚至他还站在阿伦岛上，注视只言片语的高卢语。

我有时觉得，游记比新闻纪实更生动，但是比小说更客观，在新闻中你只能旁观只言片语，小说硬拉扯着读者跳进自己的故事；只有游记，仿佛天空中高悬一双好奇的眼睛，随时切换时空，转向地球的另一个角落。

所以阅读此书，是诺特博姆请你加入他的一段段旅程。

你在和法老一般古老的河道上乘船，你感受无所不在的热度，你在亚洲的群山前仰望拜火教的祭坛，你在观看刚发现的16世纪的教堂壁画。你和诺特博姆一样，“暂时抛下事实、时间和意义，将其留给学者，自己则在台阶中徜徉，在生翼的猛兽、国王和柱廊间无尽地梦想”。这里没有时间，意义也模糊不清。

如诺特博姆所言：旅行变成愉悦的空无所依，像是失重——你飘浮在异域之上，观赏，观看，凝视，四处撕扯那牢不可破的外壳。

他所书写的早期的游记，因此就如同1970年代的风情画，像是骄阳下拍摄的纪录片，一切画面清晰而明确，色彩浓烈。伊朗和马里已经沧海桑田，只在历史中留下干瘪的记录。只有在作者的记录中，伊斯兰革命前充满热情和疑惑的德黑兰，十三名中尉统治下马里军人独裁者阴郁多疑的模样，或是撒哈拉边缘小镇如《旧约·圣经》般的风貌，却保留着鲜活的记录。

在曼图亚的大教堂里，作者说自己是丈量空间的尺度。“所有的线条都是从你出发，直抵空间中每一个可以想见的点。”这是文艺复兴时代的到来。

他看到苏黎世嵯峨宽广的橡树枝在不知不觉地浮现于黄铜色的夜空中，这里曾是神的居所。

在马里，他听见一个老人的声音，歌唱的是传奇帝王桑·迦塔统治的时代。

他探囊取箭，他披挂众神之衣，他步入丛林，他向着猛狮而前，而箭已经落空……

那是全球化之前的世界，那时还在用不同的声音各自表述。作者钟爱这个世界，作家著书，农夫播种。驭物而不驭于物。铜匠是铜匠，草药师是草药师，园丁是园丁，死神是死神，伊斯法罕是伊斯法罕。

威廉·布莱克说，宇宙的成长如花开放，地球的核心处，而此处即是永恒。本文的开篇序言，就是《在风暴眼中》写道:“真正的旅者，永远身在风暴眼之中。风暴就是世界，而旅者透过这风暴眼来观察世界。”

从风暴眼中去看，世界加速改变。本书中我最喜欢的一篇是《伊斯法罕一夜》，此文后半段告别喧嚣的德黑兰，深入古伊朗的腹地，从伊斯法罕到设拉子，再到波斯波利斯，弥漫着玫瑰、葡萄酒和荒野的意蕴。他写出此文后一年，在文中预言的伊朗伊斯兰革命成为现实。“凶猛”的设拉子美酒已经在伊朗绝迹，脚在舞蹈，天堂的月亮，弄臣，舞者，小丑，英雄；波斯宫廷的场面——黑如橄榄的杏眼，如同珍宝，也已经消失。

马拉喀什孤独地在新一轮的所谓茉莉花革命里颤动。威尼斯渐渐淹没，曼图亚更加苍老。我们的旅行或者困守，也可以看作是一条漫长的镜廊，你观察世界，也观察自己的改变。

诺特博姆步入老年，他有了更多疑惑和厌倦，他虽然描绘了守墓人如何将玫瑰花瓣揉碎在手心里，虽然描绘了凶猛的设拉子美酒，可无论多么真实的笔墨也无法描绘真实的世界。卡尔维诺数百字堆砌的狂想，或者达·芬奇随意勾勒的壁画，片刻之间创造出更多变化的世界；而犹太墓地里疯人的叫喊，也许更逼近世界毫无意义的本貌。

他从奔放和拘谨到渐入老态，他从二战的伤痛进入地球村的时代。于是他不再描写每一滴水，他只看到，“轮船对着暗如墨汁的大海直插而下，在狂雨激沫之间，能够瞥见该岛模糊的轮廓，涨落沉浮，云山雾罩”。而文字仿佛是拙劣的画作，不自然的红花绿叶，仿佛在负隅顽抗，“想让咆哮的严冬风暴不会冲上岸来”。

他还多次提到，真正详细的地图，只能和现实一样巨大，而如此巨大的地图，本身就失去了意义。

“大自然就是剧场，我们人类是否存在对其无关紧要。”他说道。他记录下提姆·罗宾逊的一段话：“我们自己是意义产生的唯一源头，我们坚持要找到每一块岩石，每一颗沙砾，要找到一段铭文，其实那铭文正在我们自己手中……我们所书写的作品是如此宏大，如此意义模糊……当我们越过破碎的言语之后，我们自己都会无法将其认出。”

意义本已破碎，老来更加孤独，他的游记风格从威尼斯的绚烂，伊斯法罕的神秘，渐渐褪去所有的颜色，只有苏黎世的疲惫和阿伦岛的素朴严酷。老迈的诗人，最后喜爱的只有白雪和顽石。

作家提姆·罗宾逊给他的《阿伦岛之石》两部曲分别起名为《朝圣》和《迷宫》，这也是诺特博姆的想法，世界就是迷宫。

本书中最后的一篇写于2002年，到2010年上海世博会，又过去了八年。全球化取得惊人的突破。世博会上我们走过非洲那些让人费解的雕塑和木刻，那是猎人、水手和战士，长得惊人的鼻子，凸出的肚子，挖成狭缝的眼睛，贝壳镶嵌的头饰，我们茫然地踩着河马走过的小径，这一切的符号和意义都在全球化的时代被加速遗忘。他在《撒哈拉边缘》中说，明天一切如常，可明天不会一切如常，明天设拉子没有了红酒，明天没有商队前往大漠以南的廷巴克图。

1971年他描写的多贡人对天狼星的信仰，在全球化的今天是否还有存在的余地？

——“Umana seoa? Seoa!”

——“白云是否依然安好？”

世博会是展示文化和交流的场所，却让我们看到这个时代如何迅速地丧失独特的文化，丧失自己的语言，丧失意义。

如果世界确实丧失了意义和语言呢？

藏族的僧侣，有一个曼荼罗也即坛城的宗教仪式，就是花费数日甚至数月的时间，以各种色彩的流沙和矿石仔细地勾勒宗教观中的世界，有神和恶魔，海水和火焰。

其实世界原本没有语言，只有实在，一切未被命名的东西，仿佛尚未成形，一半透明，飘浮在半空。然后人们带来了语言，他们给鸟、花和草，给石头和空气起了名字。我们所说的各种语言，汉语、英语、西班牙语、荷兰语、德语、阿拉伯语、多贡语，也正如这曼荼罗，我们借语言创造自己的世界。世界于是开始沉淀，人类赋予了世界形象。

卡尔维诺数百字中狂想的城市和人生，或者达·芬奇随意勾勒的壁画，片刻之间都创造出新的无穷多的世界，与我们生活的世界并无区别。

曼荼罗并非真实的世界，慧能禅师说智者见月，愚者见指，语言也同样让人类认识世界，但通过语言却无法触摸到世界。但我们又有什么选择呢？

曼荼罗描绘完成之后，僧人却会将其马上扫除，于是刚刚描绘出精美的大千世界，复归于流沙一升。

我们若剥离语言，则究竟如何认知世界，更为深刻，还是世界会重新陷入混沌之中，如同一瓶流沙？

“烈日炙烤，茫茫沙漠，既散发着极其伟大的力量，又讲述着无比的忧伤。”这究竟是如何的感觉？

老子说，道可道非常道，佛陀拈花微笑，又究竟何解？

本书的最后篇章中，他记录一个美国诗人，帕特摩斯岛上的隐士，罗伯特·拉克斯，以及他如何在电影上漫不经心地画圈。他的做法并无意义，而且，他也不在乎所谓意义。比如他的诗作，叫作《两只鸟》。

他从银幕上看到了自己，如同读经人从《塔木德经》的书页上看到了自己的面孔。

走遍世界，看遍每一颗沙砾，与画圈的隐士间其实并无差距。创造世界的达·芬奇，也是从描绘鸡蛋开始。

旅行家迈开脚步，达·芬奇画了一个圈，僧侣们撒下第一粒沙，世界从此开始。

目 录

风暴眼之中

“万物皆源于变动，而与恒定不变无关，如果一切的起源是恒定不变，则必回归其本源，而其本源正是虚无。所以旅程永无终止，无论是此世，或是来世。”12世纪的阿拉伯哲学家伊本·阿拉比[1]如是说。这句话出自他详尽的旅行手册《发现旅行真意之书》，这是一部神秘的、极为虔诚的著作，以迁移为角度，观察一切：神、宇宙和灵魂。迁移的含义在全书中始终如一，那就是指旅行。我既不是穆斯林，也不信宗教，以前在巴黎买这本书，是因为书中有“旅行”这个词（在阿拉伯语中是*safar*，复数形式是*asfâr*），也是因为该书是双语版，我喜爱其中

1 伊本·阿拉比（1165—1240），伊斯兰教神秘主义哲学家，生于西班牙的穆尔西亚，游历各地，最后定居大马士革。他的主要著作有《麦加的默示》《智慧的珍宝》。

阿拉伯文手稿之美，更是因为，当我在巴黎的书店草草浏览此书时，在序言中读到的意味，是让所有真正的旅行家都为之着迷的，无论他来自12世纪，或是20世纪。该书的译者，同时也是序言作者丹尼斯·格雷尔认为，也可以将“意义”译为“果实”——不但可以说明旅行之益处，而且就词源而言，阿拉伯语中果实（natâ’ij）这个词，会让人想起“孕育诞生”，引申出旅行在理性和精神上结出的硕果。序言中说，旅行之所以得名，就是因为其揭示真性，简而言之，是对那些孤身独行的人有益：“旅途中，你会认识你自己。”

序言中还有一个词：siyâba，即朝圣，同样吸引着我，也许是我对圣地亚哥·德·孔波斯特拉城[1]着迷之故。朝圣的定义是：周游世界，冥思玄想，走近神之所

1 圣地亚哥·德·孔波斯特拉城是数个世纪来围绕着使徒圣雅各的坟墓而建成的石头奇迹，逐渐与罗马和耶路撒冷一道被认为是基督教的三座圣地。朝觐者一般从家乡结队而行，他们出发时的场面隆重热烈，携带着必备的服饰：披风、乞丐包裹、拐杖、葫芦和大檐帽。朝觐者回家时要带回一只贝壳，以示他们确曾到达目的地。

在[1]。后者对于我并无意义，可是如果将“神”一词换为“神秘”，我就会赞同了。这一切是如何发生的呢？在美好的一天，我知道这听起来有多么夸张和老套，可我的经历就是如此：我将帆布背包塞满，向母亲告别，赶上了前往布莱达[2]的火车。一小时之后——你知道尼德兰这地方是多么小——我就站在比利时边境的路边，跷起大拇指搭顺风车了，从那之后，我就没有真正停下过脚步。当时，我对任何冥想、任何玄思都一无所知，这些思考日后才降临，就像西藏转经筒的用处一般，先有了行动，思想才会随之而来。换句话说，我再也没有停止过漫游，在漫游中逐渐开始思考，称之为冥想，也未尝不可。

有两点值得关注：一个常在旅途的人就总是身在远方，不在此处。对自己是如此，对于别人，对于朋友们，也是如此；尽管你的确“身在彼处”，不在此处，但是你永远留在一个地方，一直如此，这就是所谓“自心

---

1 原文为法文。
2 荷兰南部一城市。

所在”。不管听起来多简单，你总是需要很长一段时间，才能如实地认识到这一点。你总是要应对“其他人”的不理解。以前，我不知有多少次不得不聆听帕斯卡尔的格言 :“世界不幸之根源，乃在于人类不能在同一间屋子里二十四小时不出门。”后来我渐渐发现，其实正相反，我才是那安住自心、足不出户的人。但是居家的人对于旅行总是会不断地质疑，每次谈话都是同一个问题，不厌其烦地旧话重提，以至于自己当时是如何回答的，我已经完全记不清了。他们问 :“你为什么旅行，为什么你总是旅行?”然后就是，“你是不是在逃避什么?”(此话颇有指责之意。)无论过去或是如今，这话的意思就是指，你在逃避自己，在我看来，这句话勾画出一个可怕的、悲惨的、历经磨难的我，永远自我放逐于沙漠之中或大洋之上。而旅行真正的原因，是学习和思索，求知和困惑，(在问者看来)反倒不够新奇古怪。1993年，我为一本小书《苏里南的国王》写过序言，其中有我最早的一些旅游故事，写于1950年代，当时我是个海员，往来于南美东北海岸的苏里南航线。我的序言是这样开头的 :“旅行，也同样是……”

“旅行，也同样是需要学习的。”旅行是不断地和他人交错，而你又总是孤身一人。这就是矛盾之所在：你在世界上独行，而世界却在他人掌握之中。你想住旅店时，他们控制着食宿，飞机一星期只有一班，他们来决定你能不能在这架飞机上有个座位，他们更加强有力，因为他们能决定给不给你盖一个章或出一份文件。他们说着你听不明白的语言，在渡船上坐在你身边，或是在巴士上坐在邻座，他们在市场上卖吃的给你，还给你指出正确或错误的道路，有时他们很危险，不过一般都并非如此。所有这些都需要学习：该做什么，不该做什么，什么永远都不能做。你要知道在他们大醉或你大醉时如何应对；你要看懂手势和眼神，因为无论你是个多么孤独的旅者，你总是不离他人，包围着你的是他们的表情，他们的建议，他们的厌恶和他们的期待。每个地方都各不相同，什么都和你生活与熟悉的国度不同。学习日后我在柬埔寨和马里、在伊朗和秘鲁所需的知识，是一个缓慢的过程，那时开始我已经在学习。并不是因为我当时已经深知这一点，而是因为我畅游在各种新印象的汪洋大海中。我没有时间反思自己，而是像那些尚不知如何旅游、如何写作的人一般，边走边写。我所能做的，不过是观察，然后试着用文字盘点我之所见所闻。我对世界并无知识，不能用之来判断所有让我困惑的现实，我力不能及的地方，在所写的那些故事中一览无余。

也许真正的旅者，永远身在风暴眼之中。风暴就是世界，而旅者透过这风暴眼来观察世界。气象学家说，在风暴眼中一切风平浪静，沉稳如禅房。而学会透过风暴眼看世界，就能知道何为真，何为伪；通过观察，就会知道万类霜天何以同，何以异。

波德莱尔曾写道，旅者离开，就是为了告别。他还写道，旅者的信念是虚假的，他们的旅行带来“痛苦的知识”，这个“微小、单调的世界让我们有机会略微看清自己，看清昨天、今天和明天；在枯燥的沙漠中保留一小片让人惊悚的绿洲”。从这一点来看，似乎只有那些留在家中、每天过着老一套生活的人才会害怕担心，才会无法承担所谓痛苦的知识。对我而言，谁是英雄并不重要，重要的是，谁听从心之召唤，一往无前。

曾几何时，今日我所知的一切，当时是一片惘然，但我选择了出发，后来，当我懂得了更多，我知道旅行中我会找到沉静，而沉静才能写作，行走和沉静，似异而实一。而这个世界，其所有的故事和壮美，让人眼花缭乱的众多国家、人民和历史，在这个永远飘移的宇宙中，也不过一方孤旅，走上条条旅程。或者援引伊本·阿拉比的话：“你若是看见房舍请说，我便想在此暂留片刻，可有多少次尚未歇下便已上路，只因未走的路程尚有几多。”我曾写过一首诗，写的是道路——命定之路，召唤和引诱之路，我想描述的是永无休止、周而复始的旅行。就以此开篇吧。

《道路》

我就是道路。

直如弓矢。
瞄向远方，
在远方，
我飘然远飏。

你若跟从我

到此处、彼处，无何处

你将会抵达，

莫问行何路。

远方，就是道路。

1996年

永远威尼斯

蒙特山沼泽地、基奥贾盆地、马拉莫考运河、佩雷查山谷，如果还能初次造访威尼斯，该有多么美好啊。但这一次，我要偷偷来看她，向着这座迷宫划桨而前，要先穿过沼泽的迷宫，穿梭于水族之间，就像今日这般，在一月黎明的薄雾冥冥中，除了鸟啼和桨击水之声，一片寂静。海水宁静地闪着微光，远方依然影影绰绰，威尼斯城藏在自己的秘密中。罗莎沼泽、拉铁考阿、卡波内拉运河，在潟湖的详图上描绘出的这些水道，仿佛是水藻摇曳的枝叶，像是柔丝宛转飘摇的枝条，但这是湖中的水道，你得像鱼熟悉水下之路一样了解这些水道，湖中的运河在退潮时又露出地面，那是淤泥稀软的湿地，也是斑红脚鹬的捕食场，红脚鹬和矶鹞没完没了地寻找沙石与湖水之中的巢穴，从中找出虫子和细小的贝类来。

它们是这里最早的居民。如果威尼斯城如同慢镜头中的泰坦尼克号一般沉没于这片潮湿的大地中（现在这城似乎还漂浮于大地之上），它们也会留下，似乎从始到终，世界不过做了一个荒唐的梦，梦中有宫宇和神殿、财富与权势、统治和衰落，美丽的天国自行消散，是因为尘世承担不起如此的奇观。

人们都知道，我们无法真正想象永恒。在我看来，最接近于永恒的，莫过于一千这个数字，也许是因为那三个零所代表的圆圆的空茫。一座矗立了千年以上的城市，就是实实在在的永恒。我想，正是因为此，威尼斯的大部分人都有些彷徨，步履犹豫，迷惘在历史时光的层层累积之中，而所有这些时光，在此城中又同聚于此刻。在威尼斯，时光交错乃本质；在建于13世纪的教堂里你能看到15世纪的陵墓和18世纪的祭坛。你所注视的，正是成百万已经消逝的众生所注视过的。这情景在威尼斯却并不感伤，你注视着，他们的交谈也绵绵不绝，你永远在生者和死者的陪伴之中，你就置身于这古老的交谈中。普鲁斯特、罗斯金、里尔克、拜伦、庞德、歌德、麦卡锡[1]、莫朗[2]、布罗茨基、蒙田、卡萨诺瓦[3]、哥尔多尼[4]、达·彭特[5]、詹姆斯、蒙塔莱，他们的言辞像运河的流水一样盘旋四周，就像刚多拉小舟过处，阳光照耀涟漪，揉碎万点微光，“威尼斯”这个名字也同样回响和闪光于所有这些谈话中、信件中、讲述中、诗歌中，彼此相似，而又各自不同。难怪保罗·莫朗把他那本关于此城的书命名为《众威尼斯》，可即便这样也不够，对于这个岛，应该有个极致的复数形式，方可形容。

我却不是从水上来的，而是从天上来，从一座水城飞往另一座水城。人和鸟一样飞，这肯定是条错路。然后我又乘出租车驶过一座原本就不该造的桥；我的出租车司机心急火燎，就像是一只捕猎的狗，我感觉这不

---

1 麦卡锡，即玛丽·麦卡锡（1912—1989），美国女作家。

2 莫朗，即保罗·莫朗（1888—1976），法国著名小说家、剧作家、诗人，早期的现代主义者。

3 卡萨诺瓦，即贾科莫·卡萨诺瓦（1725—1798），出生于威尼斯，撰写了大量剧本、小说和诗集。

4 哥尔多尼，即卡洛·哥尔多尼（1707—1793），意大利剧作家，现代喜剧创始人，生于威尼斯。

5 达·彭特（1749—1838），原名伊曼纽·科内吉利安奴，意大利著名的歌剧填词人，也是一位诗人。

对，至少在威尼斯不该如此。我并非赤手空拳而来，我能靠过去来保护自己。我的行李中有1906年版的《贝德克尔旅游指南》和1954年版的《意大利导游手册》。火车站还在老地方，我禁不住遐想自从1906年以来，有多少人曾坐火车到访过这里。单个船夫的刚多拉船价是一到两法郎，晚上多三十生丁。两个船夫的双倍。每件小的行李五生丁。长期有足够的船。除此之外，直到午夜都有市内蒸汽船。（不可携带箱子和自行车，可带随身行李）距离圣马可火车站二十五分钟，票价十生丁。小旅馆：斯拉夫人码头[1]4133号，会说德语，房价从两法郎五十生丁起。带家具的房间（也提供短时间住宿），舒穆茨–蒙蒂太太，普莱提的门廊巷1263号。宾馆：皇家达涅利宾馆，总督宫附近，带电梯，二百二十个套间，房价从五法郎起，有中央暖气。[2]在1954年，如果你乘刚多拉小舟从火车站站到中央大酒店，两个人只要花一千五百里拉，最多可以带四只箱子，在那之后，这个价格也不断

1　斯拉夫人码头为威尼斯一街道名，毗邻圣马可运河。因威尼斯雇佣兵有些是来自亚德里亚海东岸的斯拉夫人，故得名。

2　原文为德文。

变化，说明坐飞机而来的旅客数已经达到了天文数字。在20世纪初，刘易斯·库佩勒斯[1]还能带着十只箱子去威尼斯旅行，身边围着一大群搬运工。可是时代进步已经让我们自食其力了，所以我得拖着两只笨重的箱子，穿梭于人潮中，上到渡口去，要花的船钱，在里尔克和托马斯·曼生活的那个时代，足以让一家人活一个礼拜。半小时后，我就住进了一间房，楼下有四座大理石台阶，房间在走道的尽头，你得收起胳膊肘才能穿过这么窄的走道。但透过房间的六扇小窗，我能眺望两条运河交汇之处，作为阿姆斯特丹人，我该称之为“格拉秦特[2]”。打开一扇窗时，一艘刚多拉小舟载着八个冻僵的日本姑娘刚巧经过，船夫还在高唱《我的太阳》[3]。我真是到了威尼斯了。

每隔一刻钟、半个小时、一个小时，在其他城市中已经消失的铜钟之声，却在这里，在小巷深处、桥头之

1 刘易斯·库佩勒斯（1863—1923），小说家，被誉为“他那一代人中最伟大的荷兰小说家”，著有《小灵魂》《光之山》《命运的脚步》等作品。

2 格拉秦特，原文为“Grachten”，荷兰语“运河”之意。

3 《我的太阳》是一首创作于1898年的那不勒斯歌曲。

侧，于不经意间敲响，让你倾听，似乎时光追随着你，告诉你此刻又有一段光阴已经消失。你徜徉于迷宫之中，你在寻找“奇迹圣母玛利亚”教堂[1]，庞德曾称这个教堂为“珍宝匣”，你知道教堂已经近在咫尺，可是身处的这条小巷在地图上却找不到，即便这是张威尼斯详图。一口铜钟声响起，你却不知道是不是你所找的那座教堂，然后又是一声钟响，接着又是一声，这回却不是报时，而是宣告死讯，是冰冷的、西米里人[2]般幽暗的钟声，或者是宣告婚礼，或是盛大弥撒的钟声，钟声从各处喷薄而出，仿佛彼此追赶。正午时分的是天使报喜[3]钟，我还能记得当学童时学过的拉丁文：*Angelus domini nunciavit Mariae*——上帝的天使为玛利亚传来讯息——瞬时，在学院美术馆[4]，在金宫[5]里，在各座教堂里，所有的天使报

---

1 “奇迹圣母玛利亚”教堂是威尼斯的著名教堂，建于文艺复兴时代，以精美的彩色大理石闻名。

2 西米里人是《荷马史诗》中居于阴暗潮湿土地上的民族。

3 天使报喜是天主教的一种仪式，纪念耶稣的诞生，奉告祈祷一般一日举行三次，并敲响奉告祈祷钟声。

4 威尼斯最重要的艺术圣殿之一，收藏了14—18世纪威尼斯画派的重要作品。

5 金宫原为威尼斯一处豪华官邸，现为著名美术馆。

喜场景都跃入眼帘，这些为洛伦佐·威尼西亚诺[1]所绘，那些则是贝利尼的作品。有拜占庭风格的，也有哥特风格的，却都画着同一个长着翅膀的人和贞女玛利亚。这主题比比皆是，你不会对这有双翼的男人而惊奇，对于其他奇妙的形象也见怪不怪：戴着王冠的狮子、独角兽、高飞的人、狮鹫、龙，它们就属于这里。反倒是你迷失在这梦境里、传奇里、神话里，如果你明智的话，就沉湎于其中吧。你原本在追寻着，或是寻找一座宫殿，或是某诗人的故居，但你迷路了，你走到小巷深处，高墙遮路，走到河边，无桥可渡，突然之间，你意识到这才是真境之所在，唯有如此，你才能看到这番景象。你静静伫立，所听的是脚步声。在汽车的时代，脚步声早已被遗忘，在这里，脚步声却数个世纪以来畅通不绝。有迟缓的步子，也有热烈的、急匆匆的、慢悠悠的、悠闲的脚步声，这是皮鞋、胶鞋、凉鞋、木鞋、高跟鞋、靴子、运动鞋组成的交响乐，却随着人间的节奏而波动，

1 洛伦佐·威尼西亚诺，活跃于1356年到1372年，曾为威尼斯各教堂创作天使报喜祭坛，现存学院美术馆。

在白天旋律渐强，随着暮色又渐渐低沉下去，直到你所能听见的只有一段段脚步声的独奏，最后孤独的咏叹调，是你自己的脚步声，在幽深的小巷中回响，走上大理石台阶，然后空余寂静，直到这个城市最后的一声钟响：即便在传奇故事中也有午夜。从我的高窗向外看去，混沌的寂静中传来圣马可钟楼上的大“工人钟”最后一次鸣响[1]，这是沉闷、凝重而威严的钟声。水上之城谢幕了，这是一切故事的结尾……睡去吧。窗下宁静的河水也不再有波澜，没有声音，没有脚步。总督[2]睡着了，丁托列托[3]睡着了，蒙特威尔第[4]睡着了，里尔克睡着了，歌德睡着了，狮子、飞龙、王宫、圣徒和英雄塑像，都睡着了，直到第一只满载鱼和新鲜蔬菜的船驶入码头，十万

1　圣马可钟楼由红砖砌就，高近百米，坐落于圣马可广场上，建于15世纪末期，上有五只大钟，分别为工人钟、丧钟、午钟、三点半钟和马蹄钟，每一只钟都分别提醒不同的时刻该做不同的事，成为古时威尼斯人日常生活作息的准则。

2　总督是威尼斯传统的最高统治者。

3　丁托列托（1518—1594），意大利文艺复兴晚期最后一位伟大的画家，和提香、委罗内塞并称为威尼斯画派“三杰”。

4　蒙特威尔第，即克劳迪·蒙特威尔第（1567—1643），著名音乐家，威尼斯圣马可教堂乐团的指挥。

脚步的交响乐又会再一次奏响。

锌灯，画家不知该如何装点白昼，就保持其原色，略增加一些古铜色、青绿色的色调吧，加重铅灰，或者将一切都淹没在更灿烂的光芒中。这是蝙蝠翻飞的好天气；开始落雨时，每个人都撑开了伞，每个人都变成了蝙蝠。五分钟后，太阳又露了出来，风吹过斯拉夫人码头，水面如怯场的女演员般瑟瑟发抖。我坐在木台阶上，台阶竖立于河水中，我能闻到脚边大海的气味。彼特拉克曾住在这里，我身后的墙上就写着：伟大作家弗朗西斯科·彼特拉克和朋友乔万尼·薄伽丘曾居于此地（*l'illustre messer Francesco Petrarca essendogli compagno nell'incantavole soggiorno l'amico Giovanni Boccaccio*），而此刻，我就是想看，他们这两位目光深邃的大师，站在这座房前时，曾看见过什么样的景致。多尔索杜罗区[1]的那一头，两个阿特拉斯巨人[2]在多格纳的塔顶肩荷金色的地

1 多尔索杜罗区在大运河西南面，还包括朱代卡岛。朱代卡岛的尖端即为多格纳之角，可以远眺圣马可区，多格纳之角毗邻萨泰莱街。

2 阿特拉斯巨人是希腊神话中的泰坦巨神，被罚永远顶天。

球，可塑像当时并不存在。当时那里还叫作“盐之角”，因为在萨泰莱街上曾有许多盐仓。而在右边，宏伟的新古典主义建筑圣乔治·马吉奥里[1]教堂所立的那个小岛，曾有过一座本笃会修道院。如果彼特拉克和薄伽丘如今站在我身边，就会困惑地发现修道院已经踪影无存。帕拉迪奥大师啊，我该如何向他们解释呢？对基督教时代之前罗马建筑那明净线条的景仰，造就了这些巨大的凯旋神庙，坐落在那公元982年始建、低矮且很可能是砖制的修道院上，同样的异教徒式思古之情[2]更是造就了同样宏伟的救主堂[3]，沿着朱代卡运河不过数米之遥，此外

1 圣乔治·马吉奥里是威尼斯一岛，濒临朱代卡运河和南潟湖，在威尼斯主城南边，圣乔治修道院修建于982年，为本笃会修道院。如今该岛上最著名的建筑为安德烈亚·帕拉迪奥1566年所修建的圣乔治·马吉奥里教堂，是一座宏伟的新古典主义建筑。本笃会是天主教的一个隐修会，又译为本尼狄克派，是在529年由意大利人圣本笃在意大利中部卡西诺山所创，遵循中世纪初流行于意大利和高卢的隐修活动。

2 异教徒式思古之情，是指文艺复兴时代的建筑，更多地采用了基督教之前希腊罗马式建筑的艺术风格，使古典时代的雅致和简洁得到完美的体现。

3 救主堂是威尼斯朱代卡岛上巨大的穹顶教堂，毗邻朱代卡运河。修建这座教堂是为了感恩上帝结束了1575—1576年毁灭威尼斯的黑死病。议会委托建筑师安德烈亚·帕拉迪奥负责修建。

还有在大运河边，多格纳旁的康泰教堂[1]。两位大师所能认出的建筑，不过是圣马可大教堂[2]，至少能认出其轮廓；剩下的则如同奇妙的幻境，仿佛是可思可议的过去，又仿佛是不可思议的未来。依然是时空错乱的梦幻，但这次为法律所不容。我坐着沉思冥想，看到一艘警用小汽艇围着我打转，盘旋再盘旋，其操作之灵巧只有水上的威尼斯人能胜任。警官从窗里伸出头来，告诉我这里不许坐；我站在椰壳棕席上，距离海岸线已经超过了四米，这里已经属于军事区。我顺从地站起来，我没法解释我在与彼特拉克和薄伽丘交谈。而且你是没法与最尊贵之共和国[3]的海岸监管当局开玩笑的，不信就到任何海边港口试试！

---

1 康泰教堂，全称为康泰圣母玛利亚大教堂，在多格纳之角上，与圣马可大教堂遥相呼应，也是威尼斯最醒目的建筑之一。该教堂的兴建同样是为了感恩上帝结束1630年开始的黑死病，教堂为巴洛克风格，其中大部分艺术品和黑死病主题相关。

2 圣马可大教堂矗立于圣马可广场上。始建于829年，重建于1043—1071年，它曾是中世纪欧洲最大的教堂。教堂建筑沿袭拜占庭风格，呈希腊十字形，上覆五座半球形圆顶，为融拜占庭式、哥特式、伊斯兰式、文艺复兴式等流派于一体的综合艺术杰作。

3 威尼斯被称作“最尊贵的威尼斯共和国”。

这一切都是注定，我在学院博物馆里游荡整日，你走过整整一英里长的油画，这是你在威尼斯的第四天，或是第六天，或是第八天，你会感觉在激流中游泳，身边是诸神、国王、预言家、殉道者、僧侣、贞女和鬼怪；奥维德、赫西奥德[1]，《圣经·旧约》和《圣经·新约》都伴着你一路，你会觉得圣徒、基督徒和异教徒的画像与你如影随形，圣凯瑟琳[2]之轮、塞巴斯蒂安[3]的弓箭、赫尔墨斯[4]有翼的鞋、马尔斯的头盔及所有石制的、金制的、斑岩的和大理石的狮子雕像都向你猛扑。壁画、挂毯、墓石，无一不意义深邃，诉说亦实亦虚的故事，条条大军，听命于海中神灵、小爱神、教皇、苏丹、雇佣军首领、大将军，各自剑拔弩张，勾着你的眼神。他们在各座天花板上呼啸而过，以油绘的、编织的、勾画的

1 赫西奥德是一位古希腊诗人，他可能生活在前8世纪。

2 圣凯瑟琳据说在4世纪劝说罗马皇帝不要迫害基督徒，而被折断四肢，绑在车轮上被秃鹰啄杀而死。

3 塞巴斯蒂安在3世纪基督教迫害时期，被罗马皇帝杀害。在文艺作品中，他被刻画成捆住后用乱箭射穿的形象。

4 赫尔墨斯为罗马神话中的信使之神，以有翼的鞋表示其快捷。

和雕刻的眼睛俯瞰着你。有时，你会在一天内多次看见某个圣徒，分别藏身于哥特、拜占庭、巴洛克或古典主义的庙堂中，神话伟大，英雄却能左右逢源，无论是文艺复兴式或洛可可式，他们毫不在意，重要的是你的关注恒久，他们的精神长存。他们曾经被其主宰者来传达伟大的力量，那时人人都知道其各自代表的意义；美德、死亡或黎明，战争、启示、自由，在人们所书写的众多寓言中，有指给他们扮演的角色，他们纪念着忏悔者和教堂神父，将军和银行家；如今，不同以往的大军络绎走过，这些旅游者们不再懂得他们的形象在诉说什么，不再懂得他们如今和曾经象征着什么；长存的只有其优美的线条和创造他们的大师的天才，他们依然如此伫立，这是石头宾客的国度，从各座教堂的立面上向下挥手，从立体描绘的宫殿中向外探身，提埃波罗和福米阿尼[1]的孩子们赛跑，圣胡瑞安[2]再一次被斩首，圣母玛利亚再一次抱起她的孩子，柏修斯再一次大战美杜莎，亚历山大

1 提埃波罗（1696—1770）和福米阿尼（1645—1710）均为威尼斯的画家。

2 圣胡瑞安为4世纪时安条克的圣徒，因为不愿放弃基督教而殉教。

和第欧根尼交谈。旅者从这一片喧嚣中抽身而出，这一刻他不想要更多，只想在河堤的石凳上安坐片刻，看那斯拉夫地方来的水鸟如何在发咸的、绿色的水面上捕食，看着河水流淌，掐自己的胳膊才知道自己并不也是雕像或壁画。他思索着，威尼斯的圣母玛利亚是不是比世上所有的女人还多？是否有人真的知道这里究竟有多少绘画的、雕刻的、牙雕的、银饰的威尼斯人？因为旅者如此疲惫，所以他联想，这些人或者都站起身来，离开各自的画框、壁龛、祭坛、柱基、挂毯、檐口，将日本人、美国人和德国人从刚多拉上赶走，重占各家酒店，到了最后，以其剑与盾、其紫袍和王冠、其三叉戟和飞翼，要求为其十个世纪的辛苦服务而获得酬劳。

这一天无非是琐事。尽管有风，寒冷，我却坐在渡船的前桅处，雨点扑面，我一次次从船舷跃到岸上，又跳回船上，真想每天都如此渡河。身边河水无穷流转；这才是旅游的真趣。1177年，在圣马可的前庭，强大的威尼斯人曾逼迫着巴巴罗萨去亲吻教皇亚历山大三世的脚，在广场上，还帮助教皇陛下踏进教皇坐骑的鞍镫，以示感谢。[1]教皇曾赐予总督一枚戒指，每年在耶稣升天日，总督都能凭借这枚戒指迎娶大海。“我娶尔为妻，海洋，这是真实和永恒的天意。”对她这位时常换人，而又彼此相同的夫君，大海时常并不忠诚，但有一点她一直是真诚的：每天清晨，鱼市的石台上都堆满了银色的珍宝——海鲤鱼、梭鱼、卡波恩鱼、希斯提奥拉鱼，此外更有斑斓的五彩——乌贼沾染了黑墨，似乎是作者找不到合适的词而胡乱的涂抹；依然鲜活翻腾的鳗鱼，厨刀割破之处，流出鲜红的血；螃蟹舞动着螯求生；蚌、牡蛎和扇贝是有生命的石头——任何来自中世纪的人，依然能一眼认出它们，就像能认出这里一直矗立的贝斯卡里亚殿[2]，就在大运河之上，里亚尔桥头，一千多年来，就在威尼斯最古老的教堂，圣基亚高密固

1 1167年，米兰、威尼斯等十几座城市及不少领主组成“伦巴第联盟”，联合一致对付神圣罗马帝国皇帝巴巴罗萨。伦巴第联盟的胜利迫使巴巴罗萨来到威尼斯，与教皇亚历山大三世签署《威尼斯和约》。巴巴罗萨承认教皇对教皇国的统治权威，同时教皇也认可巴巴罗萨对德国教会的统治。

2 贝斯卡里亚殿，在里亚尔区，该区因里亚尔桥得名。

教堂[1]的旁边。

我走进大钟的下方，这钟硕大无比，有一根指针和二十四个硕大的罗马数字，走过五根细长的科林斯式柱，此处自从900年开始就俯瞰着鱼市和菜市。

我勉强听懂了导游的话，这里的一切都经过了重建和改建，可现在还不用论及艺术史。一个穿着绿色十字褡的年迈神父在祝福其教区的居民，他似乎要说些什么。教堂座无虚席，如同是在客厅里，只不过来宾们不能脱外衣而已。身边的都是朋友，彼此相识，似乎他们知道，在这里，祈祷声已经连绵不绝一千五百年之久，似乎他们本人就曾目睹罗马诸神的消亡，似乎他们也曾听过，从远方传来宗教改革和法国大革命的排空怒号。听到从体育宫[2]传来的咆哮和铁幕的镣铐之声。但在这里，一切都未曾改变。后来，的确有个什么人在都灵，拥抱拉车的驽马，并宣布上帝已死[3]，可他们依然如往昔一样与这

---

1 圣基亚高密固教堂是威尼斯历史最悠久的教堂，16世纪曾毁于大火，后原地重建。

2 体育宫是柏林一所规模宏大的体育馆。

3 1889年1月3日尼采在都灵街头抱住了一匹被鞭打的驽马痛哭。他因此被送进了巴塞尔的一家精神病院。尼采曾宣布上帝已死。

上帝交谈，老神父蹒跚地走上圣安东尼[1]的神坛，高举起圣物；玻璃后面珍藏着一块圣骨或一片残衣，我看不清楚。神父吁请荒野圣徒在我们软弱时与我们同在。后来我为了确定起见，又去读了这祝福词，发现这里所指的软弱，绝非贬义。神父站着布道，上方是六盏礼拜堂吊灯，朱砂玻璃镶板后面，烛火摇红。他的法衣外罩着一层极薄的塑料套，人人互相握手。我扫了一眼忏悔室。破败的紫红色围帘垂挂前方，忏悔者无处隐藏，他在那里诉说自己的罪恶，也就等同于将其公之于众。四壁悄悄私语着装油水瓶工会、谷筛工会和搬运工工会的古老故事，以及数百年来，总督在复活节前的那个周四，一定会来到这里向圣徒致敬，可我要走了，在斯拉夫的圣乔治学校里，我和威尼斯最伟大的画家——维托雷·卡尔帕乔[2]有约。

1　圣安东尼是来自埃及的基督教圣徒，旷野教派的著名领袖。

2　维托雷·卡尔帕乔（约1450—1525），威尼斯画派的叙事派画家，他在作品中充分发挥了绘画的叙事能力，最大的贡献在于全景的绘制。代表作是收藏于威尼斯艺术学院的巨幅连作《圣乌苏拉传奇》。

在学院美术馆里有他单独的房间，那里你会落入他的世界，四壁上他都绘有圣乌苏拉的故事传说，这些画足可以写成一本书。而在圣乔治学校里，他的壁画也同样辉煌，可我今天来到这个狭小闭塞的空间，只为了看一幅画，那是作家中最伟大的圣徒，也是圣徒中最伟大的作家，希波的奥古斯丁[1]。我来看这幅画，或许是因为画中描绘了作家的书房，我真希望自己能立刻以那书房为家。当然，我不能心安理得地将画中祭坛上的主教冠、法杖和装饰着十字架及旗帜的基督像据为己有，可那美妙的光、打开的书、写下的标记，还有那贝壳，似乎是一个虎斑宝螺，优美的装订书排列在左墙边，也许里面是手稿，还有可以旋转的书架，地板上丢着让人好奇的书信，还有那只毛茸茸的小狗，前爪撑着身体，翘着小鼻头，还有两只明亮如黑樱桃般的眼睛，啊，若在此还不能写作，则在任何别的地方也肯定写不出来。圣徒本

1　奥古斯丁（354—430），古罗马帝国时期基督教思想家，欧洲中世纪基督教神学、教父哲学的重要代表人物。在罗马天主教系统，他被封为圣人和圣师，著有《忏悔录》《论三位一体》《上帝之城》《论自由意志》《论美与适合》等。

人则专注于最神秘的体验：神示。他的笔举在半空，光芒涌入，他倾听着语言如何自然交会成意义，也知道如何将其诉诸笔端，单等片刻之后画家卡尔帕乔离开，他就会在笔端蘸满乌贼的墨水，写下如今世界上所有图书馆都珍藏的箴言，写在他的某本书里。

最后。这最后一天，过了一段时光，又会成为第一天。一次又一次造访威尼斯之间的时光，总是会被大半遗忘。我要去拜访死者。我从芬达门特诺威[1]坐轮渡前往死者之岛，圣米歇尔[2]，然后前往穆拉诺岛[3]。在阿莱霍·卡彭铁尔[4]所写的一部精彩小说《巴洛克音乐会》中，有一个情节，在整晚热烈的聚会、醇酒乐曲之后，亨德尔和维瓦尔第，也就是那个红发的威尼斯神父[5]和其

1 芬达门特诺威在威尼斯本岛北部。

2 圣米歇尔岛为市公墓所在地。

3 穆拉诺岛是威尼斯市北部岛屿，位于威尼塔潟湖中，为玻璃器皿制造中心。

4 阿莱霍·卡彭铁尔（1904—1980），古巴小说家，享有“拉丁美洲第一小说家”的美名。

5 维瓦尔第（1678—1741）的昵称是“红发神父”。

他几个人前往这个小岛去吃早餐。他们大吃大喝，维瓦尔第大嚼着一片由陈醋、马郁兰和红辣椒腌制的猪头肉，他向前走了几步，突然停在旁边一座墓前，凝视了许久，因为墓石上铭刻了一个名字，发音优美，闻所未闻。他拼读出来："伊戈尔·斯特拉文斯基。"

"哦，是啊。"亨德尔说，也读了一遍那名字，"他想长眠在这座公墓里。"

"一个可敬的音乐家，"维瓦尔第说，"只不过有时候他的想法很老套。他总是对那些传统主题感兴趣：阿波罗、俄狄浦斯、珀尔塞福涅……还有些什么。"

"我知道他的《俄狄浦斯王》，"亨德尔说，"有人认为，第一幕结尾的那一段（"荣耀，荣耀，荣耀，俄狄浦斯之妻"）让人想起我的音乐。"

"可是……究竟是什么让他鬼迷心窍，要对着一段拉丁文写出一部渎神的康塔塔[1]呢？"维瓦尔第说。

---

1 康塔塔是一种包括独唱、重唱、合唱的声乐套曲，一般包含一个以上的乐章，大都有管弦乐伴奏。斯特拉文斯基于1923年创作过《婚礼》舞蹈康塔塔，当时是其创作早期，采用俄罗斯民间音乐元素，与传统古典音乐差距甚大。

“他的《颂歌》也上演过，在圣马可教堂，”亨德尔说，“其中包含了中世纪风格的装饰音，那东西我们已经很久不用了。”

“是呀，所谓的先锋派作曲家真是拼命要找出过去的作曲家们所做的事情……有时甚至打算将经典作曲家的作品现代化。如此来说，我们才是更现代化的。我根本不关心一百年之前的歌剧和音乐会是什么样。我只走自己的路，将我独特的才能和洞察力发挥到极致，如此而已。”

“我也有同感，”亨德尔说，“只不过你没有注意到一个事实，就是——”

“哦，行行好别再谈那些舞会了。”费列门罗说，他刚拔掉一瓶红酒的木塞，倾酒下肚。他们四人又把手伸进圣悯医院[1]拿来的大野餐篮中，这些野餐篮就像是神话中取之不竭的角，永远也拿不空。他们拿到了蔷薇奶酪和蜂蜜蛋糕，最后一片朝云已经散去，阳光直射在墓石上，柏树浓重的树荫掩映下，如同闪光的钢板。正是因

1　圣悯医院是威尼斯的修道院和音乐学院。

为阳光之浓郁，这个近在咫尺的俄罗斯人的名字，再一次让他们在意。

我抵达公墓时，已经将近闭园时分。我走过看门人，他给我一张陵墓图，上有斯特拉文斯基、加吉列夫[1]、庞德和新近才印上去的布罗茨基。这太不合时宜，每个人都在安眠，我却脚步匆匆。我走过孩子们的坟墓，大理石的墓中安眠着仅仅生活过数天的小灵魂，还有孩子们的照片，在他们的眼中你依然可能看到已经远去的足球赛。我走过海军墓地和陆军墓地之间的分界线，似乎如此的分类在人们与世长辞的地方依然事关重大。我终于来到了新教区：棕榈树、柏树、矮柱、生了青苔的金字塔，19世纪是这样看待死亡的。大部分坟墓自己也半行湮没，字迹模糊不清，丹麦文、德文、领事、贵族，在这其中，有两块平铺的墓石，分别是奥尔迦·露吉[2]和埃兹拉·庞德，四周围绕着低矮的、心形的植物。走不远，在土色呈现沙色的一座小丘上，有几束

---

1 加吉列夫（1872—1929），俄罗斯艺术评论家和著名的芭蕾舞院团经理。

2 奥尔迦·露吉（1895—1996），美籍俄裔小提琴手，是庞德的情人。

枯萎的、凋谢的花朵，还有一尊细薄、粗糙的白木十字架，两臂堆着卵石，那是约瑟夫·布罗茨基。在墙后的希腊人墓园，在俄国王公和希腊诗人中间，躺着伊戈尔和维拉·斯特拉文斯基。亨德尔和维瓦尔第刚刚离开，却留下了花束。两座坟墓上都十字交叉地摆放着一枝粉红的玫瑰和蓝色的鸢尾花。我回想，那是在多少年之前了呢？在纽约，我问维拉，当斯特拉文斯基年过八旬，垂暮之年，是否厌倦了一次次前往威尼斯。对此她以豪迈的俄国口音宣告："啊嗯，你不明白！斯特拉文斯基，他热爱飞翔！"

死者之地上，回响着一个机械的声音，飞越整座岛屿，这是一个同教皇一般通晓各种语言的传令官。我们听到了德语、英语、俄语和日语的广播，请我们离开死者，大门要关了。快些，小伙子们，快些，掘墓人大喊，他们老到地听见了渡船驶近的声音，于是我们一同向码头赶去，似乎有人挥舞着长柄镰刀在身后追赶。抵达开阔的海面时，我能看见一边是穆拉诺岛，一边是威尼斯。指示河道的橘色灯光照射而来，两座岛屿如阴影般浮于海面，一个大，一个小，黑暗的海面上，突然之间，从黑云背后，穿透一道古铜色的日光，一瞬间，整座城市都沐浴在天启般的神光里，似乎地下潜藏的这个梦想终于变成了现实。

1998年

白太太和贾瓦拉先生：冈比亚船上之旅

请不要误解：冈比亚是一个国家，得名于同名的一条河。该国在非洲，那里还有许多其他国家是人们闻所未闻，也不知道究竟在哪的。这个无人听说过的地方在说法语的塞内加尔南部，是个奇特的、说英语的孤岛。冈比亚国中有一条极宽的大河，料想你也知道，还有河两岸。冈比亚人就生活在两岸，有时候还生活在河上，人口约为四十万人，差不多和苏里南的人口一样，如果苏里南不是人口渐渐稀少的话[1]。冈比亚很炎热，人民以种植花生为生。此外，这还是个独立的国家（如果当今

1 苏里南是加勒比海上的原荷兰殖民地，刚刚独立。许多人因此移居到荷兰。——原译者注

世界上还有可能独立的话）。冈比亚没有常备军，这很少见，没有电视，所以此地格外安闲，只有一家报纸，一周出版三次，议会每两个月开会一次，所以冈比亚是个民主国家。外国的报纸都是发黄的旧闻，有沃洛夫语、曼丁哥语、富拉语的广播[1]，据说还有英语的——如果有人想暂时逃离外面的世界，这是个好去处。冈比亚有道路，其中有两百公里还是柏油路面，却没有书报摊，除了海边的首都之外，也没有宾馆。四个冈比亚镑可以兑换一英镑，不过冈比亚镑又名达拉西，一达拉西等于一百布图斯。我现在已经回到家中，便又陷入了怀旧之情。我的朋友们终于搞明白我去了哪里后，就会问我："你去那里干什么？"可问题就在这里，我根本就没打算去那里，我只不过正好到了该国。我本打算去西班牙的撒哈拉[2]。这里"打算"这个词，正如尼吉霍夫[3]在《孩子和我》一诗中所写："我原打算去捕鱼……"我原本一心

1 沃洛夫语、曼丁哥语、富拉语都是冈比亚主要部族语言。

2 即西撒哈拉地区，全境在撒哈拉沙漠的西部，为西班牙殖民地。1976年，西班牙撤离该地。

3 尼吉霍夫（1894—1953），荷兰诗人。

一意想去撒哈拉；当地的军事当局要我的守法通行证，我本来应该在马德里的机关里领取，但护照还没有到，而且短时间内也不会到了。三月的马德里阴冷严寒。我该怎么办呢？

我想去西班牙撒哈拉的最初动机，与毛里塔尼亚[1]声称对该地区拥有主权有关。在布鲁塞尔的大使馆里，为了获得一张毛里塔尼亚签证，我不得不听一个衣着格外光鲜、满脸矫揉造作的毛里塔尼亚人花几个小时大赞伦勃朗画作中的明暗处理如何玄妙。听声音，他也不是爱因斯坦。他还请我尽力考虑一下，那伟大的非洲王图坦卡蒙，我能想象出来他的尊容吗？

“是不是？他有高贵的品质？真正堂皇的仪表？一点没错！只消和你们那个伟大的国王，那个同样自称为太阳王的家伙，路易十四比比看，就是，一点没错！那个国王啊，诺特博姆先生，他还习惯在凡尔赛宫的沙发后

1 毛里塔尼亚是撒哈拉西部国家，与西撒哈拉、阿尔及利亚、马里和塞内加尔接壤。西濒大西洋，官方语言为阿拉伯语，曾为法国殖民地，1960年独立。

面小便呢……特里亚农宫现在还尿臭不散！”

他也不愿意给我办签证，无论伦勃朗的明暗处理有多么玄妙，因为他觉得我的护照“太满了”。

我对他说这可是有点太官僚主义、吹毛求疵了，他回答说，这是他们从我们这里学的。不过第二天早上，我又来到这个伊斯兰共和国的大使馆，手持一本荷兰大使馆刚刚印刷出来的、墨迹未干的新护照，就像第一个孩子还没出生前的小床一样空荡荡的，可我还是没有得到签证。我抗议，气得脸色发青，最后还是空手而去。

马德里在下雨。撒哈拉不要我，毛里塔尼亚不要我，这里又很冷。我的票上写着：经由拉斯帕尔马斯[1]，我一眼瞥见，不列颠海外航空公司的售票窗外就悬挂着世界地图，一望可及，旁边是一个小贩在卖彩票，大喊大叫说走过路过不要错过，我正好也是这么想的。在荷兰时间五点五十五分，西班牙时间七点五十五分（也是各家店铺打烊的时刻），我做出了最好的决定。我心中翻涌着对非洲的无限渴望。明天还有飞机从拉斯帕尔马斯飞往

1　拉斯帕尔马斯是西属加那利群岛的首府，在北非的地中海岸边。

达喀尔吗？（一个极好的跳板，达喀尔是我和非洲初遇之地，怀旧之情啊！）是的，先生，有两班飞机前往达喀尔，不过都满座了。

热泪盈眶时，我瞥见巨大的地图上还有一个名字，就在达喀尔下面，巴瑟斯特！巴瑟斯特？“还有航班去巴瑟斯特吗？”“如今叫作班珠尔[1]了，先生。”“哦。那还有航班去班珠尔吗？”“是的，先生，不列颠哥伦比亚航空公司，从拉斯帕尔马斯起飞，每周一班，就在明天。”命运再次降临，通过这番对话（此时是七点五十九分），命运给我的人生安排了新的篇章。如果不是命运安排，我就永远也不会读到《冈比亚人新闻报》，永远也不会吃到胡椒牡蛎，不会遇到丹波先生，也不会在四十摄氏度的天气里，因为达乌达·凯拉巴·贾瓦拉总统[2]经过时，从自行车上跳下来不够快而被捕了。我也就永远不会遇见“白太太”[3]了。

---

1 班珠尔是冈比亚首都，原名巴瑟斯特。

2 达乌达·凯拉巴·贾瓦拉总统于1970年开始连任冈比亚总统，1994年在兵变中被推翻。

3 此处的名字为谐音双关语，“Lady Wright”既指白太太，又指好太太。

此时依然寒冷、阴暗，远在欧洲。可不到二十四小时之后，一架飞机就会高高翱翔于不可逾越的、荒芜的撒哈拉沙漠上空，我就在那飞机里。飞机沿着非洲海岸下降，直到一处，大河纵贯于宽广无际的平原，我们便开始降落，与垂落的夜色比翼齐飞。机场的灯光似乎有些奇妙的闪烁不定，我们着陆之后我才发现了原因。那些是油灯，燃烧着发蓝的火焰。欢迎。

树，猴面包树的阴影如同牧师，一扇门前站着一小群黑人，一辆消防车从身边驶过，肤白如雪的苏格兰女空姐，已经和这里格格不入，飞机里人造的空气，很快就要变成热带夜晚微暖的气息。我发现自己对冈比亚的认识少得可怜，我只知道维多利亚女王虽然从没有来过这里，却认为这里是“如此可爱的小地方”，我的邻座也从来没有到过这里，不过据他说，冈比亚的首都只有一家“你还能住”的宾馆，所以我就去那家宾馆。乱哄哄地检查完护照，乱哄哄地找回行李后，我坐进一辆小巧的蓝色雷诺四型汽车，前往班珠尔。冷风和热气一阵一阵地袭来，灌满小车——我后来才发现，夜间的海岸边，无比寒冷。天已经黑了，我能看见小小的火光，人们聚在火堆边，黑夜里伐倒黑色的树丛，不过如此。那天早晨六点，我还身在马德里，我想到，没有哪个朋友或亲戚知道我现在身在这里，不禁得意起来。作为一个"湖海散人"，有很多可说的，倚身于出租车内，如同筋疲力尽的绅士，身在一个任何人都对他一无所知的国度，这就像是演戏。就像是开始前最后一分钟，突然替别人上场演出，对剧情也不了解。出租车司机立刻就打算改变剧情，他认为我该去阿波罗饭店，而不是人家推荐的大西洋饭店。那里要划算得多。我想象着蟑螂和蚊子横行、一夜无眠的样子，就告诉他我还是想去大西洋饭店。"阿波罗，钱一样，"他说，"好多白人。"——他是个精明人，但我估计他和阿波罗饭店有什么关系，所以也坚持己见。当然，第二天我就搬去了阿波罗，后来我们不管在哪碰巧相遇，他总是就此嘲笑我，我们还经常相遇，因为在班珠尔，你总是会遇见同一个出租车司机。

前台那个黑黝黝的接待员冷若冰霜。是的，还有空房间。这时候我发现，房价似乎的确很贵（"你们还有便宜点的房间吗？"），他建议我还是去阿波罗饭店试试。

不过这时候我已经下定决心要在这里过夜了。他在那费劲地复印我的护照，我发现在一扇木橱窗里，有一份刻板印刷的报纸：《进步报》，第664期（“我们追求真理，一周出版两次，定价十三布图斯”）。于是我第一次在冈比亚花钱购物。片刻之后，我坐在自己的石头客房内，四面是光秃秃的石壁，听着空调单调的节奏，读着一篇激动人心的檄文，抗议“我们的韩国朋友，没有被邀请参加独立日的游行”，在“这一重要的历史时刻，确乎大为失礼”。文章最后意味深长地说：“言尽于此。”虽然我不确定有几个读者能读懂这话，但有一点是肯定的：我依然置身于人类社会中，不管你去哪里，人类总是会彼此看不顺眼。

我洗去身上三个国度的灰尘，就外出了。脚下沙沙作响，空中有甜美的气息，有些地方要踩水，有沟洼。我的左手边是一条大河，在此处宽达数英里。没有一星灯光。边走边看，我在河岸边漫步。政府的宅院，像是惨白的、殖民时代的幽魂，两个黑人警卫向我打手势，不能在政府门前流连，而是要走河边那条松垮垮的沙路。然后是网球俱乐部、阿尔伯特市场、尼日利亚航空公司、马洪内电影院——里面正在上映一部约翰·韦恩[1]的电影。这有何不可呢？然后，巴克路、柑橘路、柠檬路。

在拖鞋的啪啪声、凉鞋的沙沙声及光脚轻柔的拍地声中，我可以听见柏油路上自己的脚步声。时而有一群人蹲在满是沙土的街边，下双陆棋和跳棋。他们在沉沉暮色中或坐或闲荡，口中喃喃着陌生的语言。语言将我隔离在外，让我更像是个外人。“嘿，朋友！”有个少年叫道，我向他挥手，他也还礼。这里无比清静，也无比安宁。时而有一片霓虹灯光，让景色变得稍可人一些。H. R. 卡罗尔公司、夏本·A. 马蒂父子商店，还有摆满衣服和箱子的神秘店铺，但绝大多数地方，不过是发黄的灯光，让景物恍惚，正合我的心境。到明天一切都会明朗起来。在暗下去的街道中，我好不容易找路回到了宾馆。淋浴时，我踩到了一个滑溜溜的东西，四十一岁的身体仰面朝天，摔了个要人老命的跟头，倒在浴缸两侧的石质边沿上。没出血，也没摔断啥。可见这不是巧

1 约翰·韦恩（1907—1979），以演西部片著称的好莱坞明星。

合，我来这里，确实是有使命的。我读了一首提布卢斯[1]的诗（“勿伤害我，女神，我未作恶，何来天谴?”）就去睡觉了。窗外传来一声我从未听过的呼唤声，我就此入梦。

咖啡，撒了糖霜的面包，干面包，紫茉莉花，杏仁蛋糕，芙蓉花，阳台上摇曳的金合欢花，碧绿的河水，一天就这样开始了。我到底干了什么啊？我在这里并无事做，完全是自作主张。可“身在远方”又意味着什么呢？不过如此，只不过是另一个地方，打开了所有的照相机和摄影机，直通空荡荡的储藏室，声与影，就此变成回忆。

可享乐中，也一定要讲究些方法。闲逛这都城仅有的几条热如火炉的街道，声色犬马，确实惬意，可到曲终人散时，你会只剩下一点残存的主观感觉，以及随之而来的胡猜乱想。不行，要有方法。比如说，我这个外国记者去采访总统。的确，其直接和实际的意义很成问题——在荷兰，没有人会因为一个无名国家的一位未知

1 提布卢斯（约前55—前19），古罗马时代拉丁语诗人。

总统的访谈录而睡不着觉的。

不过，在官僚机械摇摇欲坠的阶梯里上下求索，会有料想不到的见闻，只要你不是从上而下地进行访问。于是星期五早上，我开始想办法采访总统，最后，我还是没能见到他。不过这反正不是意义所在：我真心的目的，是这样做时所见到的好戏。不过这办法要成功的话，是有一个前提条件的：你得诚心实意地想见总统，否则这一路走来的折磨可不会让你心满意足。

来冈比亚旅游的外国人只有瑞典人。就在离首都二十公里的地方，在原始的海岸上，一个有胆略的瑞典人建了三栋低矮的宾馆楼，每星期都有满满一飞机的瑞典人下榻此处。他们飞了八个小时，而享受这份尊荣，花三百法郎多一点，就可以玩两个星期，然后上飞机回去。这对于冈比亚的意义却是重大的。对那些在非洲住了二十五年甚至更久、英国式殖民地老爷派头的人来说，到这里会大失所望。这里和白种人打招呼，百分之一百都是用瑞典语："你好，瑞典人！"此外，占瑞典游客大多数的女游客，显然很乐意与那些勾留于宾馆的冈比亚小伙子发生某种更深层次的接触。如果这种关系的确不是母亲般的慈爱，那至少也促进了相互之间的友谊。但当地社会道德的卫道士认为这是道德沦丧，因为与此有染的小伙子轻松就能挣到钱，也能方便地出入各宾馆的夜店。所以说，外面的世界来到了冈比亚，也有人为此不乐意，或者就像那个出租车司机所说的："他不好。冈比亚女孩不和他走。她知道他家里人。不好。瑞典女孩她不知道。她来了再她走。"

还专门为了瑞典游客设立了一个小小的游客市场，摆出来卖的是些色彩艳丽的染布、衬衫和帽子。欢快艳丽的服装中，还有一座亭子，里面坐着个漂亮的、无精打采的女人，她负责提供"资讯"。我在那里买了张该市的地图和国家的地图，还买了一本书，说的是该国独立后的十年，还附有国歌（"为了冈比亚/我们的祖国/我们奋斗劳作和祈祷/是为了每天生活的团结/自由和平"），另外又买了本写鸟类的书。可她没法帮我采访总统，我得去找内阁部长，部长就在麦卡锡广场那里。路虽不远，但是时间流逝，每一分钟都变得更为炎热。躲在树荫下只能让太阳不灼伤你的脸，可酷热的重担、肩膀上汗湿的毛巾却越来越沉重。政府的台阶上坐着一大群人。他们在兜售塑料小鸟、卷烟、可乐树果、花生和又小又酸的橘子，所有人都大喊：“你好，瑞典人！”气氛亲切。广场是偌大一片英国芳草，这是个很大的板球场，周围是殖民时代的木建筑。旅者啊，你要是半闭上眼睛，就会重回往昔——板球场上散布着球手，这可以是1920年，或是1910年，1890年，只有制服的式样时而变化，会出现一些新来的白人，除此之外，一切都毫无改变：沃洛夫部族、曼丁哥部族、富拉部族和苏宁可部族没有变得让人认不出来，时代或许会改变，总督饰有羽毛的三角帽或许已经消失了，可这酷暑、这大河、各个部落，还有贫穷，则依然故我。独立的酷热，独立的大河，独立的贫穷。

走过两辆黑色的奔驰豪华跑车，还有一个穿着深蓝色羊毛袜、膝盖黑黝黝的警察，我来到接待桌前。在荷兰，如果你想和女王说话，该到哪张桌子前提申请呢？我站在烈日下，正在争辩此事，屋里有人叫我。这地方乱得一塌糊涂，又乱中有序，我立刻就看出这一点，因为我的书房也正是这般。什么都没有分门别类放好，报纸乱堆，没有橱柜，什么也找不到，什么都缺，一个摞一个，都混在一起，书信也好，表格也好，椅子上、桌子上、地板上，随处都是。三个人在里面办公——我总是将这种事称为办公。其中有个人在那徒劳无益地翻查一堆陈年旧信。有一个年轻的女人，模样十分迷人，对着电话尖声细调的，以唱歌般的嗓音说着话，毫无疑问电话那边藏着她的情人。此外就别无其他了。我推开几张新报纸（“北京借给冈比亚两千八百万达拉西”），坐下来等着。天花板上的吊扇将散落的纸页吹得四处飞旋，人们走进来，上下打量我，好像在争论要不要买下我，然后啥也没有做，就又出去了。渐渐地，那早已熟知的感受又卷土重来，这一切都不是真实的。我根本就没有坐在这里。这是一位非洲的品特[1]所导演的一出话剧，我是得了一大笔钱应邀来演出的。很快就要中场休息了，我们都会站起来，倾听喝彩，然后去餐厅喝杯啤酒。

都不是真实的，没什么是真实的。离我最远的一

1 品特，即哈罗德·品特（1930—2008），英国剧作家及剧场导演，2005年诺贝尔文学奖获得者。

张桌子后面，有个人刚从无边的白日梦中苏醒过来，转而关注起他眼前的这个相对论问题，他优雅地向我走来。

我到底想干什么？

“想采访总统。”

我还不如说自己是特地来看贝多芬第九交响曲的手稿的。

“哦，明白了。那你要去找尼杰先生。”

可是尼杰先生不在。尼杰先生和我似乎注定要玩一种奇怪的毛毛虫般你进我退的游戏：只要我随大流拥进一间办公室，他就翩然而起……出去了。随之开始的，就是一出奇妙的哑剧猜谜，开会、约定、在走廊里等，又换了一条走廊，还要去见更多的先生们，有些人也名叫尼杰。此时，我也找来针刻印刷的报纸，自己先了解一番。要说这经历中哪怕有一些微乎其微的悲情，我就可以引卡夫卡为援——我是迷失在迷宫中的人，等等。可是这其中却没有悲情，这只不过是一个冗长的开篇，后面跟着一出毫无剧情的电影。我在不同办公室里进进出出，小心地放好我的钞票，听别人猛侃春秋大梦，了解谁是从哪个部落来的，听人家说他们自己一眼看过去，也经常没法分辨对方是哪个部落的人，要我用英语提交一份准备问总统阁下的问题清单，就这么东倒西歪地跳过冈比亚的蛇，跳上木板，进进退退，上上下下。这真是受益匪浅。我渐渐忘却了外面的世界，所能记得的就是这炎热的、尘土飞扬的街道，阿波罗宾馆的餐厅，还有我那个石头房间，从那里能看见大河，运花生的小舟沿着河水悠悠划过，张着三角船帆。有时候会传来明沟里让人染病的淡淡臭气，一大早就会有人来这里从我窗下的井里汲水，只要有人来汲水，我就会醒来。

英国领事馆里的报纸已经过期超过一个月了，从空荡荡的书店里能找到的唯一一本关于冈比亚的书，是1906年出版的《冈比亚殖民地和保护领官方手册》。书里面无所不包。每一个名字，每一份数据，每一个过程，每个人的薪水，事无巨细。在“信箱”这一条目下写着：“本殖民地和保护领中没有信箱。”这其中的含义让人难以置信。原来帝国就是如此运行的。不会有意外之事发生。曾有人把一切安排到尽善尽美了。从巴瑟斯特拍一份电报到圣赫勒拿岛[1]要花三个先令。本地宪警的军士长杰里米·科林伍德，“陪同着阿尔弗雷德·马龙内爵士、詹姆斯·肖·海爵士和吉尔伯特·卡特爵士数次前往腹地”。该军士长时年二十七岁，在殖民地已经过了五个月，一年挣一百英镑。1903年时，政府邮船盈利三百六十六镑，比预期更多一先令六便士。写一封信到威海卫、开曼群岛和斐济[2]要花一便士。处以鞭刑的报告，最后要一式两份上呈至海军部。全是陈年旧事，整整三百六十四页，毫无虚言。读起这样的一本书，你会时而欣喜，时而忧伤，反之亦然，可是当你向外瞥一眼，看看这个破败的城市，躺在这条无边大河的弯曲处，当你想到那唯一一条柏油路，想到这里一穷二白，你不得不问自己，英国人在这里这么久，究竟获得了什么？答案只能是：他们所得不多，只有花生！

塞拉利昂的外事秘书到访，中央银行的长官又去参加在拉各斯召开的非洲中央银行组织西非地区委员会的

1 圣赫勒拿岛是南大西洋中的一个火山岛，英国殖民地。

2 威海卫、开曼群岛和斐济均曾为英国殖民地。

会议。“巫意”这地方的区长，苏托科巴族人福迪·卡巴·甲塔被撤职了，在洛克西正上映弗吉尼亚·马约[1]的《警长》一片，七点十七分，太阳就要落下了，正如昨天，明天也是一样。我又在十三号桌吃晚饭，骑着那辆租来的自行车，沿着那条穿过红树林沼泽地的窄路，来到海边，在大海里游泳，胡乱记下那三棵树的名字（分别叫尼姆、卡斯利娜和凯山-凯山），然后又及时赶到码头，看成百上千只乌鸦回翔，栖息于一棵树皮都已被剥光的大树，每晚皆是如此。有几个人在看一条损坏得怪模怪样的白色河船。这船名叫“白夫人”，向后歪斜得很厉害，看起来很是吓人，这条船油漆剥落，而且和亨弗莱·鲍嘉的非洲王后号也巧合地颇有相似之处。船扶手那有一个威严的老黑人，头发上还有几抹亮金色的白发，他喊着我。

“你想上则（这）船吗？”

“你们往哪开啊？”

1　弗吉尼亚·马约（1920—2005），美国女演员，其电影多摄于20世纪50年代。

“沿则（着）河走！去巴塞！”

我回到宾馆去看地图。河流蜿蜒流入非洲内陆。巴塞是冈比亚的后门，离班珠尔约四百公里远。

“那里很热，很热啊。”尼杰先生遗憾地说，我告诉了他我的新目标。不过这比求见总统可要容易多了。因为你花钱就可以办得到。第二天下午我们一同去了管港口的衙门。港口衙门里的这位尼杰先生高得出奇，有种精明的、贵族的气质。他刚刚正式出访达喀尔归来。达喀尔是一个喧喧嚷嚷、三教九流、物价奇贵的地中海城市，里面满是海外游客，与之相比，班珠尔不过是个农村集镇，可是尼杰先生却不这么看。“他们已经丧失了非洲的本色。那里就像是法国的翻版。”说英语的冈比亚人最害怕的事情莫过于他们被说法语的塞内加尔所吞并。尼杰先生是沃洛夫族人，我问他，如果在塞内加尔的政府部门里遇见另一个沃洛夫族老乡，他会不会说沃洛夫语。他说，对，是啊，不过只是因为塞内加尔人实在不愿意说英语。欧洲显然在这里留下了影响。

这条河船过一天就离开。如果马达还撑得住，大约三到四天到目的地。我的回程将由运输联合会的大佬“爹灵”先生亲自安排，到我返回之日，去见另一个“大佬”的事情肯定会一帆风顺了。“爹灵”先生要我预先付钱，数目还不小，不过这笔钱还包括保证我搭一辆标致牌车从巴塞回班珠尔，我还可以随意叫停。讨论这个重大决定花了一个小时，不过最后，我的确得到了整个联合会的支持。“你还要买一单（一点）药防蚊志（子），”“爹灵”说着，握着我的手久久不放，“你还要买一单药，啊，那边会很热，很热。”我开始相信这一点了。

第二天，最大的问题是如何上船。在人山人海、大包小包之下，船已经看不见了。没有登船跳板，但在舵手室旁边，站着那个银发的黑人，醒目得如同火炬一般，正是他在几天前那么友善地邀请了我。他告诉我怎么上船：纵身一跃，一挺，再一跳。我硬是挤过粗声大气、热汗直流但天性乐观的人群，挤过许多咸鱼筐、床垫、盐柜、堆成小山一样的陶器、孩子、水手、干果贩子、帆布、木器、几辆自行车，还有一只猫，走上极窄的楼梯，上去头等舱。邓波先生正在那等我，阳光照耀着他闪亮的银发。他是乘务长，带我去看我的舱，舱房大概和我本人一样大，床单发灰，污迹斑斑。“者（这）都是干净的床单啊。”邓波先生自豪地说，我又怎么敢反对呢？木头栈桥上响起一声深沉的号声，突然之间，我感到船身猛地一退，就像所有人全都一下跳上了船，或是跳下了船。我走到外面来，看到的场面的确是如此：每个人都拼命要上船或是下船。我们的船倾斜了。一长列胡乱堆放的木箱、篮子和口袋滑起来了。一片慌乱。一大张新婚用的双人床砸在什么人头上。甲板上，一小群没人管的白人站着在看。越来越多的人从四面八方跑来，女人穿着华美的长袍，上抱下搀着一大串孩子。还有扛着货物来的，哪怕船上已经根本没地方了，不过没关系，还是有地方的，多装点……再多装点。

从下面上来一个神秘的信使，筋骨有力的脚下尘土飞扬。他手中摇着一沓粉红色的纸。人群让出通道，他大步走上船。船长检查了这几张纸，签名。船鸣笛三声。船的深处，引擎低鸣一声。我们跟着船颤抖起来，所有不随船出发的人都在岸上欢呼雀跃。

“右舷缓进！半速向前！”

“低速二挡前进。保持二挡。全速前进！”

铃声响了四次，我们缓慢地驶离了码头，离开岸上那些或悲泣或哈哈大笑、吵吵嚷嚷的人，人群很快就融入了远去的河岸，仿佛不过是一丛芦苇。最后一根缆绳解开了，世界也被抛在一边。每一条船都是一个小宇宙，有自己的规则和时空，此刻，这个小宇宙已经展开了。我的身边，是一张甲板椅，与我所坐的那张一样摇摇欲坠，上面坐着一个从非洲腹地来的大佬。接下来的几天里，我一直着迷地研究他的帽子究竟有多少花样。今天他戴着一顶绿色的猎人帽，穿着黄拖鞋。他的脸很宽，一副蒙古人的长相，还蓄着毕达哥拉斯式的长须：黑须蓄成三角形，上面翘起的须尖似乎正指着他自己的鼻头。他的笑容像焦糖一样甜蜜，而且一时半会化不开。他臂弯里抱着自己的半导体，似乎是搂着一个娇小的、四四方方的婴儿。一个身穿侦察兵制服的船员看守我们的甲板，不让他人擅闯，还好，看管并不严密。江鸥尖叫，大河的两岸都模模糊糊，微微有些起雾，我隐约看见北岸有独木舟，仿佛是个体操家。宁静降临了，一片静谧——安静沉闷的“啪——啪——啪”声，邓波先生给我一杯乌梅茶，黑暗正在来临——我的灵魂自在安憩，心满意足。

直到晚饭的铃声响起，我才看见这条愚人船上的其他乘客都聚集起来。这群人真是五花八门。一个长相热辣的红发的丹麦美容师，还有她的男友——一个银行职员，还有两个丹麦人，受够了格陵兰岛上恼人的生活。其中有一人，离开格陵兰之后，真是乐不可支，笑口常开。另一个人可能也想这么做，但他的脸已经被烈日烤成了香肠一般的颜色。之后的旅途中，喝酒让我们亲如一家。还有一个所谓的丹麦妈妈，足有三个人重。她的气派甚至让块头不小的船长也敬畏有加。只要有什么东西可以拍进电影，她就拍摄，甚至在黑夜里也用录音机录音。这是个乐天的人。三个瑞典人构成了斯堪的纳维亚半岛。还有一个快乐的旅游者，一个英语单词也不会说，与一个年轻的黑人妈妈往来亲密，那个妈妈顶多不过十四岁。还有一个北方来的超凡脱俗的女人，她哪里都去过，各种各样的魔法和玄妙都有所涉足，她大谈这些高论时，口音酷似《东方快车谋杀案》中英格丽·褒曼的口音。[1]（“则些丝是无法解似的，你看者针窜过手，

1 影星英格丽·褒曼为瑞典人，讲英语有北方口音。

又从林一头窜粗来了。没有雪，不铜，太森奇了。”）还有一个年迈的、胖胖的维京人，整个旅途中一句话也不说，就是读侦探小说。

与我同桌而坐的，是一个和平队的美国人，一个年轻的姑娘，今后两年将与世隔绝地生活，在河边的一座小村里建立一个实验室。与她做伴的是一个冈比亚人，任务是教会她说曼丁克语。这姑娘认真得可爱，没完没了地学曼丁克语。我们返回之后，她会留在那里，困守那个热如焖锅的小村。那时候，路途遥遥，难以企及，即便班珠尔也会变成一个诱人的地方。根据和平队的规矩，她只能得到最微薄的津贴：达拉西。这就像是一部小说，刚刚开篇便注定会不欢而散。那两个陪伴我们走了一半旅途的非洲学生的理想却和她南辕北辙，他们想离开这里，去瑞典，越快越好。船上还有更多的故事。我们都就座之后，还有一张小桌子，两把椅子空着。椅子对着桌子前倾，两个客人上场时，就连小孩都能看出来这是为什么。这就是那个往昔的时代，当然是英国人了，大块头，白皮肤，笨手笨脚，充满了在热带地区度过毕生的韵味。其中那个男人穿着一条白色短裤，露出突兀的膝盖。补过的长袜直到膝盖下面，还套着一双坚硬的粗革皮鞋（1938年购于庞德街[1]），他左手小指上带着纹章戒指，是家族饰纹，与衬衫领子上的织补处极其相称。那女人身材壮硕，紧紧地裹着件印花连衣裙，她的脸色似乎能撼动大山。英国的养狗师挖空心思想让狗也长出这种脸，但毕竟还是人脸更为生动。

现在没什么能伤害到我们了：鳄鱼都游到一边，这船不会沉，也总是有热茶。邓波先生的神色为之一变，大喊着："是，先森！好的，先森！"好像他想让我们看到，除了那一群散漫的、大喝啤酒、随身带着半导体的丹麦人，船上还有其他的白人呢。

晚餐没花几个钱，这倒是恰如其分，因为我们也没吃到什么。一半的配菜估计是被厨房倒卖了，不过这倒是体验"劳苦大众如何生活"的一课。三块小小的肉，一片菠萝要四个人分，一盘已经所剩无几的鱼，丹麦人鼓噪大喊不够吃，于是他们每个人又得到了满满一勺米饭。

1　庞德街是伦敦著名高档购物区。

我紧紧握着雀巢咖啡杯，又摸索上了甲板。说是摸索，是因为所有的灯光都熄灭了。船在一片漆黑中行进，没有船首灯，没有探照灯，什么都没有。过了一会工夫，我才能看见丰腴的水面，又过了好一会，甚至还能看见水面上的星光倒影。要是有人打开餐厅的门，漏出一道光芒，上面的操舵室就会怒吼一声。

河水在深入内陆之前一直潮涨潮落，要看清模糊的河道和河岸也得有鹰一样锐利的眼睛。只有和我们一样，在漆黑的夜色中活动，采果子或驾独木舟的人，才会在静夜之中听到我们的船驶近时的“啪——啪——啪”声，然后避开。甲板上凉起来，远方的河岸一定就在那里，但什么也看不见。到处都躺着熟睡的人，前甲板上、后甲板上、舷侧上都是；有带着孩子的妈妈、小贩、挑夫、水手，都睡着了。只有船尾还有一盏小小的电石灯在照亮。在许多的睡着的人中，有一张蓄着胡须的面孔，茂盛的头发梳成漂亮的发髻，躺着读《二十世纪的大师》。他没有抬起眼来看我，我也没办法跨过这么多人，走到他那儿去。

丹麦人和一些新结识的非洲朋友们坐在一起，抽着德甲巴[1]地方产的偌大的大麻烟，我都走进舱室了，那刺鼻的臭味还在身后挥之不去。我的舱门口堵着几个人，俯身大睡。

醒来时，我不知道已经多晚了。我听到马达轻柔的“咔咔”声。但我不是被这声音所吵醒的。房间里有轻微的吱吱嘎嘎声，就像是咬指甲。我摸索着开了灯，蹬掉湿漉漉的床单。在肮脏的洗脸池框上，有一只棕色的蟑螂，同小孩的拇指一般大，茫然地看着我。“啊，莫里亚蒂[2]，我们终于见面了。”我想，要是我踩死它，那是怎么一声怪响，所以我放过了它。

透过舷窗的玻璃，我能模糊地看见月光，以及甲板上尘世众生的身形，与你一样，我也是万物的尺度，所以我能同时看到一幅非洲地图，是硕大的1 ∶ 1比例尺，地图上的这条河上，就像真的河流一般，有条安宁的、

1　德甲巴是喀麦隆地名。
2　莫里亚蒂，即莫里亚蒂教授，是福尔摩斯小说中最重要的反面人物，福尔摩斯的死敌。

白色的河船汩汩而前，飘摇于看不见的河水上。这条船上，就像是葡萄的千分之一，只有我和这只蟑螂，我向它道了晚安，就熄了灯。

再次醒来时，是早上六点，天还是黑的。我的那只朋友已经走了，船也停下了。看来我听见的那两声刺耳的怪响不是做梦。我听见有人赤脚在外面走，就披上衣服，走到甲板上。外面可以说是冰冷。昏暗的晨光里，有几个人站在摇摇欲坠的栈桥上，他们深灰色的身影裹着毯子，有几个人上了岸，走上一块宽大的、里面刨空的粗树干，树干里还燃着一团小小的火焰。有个老人携着个大篮子在卖咸鱼。一个孩子上岸去买了几条。这里的价格显然比班珠尔便宜。没有村庄的迹象，顽强的夜色如同大幕垂落在那人身后，想要离开，就得把大幕揭开。传来一声非洲式的高音喊着要买，一个裹着麻袋的小孩就跑开了。

我们在哪里？阿尔布莱达、克里万、科莫托、坦达巴、八里果、野里腾达、桑库雅、拜以？早餐也说明了冈比亚作为英国殖民地的过去：薄薄一片火腿，直往下滴油的面包，还有一盘子稀粥，薄得连泥瓦匠也会自叹弗如。丹麦人以康涅克白兰地和啤酒佐餐吃下。船外，风景已经展现出来，你原本以为自己是在森林中航行，红树林如波将金的围墙[1]，遮遮掩掩之下，一瞥之中突然露出雷斯达尔[2]绘画一般的风景。稀疏草原上耸立着高大无比的猴面包树，这个季节已经落光了树叶，所以此刻既是冬天，也是夏天。

“大佬”又出现在甲板上，这次穿着一件洋红色长袍，戴着顶白色羊毛帽，上面还缀着两只绒球。他铺开一张五彩缤纷的丝毯，开始做晨祷，于是我马上就知道了东方在哪里[3]。

---

1 波将金（1739—1791），俄国政治家、军事家、外交家、陆军元帅。俄国女皇叶卡捷琳娜二世巡视波将金的领地时，波将金不惜工本，在女皇必经的路旁建起一批豪华的假村庄，并设置围墙，将破烂的实际景色遮掩。于是，波将金村和波将金围墙成为世界闻名的做表面文章和弄虚作假的代号。

2 雷斯达尔（1602—1670），荷兰风景画家。

3 穆斯林需要进行晨祷，面向麦加方向进行祷告，冈比亚在麦加西方，所以此人是面向东方祈祷的。

那一天后来确实非常热。我们看见了一头河马，一只鹈鹕，还有些猴子。我们所停靠之处，许多村子的人倾巢而出，空荡荡的风景之中，突然拥出长长的队伍，彼此问候和闲聊，椰子和木薯卖了出去，邮件递了进来，这是世界上最后一所水上邮局，有其自己的副邮政局长和自己的正式邮戳，曰“冈比亚河”。那个在舭甲板上的嬉皮士叫作来钦斯基，来自蒙特利尔，他说今天有四十摄氏度，然后躲在帆布下面遮阳。他向和平队姑娘解释她错得有多离谱，非洲的问题又如何只能用非洲的办法来解决。然而倒不如说，他是在徒劳无益地劝说弗洛伦斯·南丁格尔[1]不要给伤兵包扎。那姑娘更加意气风发，决心为非洲的进一步觉醒做出贡献。要我来说，非洲从没有自己觉醒过：它是被我们野蛮地惊醒的。我们都知道，非洲可能更愿意翻个身，继续悠长而欢乐的熟睡。

这里距离海岸边那个拙劣模仿西方的城市，距离那个单薄的、现代化的阶层很遥远。你开始感觉到整片非

1　弗洛伦斯·南丁格尔（1820—1910），因她在克里米亚进行护理而闻名，被誉为“提灯女神”。她是世界上第一个真正的女护士，开创了护理事业。

洲大陆的宽广和力量。我们如同一只微小的飞蝇缓缓爬行，在地图上不过前进了一毫米，可是城镇、政府、街道和殖民地遗迹的一切回忆都已经完全消失。张口一吞，我们就被这片宽广无垠的大陆所吞没了。时而能看到村落，有茅草屋或锌皮屋顶的房子，男人们都坐在茅草编的屋顶下聊天，我很想知道他们在说什么。咖啡喝完之后是午餐，午餐之后用茶时间又接着来。从那对英国夫妇的望远镜里看去，我能在下午闪烁的阳光中看见鱼鹰和白鹭。在舱房里比烈日下还热，不过，人们还是叉手叉脚躺得满甲板都是，睡得似乎比死人还死气沉沉。几个白天都是这样过去的，直到巴塞。我们是深夜抵达的，当夜就留在船上。

午夜时分，我感觉到有东西爬上我的腿，那东西有短短的、毛茸茸的腿。由于马达已经停机，所以灯也打不开。我点燃一根火柴，看见一只大得吓人的蜘蛛在床单上爬，我来到甲板上，满心是和这一切告别的哀婉。河流还要前流到法托托，流到塞内加尔和其他国家，可我们却要回海岸边了。我们最后一次坐在一起，都是一派率真的惜别之情。来钦斯基说，你在非洲获得的那种

“绵绵不绝”的感受，是因为这里没有季节之分。他破晓就下了船，长发拂动在晨风里。他的手里还握着一个小袋子，不知道自己会去向哪里。和平队的姑娘在他之后下船，她吓唬我们说，要让我们为她伤心。因为现在我们终于看见她要在什么样的地方度过两年：几顶茅屋，几栋建筑，一条窄窄的、很快就湮没的柏油马路，栏杆围着灰头土脸的、堆成小山的花生，就是河边这个灰蒙蒙、空荡荡的地方。丹麦人和瑞典人都被人接走了，英国夫妻不下船，只有我没地方去。没派标致车来接我！我只好走进村里去。这里一大早就很热了，比班珠尔早得多。有一个市场、圣约瑟夫学校、警察局，还有运输联合会的分部。这里的负责人是一个黑铁塔一样的黑人。“啊，你似布先森吧！爹灵，他今太早上打电话了。车来接你了，坏了，我给你皮卡吧。”

一辆皮卡，又小，还是敞篷的，跑在这种路面上，就是活受罪。但总比没有强啊。我告诉开车的人，我让他停车，他就得停，还给他解释，我为此是多付了钱的。不到一个小时，我就渴得脱水，满身都是红色的尘土。副驾驶和我一道坐在敞篷的后座上。他每只手都有六指，生性乐天。我们一起喝滚热的姜汁啤酒和热苏打水。苏打水有股铁皮味，他觉得这次旅行很惬意——通常，只要不挤出人命，车里总是能塞几个塞几个。我们到了某个小村，我想要停一停时，他就会给我带路，活像个向导。就在一瞬间，一切都会发生。一眨眼工夫，村里长老就来到我面前，他胸前紧贴着一本有阿拉伯文字的、打开的书。他指给我看该读哪些地方，我就遵命看了。然后我们就四处闲荡，身后跟着全村人，他们显然觉得这很有趣，这也不能怪他们，我究竟在这里干什么呢？

女孩从井底提水，一棵树上栖着秃鹰，另一棵上则有鹳，地平线上的矮树丛低伏着，黑烟向这里飘来。茅屋清凉洁净，长老领着我走进走出，轻轻地牵住我的胳膊。我发现这种村庄里的生活数个世纪以来一直是老样子，富人有牲口，也有歌手、武士和工匠的阶层之分（虽然我们看不出）。他们在树荫里行巫术，在地里干活，打猎，坐着讲故事——不管是英国或是法国的统治，都不曾改变这种生活分毫。我所看到的这种生活，无人惊扰，自得其乐，我也不会将其改变。

若说什么有所改变，那就是我了；前来拜访，反而拉大而不是缩小了我和他们之间的距离。我能看他们的家，他们却没法去看我的家。走回公路上时，我那六个指头的朋友拔出花草和枝叶，让我闻闻，就说出这些花草的名字。我一直回头看着那些村民，他们还站在原处，他们任由我随风而去：这个人永远不可能成为非洲人，他永远也不会知道在夜晚坐在树下，彼此说着冗长的故事，究竟是什么滋味。这个人啊，除非耗尽一切，见过一切，否则是永远不会留在家里的。

我究竟想要什么呢？还是那样，我想要的太多，这总是不好的。只能活一辈子是何等残酷啊。只有在舞台上表演，似乎才能躲避生活的牢笼。

我最后停的一站是曼萨空科。这里听说住着一个荷兰麻风病大夫，找他却花了我们不少力气。稀疏的花园中，有几栋低矮的房子。两个金发碧眼、在这里更显得格外白皙的大夫和一个荷兰小孩。最凉快的房间也有三十八摄氏度。我们共进了荷兰式的奶酪三明治，他们说，这里的生活困苦，或者说难熬，但是他们乐在其中。

我本想再多留一会，多聊聊，体会一下我偶然造访这里是何等肤浅，而这些长年生活于此，对其中甘苦心知肚明的人又是多么坚毅，可是皮卡司机不让我们私谈，没完没了地按喇叭。

我行程的最后一天，获准采访副总统。其余的时间，我就四处游荡，寻访往昔的遗迹。其中一处遗迹，就悬在英国国教教堂的墙壁上。“圣洁地追忆普罗威登斯·道尔瑞，1863年11月24日抛却此生（难道说生命是一件物品吗？），时年四十七岁。他是埃波地方人，此地是非洲西海岸的几内亚境内一国，他被出售，抓获，于1829年被带到冈比亚（原文如此），生活在此至死，所有认识他的人都敬爱他。”

莫哭泣！我将去彼乐土

灿烂光辉

再不掬伤心之泪

永明而无夜。

请欢呼！吾等必会重逢

永不分别

恒生不死之爱
吾等所共居。

那一天是命定和死亡之日。我从残破阴凉的教堂里出来，走进阳光灼热的街道，正好碰到“爹灵”先生，他去参加一个金匠叔父的葬礼。乱糟糟的人群走向海滩边的墓地。不过我要找的，却是另一类亡魂：一片狭小的、光秃秃的土地上，一个极其高大的老人正在小心翼翼地用耙子清扫几个水泥坟墓，他非得叫我“主人”。金合欢树的树叶落下，老人就把落叶收拢起来，当年，也有人这样收拢了H.贝斯特和乔治·皮埃雷兹的残躯，他们于1944年坠机于此。他们的墓碑上颇为阴郁地写着：“汝等今后应觉悟。”金合欢叶也同样拂过上尉R.V.M.加里和英国皇家空军中校R.O.M.格雷汉姆DFC的坟墓，还有坟墓则更加古老，“敬爱的玛格丽特，该处皇家殖民地的前任检察官理查德·潘大人之妻，她于公元1842年的最后一天捐弃此生，时年二十七岁”。蛛网纠结，蛛丝轻扬，帝国远去之后，留下的只有灰尘和残垣断瓦！容尸的石棺，墓顶的箴言，红珊瑚粉，在一切幻梦终了之时，只有这个园丁，耙去古墓荒藤。

我离别的日子近了，我的充实感和遗憾也奇妙地同时到了顶，这时只有两条路可走：或者立刻离开，要不就留下来住一年。除此两途之外，都只能写出臭文章。从河上旅行归来几天之后，我就要飞在这条河的上空了，即便从天空中鸟瞰，那也是条宽广、雄伟的大河。再过一个小时左右，我就会坐在达喀尔，在穿着鞋的人中间，喝茴香酒了，但我那时就会想念这酷暑、慢悠悠和迟缓的地方，永远无法忘怀。

副总统兼政府、土地和矿业大臣哈桑·穆萨·卡麦拉听说我求见总统的种种困难，愉快地嗤笑起来，当着我的面打电话给总统。他对总统直呼绰号，即“阿齐”，后来我才知道，这个绰号就是把总统阁下名前缀字母串起来读。电话那头，阿齐也大喊大笑，但他明天就要去莫斯科了，我明天下午就要飞回达喀尔，所以也只能如此了。班珠尔亲切的、喧闹的街道，还有如影随形的酷暑，似乎突然之间远去。我们坐在冷气中，空调嗡嗡作响，副总统看样子是个精力充沛的官员，正在给我讲解这个广阔的世界中，一个小国的兴衰荣辱。“我们这个国家，注定了在经济上不可能独立。”他说，不过他还是对本国第一次财政收支盈余平衡而大为满意，哪怕他很清楚，这都有赖于一种靠不住的庄稼，花生。情况是极其严峻的，如果世界范围内的花生价格下跌，也会连累得冈比亚深陷泥潭。而且冈比亚同样也犯了不少错误。这些错误不是说冈比亚造了黄金的床、雄伟的宫殿、体育馆和各种奢侈的外交往来。恰恰相反，冈比亚为事巧妙而理性，在国外只驻有几个大使，国内也没什么动静。他们现在认为，自己犯的失误是过于强调城镇和内地建设，对于农村和国内口粮生产则过于忽视了。最新的计划雄心勃勃，是要教会冈比亚人如何捕鱼，包括在海边及河中捕鱼（目前日本人正在开发这个计划）。奇妙的是，冈比亚人不是渔夫，也不愿放弃放牧的习惯。牧群决定了你的财富和地位，所以是不用来宰杀的。所有这些历史决定的心态，意味着进口的生活必需品，包括鱼、肉和农产品，费用太高了。刚刚起步的瑞典人旅游业带来的收入，由于斯堪的纳维亚旅游业商人的垄断，多半又流回了寒冷的北方，北欧本身就是个单一文化之地。此外，还有人害怕所有这些自由解放的、好色的、口袋鼓鼓的女士们先生们会腐蚀掉年轻一代的“非洲”精神。卡麦拉说他很遗憾，反对派已经基本荡然无存了。这也和投机主义有关：能干的人们发现在眼下他们不太可能有机会成功，就会转换立场，就像许多人（包括总统）改了名字，也改了信仰。基督教徒们活得很自在，也能出任内政服务部门的官员，但政治家最好是穆斯林，而且还要有个非洲式的名字。

我问他有没有读过美国作家伯克利·莱斯的作品《进入冈比亚——奇特之国诞生记》。这本书在冈比亚被禁，因为其中对许多要人有不恭之词，又对农村选举和议会辩论大加嘲讽。副总统先生耸耸肩。我回到荷兰之后，从热带研究所的图书馆里借出这本书，读完之后才知道其中原因。要想让冈比亚显得那么可笑、原始等，那是轻而易举的。可是想要从这个角度来看冈比亚，那是傲慢的，更是存心不良，只有有钱、骄纵的小男孩才会这么干。

我问副总统，有哪些国际援助组织目前在冈比亚工作，这可是个很长的清单，头一号就是联合国发展基金会（其员工住在豪华的海滨花园中，紧邻英国特使团，高高在上，近乎殖民时代），如此下来，直到美国国际开发署，“他们都在各尽其职。”他说。后来我读了几份联合国发展基金会的文件：其工作从“旅店人员培训，劳动力统计和人力资源规划，基础环境、下水和排污研究”一直到“开发高岭土[1]资源”。专家来了，奖学金发下去了，每个人都在这个世界的边缘坚毅地埋头苦干，这里没有军队，没有独裁，甚至人们火气也不总是很大。但所有这些，我在这里的最后一天，都撞上了。我得去还我租来的自行车，我在这里有时候就骑车转来转去，我当时正骑在沿着海边的主干道上，快到一个灰扑扑的花生仓库了，这时我发现前方一阵骚动。一个警察在用劲摆手。为了避开地面上的深坑，我慢慢地骑下主干道。哎呀！我太慢了！一辆偌大的黑色奔驰车呼啸而过，扬起花生堆里的飞尘，车上坐的不可能是别人，只能是阿齐。一分钟之后，我就被捕了。穿着短裤的警官大

1　高岭土是一种矿石，主要用于造纸和陶瓷工业。

为光火。没错，“本国总统”驾临时，我确实下车了，可是动作太慢。我推着自行车，跟着他在松软的沙地上深一脚浅一脚地走，气温是四十摄氏度。我小心翼翼地提出了荷兰式的抗议，这让旁边一小撮旁观者乐不可支。我不得不等了很久，听了不少大吼大叫，还不得不去辨认“其他杀人犯”的照片之后，才被释放，人家还对我严重警告，录了我的口供。天地之间似乎又恢复了一点平衡：这次不光是我描写他们，他们也来写我了。两天之后，在让人热汗淋漓的达喀尔机场，我又看见了另一种截然不同的官员：块头大得惊人的俄国飞行员，胸前挂着奖章。这次他们可不是来找我的——反倒是阿齐走进了那小巧的涡轮螺旋桨飞机，那是莫斯科的勃列日涅夫先生派来接他的。尽管我四下浏览，世界看来对阿齐先生的莫斯科之旅并不感冒；哪怕是想要人们知道冈比亚到底在哪，也会大费周章。就像海牙的外务部中某人曾对我说的：“冈比亚？冈比亚？哦，你是说赞比亚吧。”

1975年9月

冥想慕尼黑

有些城市可谓尽职尽责。旅者如何想象这座城市，城市就展现出什么样的景色，哪怕不过是假象。旅者此刻刚离开高踞马克西米利安纪念馆[1]屋顶的“和平天使”像（他依然能感到天使向他告别，背后传来金色的暖流），他一路闲逛，途经英国公园[2]那醉人的苍翠，前往摄政王大道[3]。旅者能感到这城中充盈着剑戟之气。统帅堂[4]，

---

1 位于马克西米利安大街，慕尼黑的标志性建筑，在伊萨尔河畔由巴伐利亚国王马克西米利安二世于1850年开始兴建，也因他而得名。

2 位于伊萨尔河畔，是慕尼黑最大的公园。效法英国，草地开阔，小径蜿蜒，顺应自然，极少人工雕凿，因此得名“英国公园”。

3 慕尼黑的四条皇家大道之一，兴建于1891年，沿途有许多博物馆。

4 统帅堂由路德维希一世下令于1841年建造，为纪念巴伐利亚统帅们而建立，用于缅怀当时巴伐利亚王国时代辉煌的军事胜利。

凯旋门[1]，名人堂[2]，巴伐利亚国王路德维希的黑色大理石之墓被其雕刻师命名为“castrum doloris”，即“苦难之城堡”——慕尼黑永远不离尚武之气。甚至从身边路人的服饰上也可见一斑：他们戴着引人注目的帽子，插着翎毛，穿着绿色大衣。身穿这些衣服的人们，也许因为深知自己是少数民族，走街串巷，都深怀心机，各有使命。一个德国朋友解释说，这些不是军服，只是传统服装。只不过，装束如此严整，必然心怀机密。比如说，用这厚厚的罗登呢面料、密缝的羊毛做成的厚大衣就能严密地把人包裹起来。

慕尼黑有种原始粗犷的风格，无论是哈拉里餐厅，还是在Finste Wald，也就是黑森林里用消音步枪打猎，篝火，难懂的歌谣。旅者曾见过一张海德格尔身穿传统服饰的照片。他并不是想借此表达什么时髦的看法，毕竟，他也曾穿着沃伦丹服[3]照过相，看起来非常

1 凯旋门是路德维希一世时代所建，1852年完工，为纪念巴伐利亚王国的军队武功，第二次世界大战中被摧毁，后重建。

2 名人堂始建于路德维希一世时代，里面陈列了数百尊巴伐利亚历史上的名人胸像。

3 荷兰小城沃伦丹的传统服饰。

滑稽。一点都不像海德格尔。您还是穿上这样的一套军服，要我说，这就是军服，能和您的思想相称吧。难道这就是那个曾奋笔疾书，探讨所谓厌倦、生存和时间的人吗？这就是那个胆敢挥舞着言辞之鞭，鞭挞虚空的人吗？

旅者的朋友曾说，你想看的，都会看到，正是如此。你几乎找不出自由的时间，还没决定去哪里，就又直面回忆：这种场面他曾见过，背景依然和记忆中一样清楚，人们穿着各种军服，而不是只有这种军服，大步前进，参加阅兵。旅者听到从王家花园[1]方向传来隐约的军乐声，他和往日一样，不由加快了脚步。这让他感觉稍稍有些害臊：因为军乐总是让他激动。他经由便桥越过一条主干道，来到废墟旁。军乐声已经停止了；站着一些年轻的士兵，鸦雀无声。微风吹送来只言片语：死亡和回忆。这都是那场不愿死去的战争。只有等到最后一个品尝过战争滋味的人也死去，这场战争才会最终消

1 王家花园于17世纪由马克西米利安一世所建，二战中被毁，后部分重建，中庭是献给黛安娜女神的凉亭。

失，只有等到那时。这里还有老人，《特别快讯》《战争杂志》[1]中战士永远不老，但这些老人再也不会年轻了，他们不是旅者在孩提时代曾见过的一幕，士兵们在一面与此相似但不同的旗帜下阔步前进，佩戴着相似但不同的军徽。军徽上的老鹰依然是银色的，但是那个神秘的符号已经从鹰爪下坠落了，永远消失了。旅者觉得，他的岁月已经和下面那些列队肃立的老人们融合在一起了。奇妙的是，他和这群老人有更多的共同之处，而不是和年轻的士兵们。他听不见那些老人的话语，而且也没有必要，他对他们已经很了解了。不过是荣誉、忠诚、哀悼、牺牲、往昔、过去。这些老人珍视过去，才能把握现在，他们曾经如春花之灿烂，旗帜飘扬，缀满蓝白相间的饰带。此处，四周环绕着围栏，旁边是采石场，眼前是废墟——旅者拖曳着沉重的时光，沿阶而下，缓缓走进王家花园。

事有凑巧，他走到下面，刚进王家花园，就看见

1 《特别快讯》《战争杂志》是二战期间德国鼓吹战争的刊物。

小战士们在转弯，只有大步前进的军人才能做出这样的动作：普通人会九十度转身，军人们却踏着弧度转弯。不，他们并没有穿着过去的军服，是的，那个小伙子也配着鹰徽——银徽上阳光熠熠——他身材颀长，金发碧眼，不，军官并没有大吼大叫着发令，下令时简直如同说家常话，不，音乐也不杀气腾腾，而是祥和的、低声的、微弱的。（换了19世纪晚期荷兰小说家刘易斯·库佩勒斯，就会这样形容：祥和。）不，没有人重重踏步，音乐结束时，他看见那些高马靴、重靴子，低低抬起，几乎是漫不经心地走过碎石路面，发出有节奏的沙沙声。旅者回忆往昔，大约五十年前的那次凯旋进军，更多的军人，军服的颜色更深、更暗。浩浩荡荡的大军，钢盔遮住了眼睛，他们的面孔看不清，也丧失了个性，取而代之的，是难以忍受的千篇一律，所有人一模一样。

旅者在沉思，他知道时光也让他两鬓斑白，身躯衰老，眼睛荫翳，直到他和别人一样，远眺地平线，寻找那个他走来的早已远去的时代，那时军徽更高，是用黄铜所铸，他们所唱歌曲的旋律，旅者永远、永远也不会忘记。而这些军人没有戴钢盔，几乎是少年人的模样，对他来说，是黄口小儿[1]。他们耐不住性子好好走路，他们的军服也属于那种被遗忘的小邦国的式样，灰色太浅，似乎这些军人是唱诗班的孩子，应该唱歌，只不过没有人唱歌，只有各人脚步的嚓嚓声，这些羞涩的面孔列队走过，旅者前面的一个老人摘下帽子，对着军徽鞠躬，又挺直了腰，旅者感到自己的背上也一阵刺痛，他已经不能做这种动作了；这时，仪式已经曲终人散。

旅者向旁边迈了一步，这里的灌木丛修剪得过于精细，花朵和树木都刻意扭曲，用意是展现出国旗的颜色。就让老人们先走吧，他们沉湎于自己不可言说、无法形容的思绪中，然后，旅者转身走去。祈祷钟声响起，他正在思索着一句拉丁文谚语。在旅者的一生中，祈祷钟声敲响得总是恰到好处。

他走过长凳，人们坐在秋日暖阳中，似乎在积蓄阳光，来度过阿尔卑斯山的寒冬。他们平静安详，或白日做梦，或深思熟虑，合着眼睛。再过一会，他们就会成

1　原文为拉丁文。

为这旅者擦肩而过，不知其名的过客。但是此刻，由于他们心无芥蒂，面向阳光，他们就是脆弱的自我，坐在花园里的城市人——管理严格的城市也是模仿大自然的造物。旅者刚刚转过身，向柱廊走去，想看看铭刻在墙壁上的诗，有个人突然出现，让这个晌午变得不同寻常。旅者又一次想起过去，很显然，触景生情时，他大部分是回忆。但出现的此人，本身就是往昔的象征。他戴着草编的帽子，衣服颜色亮丽，带着的一条狗，也有长长的绒毛。他和旅者互道“下午好”，似乎彼此熟悉，至少非常了解。“真是毫无意义！”那老人说，旅者立刻知道，他指的是这个军人的典礼。

我在什么地方认识他的？旅者不禁自问，同时意识到，他并不认识这位先生，但是知道他们这一类人，或者说这类人的心理，怎么说都行。不，不能说是这类人，这是一种已经绝灭的人。演员。各种剧场，小歌剧，哦，甚至施尼茨勒[1]本人都是。这一类人中，还是有人历尽劫波活下来了。旅者回忆起他看过的照片，那一定是

1 施尼茨勒（1862—1931），维也纳作家、戏剧家。

在大战时期。照片是涂过色的；那时，白色海滩西服的翻领上缀着的玫瑰花也是鲜红的。旅者的脑海中闪现过一些名字：汉斯·莫塞尔[1]、海因茨·鲁赫曼[2]。莫塞尔有古怪的维也纳口音，鼻音很重。旅者没有回应这个老人的话，也没有必要。回忆。保罗·斯提恩伯根[3]出演的安诺霍尔[4]的戏剧，那个世界在今天看来，似乎被平庸的天才玩弄于股掌之中。那个老人笑了起来，似乎看出了旅者在想什么。他的面容彬彬有礼，充满欢乐，又有些玩世不恭。他们聊了几句俗套话，这毫无意义，只是表明他们都乐意表明自己能够假装在聊天。然后，那个老人摘下帽子，在蔚蓝色的天空下微微挥动，说些“不胜荣幸”之类的话，在大路的正中间，以脚跟旋身离去，与导演所指导的舞台仪表一般无二。此地再没有别人。那狗跟在他后面，旅者看着他们走去，看着他们在树荫和夹杂的光斑之间，走在夹路的萋萋芳草之间。那老人知

1 汉斯·莫塞尔（1880—1964），奥地利著名喜剧演员。
2 海因茨·鲁赫曼（1902—1994），德国喜剧演员。
3 保罗·斯提恩伯根（1906—1989），荷兰男演员。
4 安诺霍尔（1910—1987），法国戏剧家。

道，如果有人看着他离去，他的背影应该看起来不失风度——他知道如何展现风姿。他也知道，如果他转过身来，或者走在路的一侧，这离去的风姿就会消失。

这一幕为何让旅者觉得如此感动呢？是一个已经消逝的世界的惊鸿一瞥？旅者想到了他相识的一些其他老人，近来过世的人——一个朋友的父亲，犹太人，四海为家，几乎和本世纪同龄。他也是来自这个国家，甚至来自这个城市，1930年代时被别人驱逐出来，他对这里的记忆非常鲜活。也许正是这些糅杂的记忆影响了他，这些名字、公园、雕像和凯旋门中蕴含的意味，与他的过去相互参差；是啊，似乎你只要再向那个世界迈进一步——他的那个世界——你就会迷惑于只言片语、暗示，还有让你悲哀、让你反思的劝诫。过去真的是一段忏悔、一种暗疾吗？普通人只关注将来，或者只关心所谓“生活”这座漂浮的冰山，这场不属于任何地方的电影，故事总在变化。在这座冰山上，旅者是朝后看的人。在欧洲，一切都已苍老，只有在这里，这片大陆的核心，时光似乎有不同的分量。旅者穿行在一个消失的王国中，这里不会令人发思古之情，直到旅者走到城东，才会幽情勃发：这个破碎的、崩溃的世界，属于穆齐尔，国王和恺撒，所有这些碎片和点滴，权力的衰退，封锁重重的波兰和捷克斯洛伐克的世界，似乎已经从这片大陆上割裂了出去，还有塞尔维亚、克罗地亚、斯洛文尼亚和的里雅斯特，巨变在20世纪降临于这些地区之上，并且依然在发生作用。卡夫卡和里尔克的世界，弗拉基米尔·纳博科夫和艾·巴·辛格的世界，卡内蒂[1]和罗斯的世界，一度沦丧，再度沦亡。在旅者看来，这里就像是瞭望台，你可以在此瞭望过往的时光，去看看这些地方过去曾依属于哪里，才能懂得这伤痕有多么深。想要探索这里，就像是向矿井里爬下去。他在意大利或法国，或在自己的祖国，从没有过这样的感觉。那里也有悠远的过去，但是似乎已经有机地变为了当今。但这里的历史，却没有转变，而是堵塞成团，陷于泥沼，被撕裂开来。但是历史依然存在，或许是依然在等待。旅者能感觉到，这里袭面而来的风，也是滚热的、焦枯的，似乎

1 卡内蒂，即埃利亚斯·卡内蒂（1905—1994），作家、评论家、社会学家、剧作家，1981年诺贝尔文学奖得主。

也想说些什么。那个老人已经消失了。“真是毫无意义。”那老人刚才说——可现在他和自己那身活泼的装束都已经消失了——只有他的那句话还在空中回荡，比起刚才听见的时候，已经远没有那般单纯了。六十多年前，在这城里发生的事件，一切的源头，无论如何也不能用“毫无意义”来形容，除非你按这个词的字面意思来理解。“毫无意义”，就是没有意义，这和疯狂无关，尽管现在人们爱用“疯狂”来形容那个时代，即指当时心智狂乱[1]。那个时代，缺乏意义。它已经迎来了结局，但是结局却挥之不去，而且旅者的朋友们认为，形势就要倒转了。但是，旅者还是认为，过去的信使，在未来的旅程中是不会得逞的。他向特阿蒂纳教堂[2]的双塔走去，塔身的颜色让他总是想起寄宿制学校里的布丁，学生们说，布丁是新年做的，然后吃上一年[3]。

寄宿制学校，圣奥古斯丁派，布丁，粮食。纽豪

1 原文为拉丁文。

2 特阿蒂纳教堂是17世纪所建的罗马天主教教堂，有双塔。

3 作者本人的父亲1945年死于飞机轰炸，继父是严厉的天主教信徒，所以作者曾经在埃因霍温上过圣奥古斯丁派的寄宿制学校。

斯大道上的奥古斯丁内尔餐厅的磨砂玻璃穹顶下一片繁忙。女侍穿着传统服装，低胸、白色、蓬松的上衣。顾客们把钞票塞进她们巴伐利亚式的豪乳之间。《西塞达斯王子》的合唱声，绣花边围裙、红色腰带、羊腿袖，女人的传统服饰一点也不让旅者不安。黑啤炝鲤鱼，香草黄油炸土豆，红莴笋拌土豆块，弗兰克尼土豆汤，黑布丁和鹅肝酱，弗兰克尼土豆汤加了蘑菇和墨角兰，四分之一只弗兰克尼烤鹅加手擀土豆包子，紫甘蓝和芹菜色拉。三块土豆华夫饼干，配苹果浓汤，馅料是烤苹果。

闹市区还能吃到乡村风味，这在旅者自己的国度已经找不到了，他的祖国也很难找到乡下了。这些菜肴的名称听起来重现了德国的民族特色，为什么这既诱人，又让人厌恶呢？“民族主义”这个词和仇恨相连，但也和传统相关，为了保持特色而不丢失，才加以保留，无论时光流逝，尽力将传统保留。我们尚且记得的这个世界，就此苟延残喘。为什么有些保护措施让人可以接受（例如保护西班牙的棕熊、荷兰的雀鹰和獾），可是其他的——保存民族服饰、语言、舞蹈和菜肴，总是让人心存疑虑呢？这两种形式的保护，都是一厢情愿地逆大势而动，最终也无力回天。令人生疑的，也许是在对于保护文化时，误用“血”这个词，又加上了和“血”形影不离的“土地”[1]。思考这类事情时，在旅者看来，不可能不先勾起老一套的回忆。头脑是思想和感受的器官，若要思考，总会先不由自主地触动大脑皮层，而回忆就在那里。回忆中储存了成见——先入为主之见，每个人都是如此看待万事万物的，在真正开始思考前，要先经过这层层相积的成见和老看法。

旅者知道自己在这个下午是没法客观地思考的，他还有太多东西要观看，而观看会带来肤浅的概念，粗率的分类，所以也属于俗套的回忆。

附近坐着一个朋克，是个女孩，天真的脸庞，竖着高耸的黑鸡冠发；这个矮胖的姑娘打扮得像个角斗士。旅者看到她多要了好几次苹果浓汤，那是婴儿才爱吃的东西。女侍对她很好，如同母亲一般。他已经开始将所见分门别类了，很快，就要形成所谓的思想了。旅者在

1 原文为德文。

这里的用意，就是为了看。一个穿着传统服装的老人，带着一本厚厚的书，还有满满一大杯啤酒。如果旅者看的时间再长一点，就会把所有人都收入眼底，正如舞台上的人物一般："几个士兵，一个神父，太太，一个上流社会家庭。"旅者瞥了一眼那个全神贯注读书的老人，不禁又想起了海德格尔。传统服饰也许稍稍意味着这老人和这个时代的不合。过去曾经人人都穿某些服饰，而当大多数人都已经不穿的时候，有些人还在穿。海德格尔拒绝将时间看作连续的"此刻"，他将时间看作桥梁，联系着已经发生过的，也就是过去、从前的事情，以及即将、在将来，在某一天发生的事情。旅者本人也从没有钟爱过这个时代，这个地方，他也会自然而然地认为，时间被过去的历史所浸染和定义，以这种观点来看，便有很多心得。一个人的一生中可能并没有经历过这些往事，却被其深深影响，这是不可避免的，尽管大多数人根本不回想过去，也毫无问题，甚至整个国家显然都会觉得，时移世易，忘却历史也是轻而易举的。旅者对未来没什么可奉告，只不过，无论过去经常是多么黑暗，他也不会变成悲观之人。对他而言，人性就是各种各样的怪物，朝着一个目标前行，而这个目标可能根本就不存在。问题在于，他们的步伐并不一致。有些人还身处中世纪的基督正统派运动之中，其他人却已经在使用电脑，或者飞向火星了。这也无关紧要，只是这两个极端之间，有各种混杂的形态，其变化如此剧烈。阴差阳错，误打误撞，恐怖分子希望以自杀式袭击和敌人同归于尽，因为他认为这样做，就能进入天堂。

可旅者是否真的没有适应过当代呢？这听起来很浪漫，还有点小小的孩子气。其实，他只是在那些只适应当代生活、将全部的希望投注在当代的人中间，感觉格格不入。这听起来也许有些矛盾，可是如果你不能抽离其中，那你就什么滋味也品不出来。历史已经在碱液中洗净，杂质都已经洗去，对于当代，却不能这么说。旅者最后一次想到了海德格尔那张着装古怪的照片（这是因为他对面那个穿着传统服装、正在读书的绅士）。尼采曾说过，哲学常常与身体相关，旅者想知道，哲学家海德格尔的身体，在传统服装里是否觉得舒服。因为这民族服装，和他的哲学观点一样，百折不挠地指向过去。也许扯得太远了。可当旅者点了一份“奥贝伯格火山熔岩”[1]后，他又想起“血”和“土地”，因为红酒像血一样红，若是看酒的名字，你又会觉得是在痛饮火山熔岩。

从红酒想到血，这肯定是由于他从小受的天主教教育。此外，为什么他单挑了这种酒呢？语言让人想到心理：他本可以点1986年的兰德赛克赤红酒或一瓶勒德尔赛天鹅岭红酒。对酒名加以解构，真该有人研究一番。他看着餐厅里的蕨草、黄铜胸像，以及从天花板上垂下的阿尔卑斯山的干花花篮，还有雄鹿角、盆栽的酸橙树、贝壳装饰。旅者身在异域，四处都能听见巴伐利亚口音的德语，一瞬间他意识到，德语肯定是他听过的第一种外语。

十六年前，在缅因州一栋白色壁板的农舍里，一个老人——白发的老人，让他再一次回忆起他朋友过世的父亲，以及那个在公园里和他说话的老人。老人请他大声朗诵一些里尔克的诗歌。那老人的英语，如同他朋友

1　奥贝伯格火山熔岩与下文出现的兰德赛克赤红酒、勒德尔赛天鹅岭红酒，皆是巴伐利亚州酒名。

的父亲说的荷兰语一样，都有相同的口音。那是德语口音，但不仅是德语的，其中包含着整个中欧的过去，一种不灭的、浓厚的、诱人的口音，即便他的朋友在荷兰生活了那么久，口音中也还能找到其痕迹。在缅因州听到的那个请求让他吃了一惊，一来是因为他的主人刚获得诺贝尔生物和化学奖，是他极为敬仰的人。当主人听说旅者来自荷兰时，突然谈起莫塔图里[1]，19世纪的荷兰作家，所有的美国宾客都说不上话了。他曾多次遇见过这样的情形，年过八十的人能滔滔不绝地谈论莫塔图里或库佩勒斯。荷兰果然曾经存在过。但请他念里尔克时，主人绝不容情。旅者告饶说自己的德语无法胜任，但老人对这个理由置之不理。那是感恩节，十一月间，印第安人之短夏[2]，整座花园，一直延伸到皮诺斯科特湾[3]的尽

1 莫塔图里（1820—1887），原名爱德华·杜威·德克，该笔名来自拉丁文“我已历经苦难”。最著名作品为《麦克斯·哈弗拉尔记》，小说谴责了荷兰殖民者在东印度的暴行。

2 印第安人之短夏，指秋天到来前，一到两周温暖宜人的天气，一说印第安人这时囤积粮草准备过冬，一说是他们会在这个季节利用晴天袭击北美殖民者。

3 皮诺斯科特湾是缅因州风景优美的海湾。

头，流光溢彩。旅者打开了书，书页已经变黄，支离破碎，每一页都盛满了怀旧之忧愁，翻到了主人让他读的那一页——就开始读了。美国人一片寂静，旅者能听见炉火噼啪作响，但他不是为别人所朗读，只是为了那个人，那个垂着的苍白的头，不知何所思、何所忆的人所读，这是来自五十年前的诗句，那时他还没有被逐出家门，或者被迫逃亡出德国，这是往昔的诗句，旅者朗读时，就像展开了往昔的世界，他的嗓音也和那纯净的、珍藏的旧日气息混同为一：

主啊，正是此刻。夏日太长
将你的荫翳洒在日晷上
在草地上，让微风徜徉

让葡萄枝上最后的果实成熟
再多两个夏日
酿造芳醇，
凝成浓酒中最后的甘露

无家可居者，将无所归养

独身一人者，将独身远扬

苏醒，阅读，书写长信

野径里上下彷徨

树叶落尽时，公园空敞

那个午后他还读了许多，但读到本诗的末尾时，他看见主人的嘴唇和他同时开合，他深受感动。还是那种感受，老人的“过去”和他的“现在”之间似乎根本没有任何距离。那老人已经过世，他朋友的父亲也是，还有几位，他不断地邂逅这样的人，仿佛这是个罕见的前定。这几个人都曾年过八旬。其中还有一位大提琴家、一位古画修补家、一位银行家。生存附在他们身上，仿佛是第二个灵魂，这不是因为生存自身，因为这五个人都已经过世了，倒不如说，是他们经历并幸存过的那一切，五个人中没有一个人和旅者谈起过那一切。

但这里是慕尼黑，旅者来这里并不是为了回忆，而是为了观赏。可是当他静静地坐在这里，手持一杯“火山”红酒，他似乎搅动了翻腾的记忆。多怪啊。时光毫无重量，无论你如何规定时间，或者踩住时间的尾巴，时间也只朝着一个方向流逝。没有人知道时间是什么，可即便你将世界上所有的钟表都摆成一圈，时间还是会直接地流过，如果时间真的有确定的尽头，人类哪怕去想象这个时间的尽头，都会觉得天旋地转。那么，回忆又是什么呢？已经在身后流逝的时间，又追上了你，或者是你自己逆时间之浪潮而上，实际上是强为不可为之事，也能重拾记忆。不仅是你自己的记忆，他人的回忆也是一样。比如说，他朋友的父亲曾经是托勒尔[1]的朋友，他曾告诉旅者，托勒尔在慕尼黑发动革命失败时，他也在慕尼黑。就是在这里发生的啊，就在旅者现在所在的地方，革命中所有的冲突、尖叫和死亡，正在此地。此后，托勒尔被流放，先去了伦敦，然后去了纽约。旅者的朋友有一次指给他看五月花宾馆：“托勒尔就是在这

---

1 托勒尔，即恩斯特·托勒尔（1893—1939），20世纪20年代最出名的德国剧作家之一，也是德国表现主义戏剧的重要代表作者，在1918年参与巴伐利亚苏维埃革命，革命失败后，1919年为魏玛政府所逮捕，在狱中度过五年岁月，就是在这五年间，写下他最重要的剧作，纳粹上台后流亡美国，1939年失意自杀。

里自杀的。”但是最讽刺的莫过于，托勒尔死后很久，他朋友的父亲去阿姆斯特丹看一出描写托勒尔的戏剧。幸存者前去观看演员扮演他死去的朋友。可那天晚上阿姆斯特丹城市剧场被一些学戏剧的荷兰学生们盯上了，学生们当时正在参加一场抗议，也就是所谓的“*西红柿行动*”[1]；尖叫声，催泪瓦斯，演出被取消了，老人两眼含着泪水离开了剧场，真正的革命者被种种伪革命者赶了出去。旅者现在才能清晰地了解他朋友的父亲。即便年届九旬，他依然英俊，风采不凡，有些微驼，黑色的眼睛，老迈的印度人的脸庞，一头长长的白发。托马斯·曼的日记中常常提到他。“L博士来访，我们共享了鲜美的菠菜。”他的儿子有一次说：“好吧，可你们究竟谈了什么？日记里没有提啊。”记忆失灵时，仿佛丢失的记忆的那段时光，从没有存在过，也许那时光的确未存在过。时间本身什么都不是，对时间的体验才是一切。当体验消失，就如同一片虚空，这是死亡的象征，然后才会全

1 原文为荷兰文，是指荷兰激进分子用西红柿等进行袭击和捣乱，表示抗议的行为。

部遗忘。当他的朋友对自己的父亲说了那番话之后，他父亲的回答是："如果你什么都要记住，你会垮掉的。记不住的，遗忘是一剂药，你得早些饮用。"

是时候了。他站起来，穿过这家餐馆宽阔的进餐大厅走出去时，他禁不住嘲笑自己。老天啊，这个概念对语言无孔不入，让你对其产生的任何概念都相形逊色，你怎么会在这个问题上沉思良久呢？时间总是和衡量时间的尺度混为一谈，总是如此。有种斯堪的纳维亚半岛的语言，将时间说成是"所有时空"，似乎是说，目前的时间尚未完整。人类的时间，科学的时间，从牛顿的观点看，时间匀速前进，毫不受外来事物的影响——不过爱因斯坦的理论则认为时间可以随空间扭曲。还有那种将时空看作无数微小颗粒的学说——这些微粒碎若飞尘，不可计数，慢慢衰减。旅者瞥看其他人，纽豪斯大街上人们摩肩接踵，从他身边川流不息地走过，每个人都有自己的时钟，手腕上戴的表不过是徒劳而可悲地对人们发号施令。手表虚张声势，但从没有人见过它究竟有何威力。人们依然不知道，教堂的大门几点敞开，过了一会儿，然后（"然后"是一个暴君，你总也躲不开。）

他就站在圣米盖尔教堂[1]阴凉的内室里。他所读到的第一个词，当然是“时钟”[2]，上面写着：“1944年11月22日，下午一点刚过，圣米盖尔教堂被几枚美国轰炸机的炮弹击中。”在此，记忆又潮水般回涌而来——大战期间，飞越荷兰上空的轰炸机的轰鸣声，还有大人们急切热诚的话：“美国人去啦，去炸匈奴人了。”[3]这轰鸣声，会永远铭刻在记忆里，因为它代表了死亡和复仇——整个天穹都充斥着这无休止的纯粹低音，谱曲的是热爱死亡的音乐大师。可旅者现在不愿想起这些。死者长已矣，教堂已经重建，在这片纯净的、淡灰色的空间中，一个女人直直地走向一处。她衣着精美，全身黑裳，以黑天鹅绒发带卷起的假发髻中露出淡金色的秀发。她跪下，双手托脸。精巧的皮靴几乎不沾地，而是悬在地面上。阳光射入，上空灰泥所砌的穹顶更显得灰暗。旅者看到日本游客们如何盯着那女人看。教堂的后面，是一尊铜铸天

1 圣米盖尔教堂是一座建于16世纪的文艺复兴式建筑，同时也是巴伐利亚王室的埋骨所在。

2 原文为德文。

3 匈奴曾入侵欧洲，在第一次世界大战和第二次世界大战期间，西欧人也曾称德国军队为匈奴人。

使像，倾身面对着一个洗礼池，神情漠然，仿佛是走过钢琴，停留片刻，弹了几个音符。旅者四处都能看见祈祷的人，这些红色或深绿色衣服，祈求上苍的小小身影，让这座建筑更显得宏伟。一个穿着传统服饰的农民，以手扪胸，对着一幅肖像诉说着。旅者又走到那天使的前面，走到他的身边，这是教堂中两个漫不经心的角色，一个人，一个天使，一个有翅膀，一个没有。天使身形更大，铜光闪亮，不过这没关系。旅者仔细观赏天使舒展的手指，又去看那翅膀。这是他今天看的第二尊天使像，但这个却不是女人。经典上说，天使是男人，他们的名字也是男性的，如路西法、加百列、米迦勒，但他们并不是男人。他们有无数法相——至少旅者受到的教育是如此传授——可以变幻众多法身。可以是黑暗，是毁灭，是光，是守护者，是信使。天使还有高低之分，有智天使和炽天使[1]，有代表力量和王权的天使，他们是神圣的军团。旅者不记得自己是否认真相信过天使，他

1 中世纪神学认为，神的御座前围绕着九层天使军团。炽天使存在于最内层，是纯粹光的存在，最接近神，智天使为第三层。

想是没有。但这是一个有趣的想法。那些生灵无需是人，但依然和人类相似，但他们不会衰老，而且更重要的是，他们能够飞翔。当然了，身为天使有种种禁忌，如果你翱翔得离上帝如此之近，这都是可能的。让旅者欢喜的是，天使依然在身边，且不仅仅是在教堂里。木雕的，石雕的，黄铜的，在纪念死者和纪念和平的纪念碑上，在俗世的建筑上也能找得到。穆斯林也相信有天使。人们还能看见天使吗？还是天使已经将自己超人的体格和容貌隐而不现了呢？旅者不这么想，他怀疑其他人不会像他这样特意来看天使，而是如幻梦一般想象天使。所以这有翼的生灵能够另辟蹊径，前往无名祖先们生活过的秘境，而不需要主人首肯。又来了，旅者又开始思索时间的问题，他真是受够了。他下过决心，今天再看最后一座教堂，他觉得这座教堂更与这城合拍，而不是如其他教堂，是在这座浩劫之后的雅典城[1]上，故作感伤的重建。旅者正在走去，教堂应该在桑德林格路[2]上，突然

1 雅典城在奥斯曼帝国统治时期曾遭受严重破坏。

2 桑德林格路上有一座极具特色的阿萨姆教堂，建于18世纪。又被称为圣约翰·那波慕克教堂。

之间，导游跳了出来，想带旅者去相反的方向。

“去哪里啊？”旅者愠怒地问，他已经忘记了还有导游这个人。他在餐厅进餐时，导游肯定就藏在桌子下面。这样的人，是不是能看穿你所有的想法呢？

“去维多利亚市场[1]。”导游说。

市场，还有墓地，正是旅者的弱点。他无怨无悔地跟随着导游。距离邪恶最遥远的，也许莫过于美食。满目都是红萝卜、卷心菜、奶酪、大块的面包、蘑菇、南瓜和鸡蛋，都让人想起大自然，想起田园的悠然，在城市中心是找不到的。这些让人想起，城市的起源正是荒野中的集市，旅者转悠了半个小时，观看堆成小山的土产、刚采的药草、香肠——五花八门，让人难以想象——大片火腿、从湖水和河里刚打上来的鱼，一切都和一千年之前毫无区别。胡萝卜、鲤鱼和洋葱才是千年王国，慷慨地让人们唇齿生香。

教堂所在的街道很繁忙，可一旦进入教堂，喧嚣就

1 维多利亚市场在市政厅南面，是慕尼黑最大、最著名的市场，以新鲜花果闻名。

远去了。导游小声说，这就是圣约翰·那波慕克教堂[1]，一个波希米亚人圣徒。旅者喜欢这个词，波希米亚人，不仅仅因为这个词听起来很诱人，也是因为它会让人们误解。就因为到法国的第一批吉卜赛人是杨·胡斯[2]的追随者，是从波希米亚来的异端。所以直到今天，各种画家和诗人，仍然被称为波希米亚人。根源是误解，种种偏见绞在一起，也恰到好处。将诗人和流浪汉、吉卜赛和异教徒混为一谈，甚得其趣。

“那波慕克。”导游还在重复。他曾经是除了圣母玛利亚之外，全巴伐利亚最受爱戴的圣徒。六百年前，被折磨致死，溺死在磨道尔河[3]中，由于旅者认为他自己也有几分可以算是波希米亚来的，于是他就选定这位不知

---

1 圣约翰·那波慕克教堂，即阿萨姆教堂，为纪念那波慕克地方的圣徒约翰，他是捷克的国家圣徒，据说为波希米亚王后的忏悔牧师，因为不愿吐露忏悔中听到的秘密，而被波希米亚王下令溺死在伏尔塔瓦河中。从此神化为忏悔守秘的圣徒，由于被溺死，也被认为代表能保护人们免遭洪水之灾。

2 杨·胡斯（1369—1415），捷克宗教改革家，反对天主教教士的奢侈堕落，主张用捷克语传教，主张宗教改革，1415年被罗马教廷以“异端”名义处以火刑，激发了宏伟的胡斯战争，即捷克农民战争。

3 磨道尔河，伏尔塔瓦河的德文名称。

名的那波慕克为自己的守护圣徒。导游滔滔不绝地对他猛灌圣徒的生平故事，包括入口处的木饰上，铭文是什么意思，但是旅者已经被这奇妙的空间勾去了魂灵。倾听和学习之事，可以暂时放下，可是现在，现在他想飞旋在这里，而他曾一度将这种风格景物斥之为浮华。巴洛克风格，就像歌剧一样，他很久以来都无法发现其美，他曾经无法理解，人们究竟欣赏这风格的哪一点，即便现在，他还是觉得难以形容。这没什么可害臊的——毕竟，人孰能无过。可此处的奥秘何在呢？可能是这绚丽的装饰，以及与之恰成对比的、将豪放的装饰包容在内的严谨的结构。这艳丽、完美的风格，还有罗马式教堂[1]的爱好者最不愿承认的事实：这里还很安逸和亲切。即便这里只有你独自一人，也会感觉到千变万化：天使摩肩接踵，长袍衣袖翻飞，风拍打着岩石，大理石和镀金的石膏，争先恐后，喧嚣扰攘，这里就像一个钟乳石洞

1 罗马式教堂建筑采用典型的罗马式拱券结构。外形像封建领主的城堡，以坚固、沉重、敦厚、牢不可破的形象显示教会的权威，与巴洛克式建筑的外形自由，追求动态，喜好富丽的装饰和雕刻恰成对比。

窟，每一处石瘤都渗入了信仰和神的造物。垂幕、有凹槽的立柱、欢快的地下室、弯曲的线条，也许在这里，他才第一次看见了巴伐利亚之魂。国王广场上那个雅典城不过是捏造出来，强加于人的假象，但在这里，必要时，你甚至可以唱岳德尔山歌[1]，因为整座建筑似乎也在高唱——尖声颤抖，兴高采烈，疯狂的高C音。祭坛上的雕塑是纪念这位波希米亚圣徒的，他的生活曲折，充满意外，甚至说故事的人也不愿单刀直入。雕工，法国紫胶清漆，修饰，倒转，中断——即便是静止的雕像，也仿佛在扭曲挣脱。这尊雕塑就仿佛天堂的十字路口一般热闹，戴着皇冠的上帝俯身看着，两侧各有一个天使，翼尖直指上空，如同耸起的驴耳。这里别无他人，旅者离开祭坛几步，引颈而望。让他震惊的是，如果你直直地向上空望去，直至目力所不能及，在壁柱之外，金色的大写字母之外，越过绚丽的帷幕和女儿墙的低矮的立柱，然后稍稍将头偏向一边，越来越多的蠢头蠢脑的天

1 流行于古代瑞士和奥地利山民之间的一种山歌，是传统音乐中最具特色的一种山歌唱法。这种唱法的特点是运用真、假声两种唱法迅速地交替演唱，形成一种有趣的、令人惊讶的奇妙效果。

使面庞就会浮现。显然，他们就生活在这里。旅者移步时，他们也同样移动，俯瞰着旅者，石膏雕刻的脸庞很是无礼，有种过于成熟的朦胧和欢乐。旅者觉得似乎高处的墙面也在膨胀起泡，而泛起的泡沫则有人类的模样。不经意间，他猛然记起在舒伯特的歌曲中，有歌德关于运动的一句诗。“Was bedeutet die Bewegung？”（这样的举动，代表了什么？）也许这本身也是答案：在这里，含义完全包含在运动自身中，若要形容静止中的生机，也无法比歌德的这句话更贴切了。动与静的交融，具有无限的生机。

他对这座城市更了解了吗？旅者也不肯定，但是他决定是时候离开了。到哪儿呢？去南方，追随着今天早上惊醒他的候鸟。去另一个波希米亚的所在，到群山中去——那里是欧洲的分水岭——在那里，语言和国度变化多姿，河流也向四面八方流去，他最喜欢故乡欧洲的这个地区，这个旋涡之中，有失落的王国，重新征服的土地，冲突的语言，碰撞的体制，高山对垒巨谷，这是古老的、支离破碎的中土王国之领域。旅者再次穿过苍翠的英国公园，在秋日的残阳里凝望树木，喂天鹅，躺在草地上，看着流云飘向阿尔卑斯山。不，他还不了解这座城市，可现在其他的城市在召唤他，召唤之声只有他能听见——波希米亚神秘的歌声，他是无法抗拒的。

1989年3月

阿伦岛之石

电影的画外声讲述着最早来到爱尔兰的基督教僧侣，在这片贫瘠的群岛上生活过的神圣的社团，还说到圣科伦[1]和圣恩达[2]、“四美人教堂”及“七教堂”的遗迹[3]。

这些影像和故事，与当代社会几乎毫无瓜葛，让我误以为这些古怪的小岛远在大洋深处，尽管它们还属于爱尔兰，但已经是无路可通的边地，与新赫布里底群岛

1 圣科伦（521—597），又称圣科伦巴，爱尔兰最早的基督教僧侣之一，是所谓“爱尔兰的十二使徒”之一，563年前往苏格兰开始传教，在当地有崇高声望。

2 圣恩达，据说是爱尔兰的王之一，后皈依基督教，建立了阿伦岛上最早的修道院，也被称为爱尔兰修道院制度的创始人。

3 伊希莫尔岛上的一座古老的哥特式教堂，传说有四位美人埋在教堂的石碑下。岛上最大的教堂遗迹，实际为两座教堂和一些名宅。得名“七教堂”据说是信徒们将其与罗马城朝圣之旅的七座教堂混为一谈。

一样，只不过是更加孤悬海外的修道士小岛，匿身在浩渺的大西洋深处。

我从没有去过爱尔兰，但我读过叶芝、约翰·辛格和乔伊斯的作品，还曾经将布伦丹·贝汉[1]和肖恩·奥凯西[2]的剧本翻译成荷兰文，至今还能有一些模糊的、诗意的印象。我原以为爱尔兰比欧洲其他任何地方都更尊敬文学和诗歌。可直到最近，这个看法才确定无疑。我发现我所乘坐的爱尔兰航空公司航班的所有椅垫，在绿色的底色上都印有乔伊斯、贝克特、王尔德和斯威夫特的手迹。爱尔兰的一切都和其他任何地方有所不同，不仅仅是航班的椅垫装饰，或者是阴暗舒服的酒吧里悬挂着的数不清的作家肖像，甚至地理也与众不同。

阿伦三岛和大陆之间的距离，在我心中漫长得神秘，但在地图上不过是一小段。只不过，爱尔兰朋友们说，如果天气不好，船不能出海，你没法离开其中某个岛，这短短的距离就会变成恼人的漫长，而坏天气则是家常便饭。

---

1 布伦丹·贝汉（1923—1964），爱尔兰剧作家、民族主义者。

2 肖恩·奥凯西（1880—1964），爱尔兰剧作家和传记作家。与贝汉一样，都以描写都柏林的工人阶层而闻名。

我初次来访，注定是一次短短的旅行，我记得当时在下雨，天也黑得很早。我在三岛之中最大的因希莫尔岛上好不容易才找到一间房（岛上没有旅馆）。外面在下雨，下午天色就已经擦黑了，码头上有两驾马车和几辆面包车，可是我本以为，我的住所是在奇诺兰旅舍[1]，就在渡船边上。在渡海时，有人给我画了一张极简单的地图，所以我自然什么也找不着，飓风几乎把我吹得飞起来，我走错了路——走上了一条泥泞、满是卵石的小路，后来消失在旷野里。最终，我还是找到了一间客房，吃了顿早餐，旅馆是一个少妇所开，用她自己的话说，丈夫去了大陆就“没转回”，留下她和两个孩子，孩子还在上学，也就是说，即便在冬天，她也开门营业。

过了一会儿，我就走回自己那间俗丽的小客房，色调是主妇们最爱的糖果色，她们似乎认为，房客也会爱上这风格：玫瑰色的尼龙床单上嵌着白花，淡褐色的墙纸上衬着绿叶，挂着的画上是一束天竺葵和一个孩子，孩子皮肤粉红得很不自然。这一切就像是在负隅顽抗，

1　奇诺兰旅舍，因希莫尔岛上一家旅舍，可以眺望大西洋。

想让咆哮的严冬风暴不会冲上岸来。

我的女房东说，在外面只要几分钟，我就会浑身湿透，她说对了。我像是一团雨云，撞进路边第一家小酒馆，伞已经被吹得翻了过来。酒吧里所有人都转过脸来，盯着陌生人看。每个人面前都摆着一只偌大的玻璃杯，里面倒满发黑的啤酒，这总是让我觉得，那是食物而不是酒水。电视里放的肥皂剧似乎是从天外传来，也许因为电视剧说的是英语，而酒吧里飘来的只言片语听来却神秘得多，在这之前，我在爱尔兰任何地方从没有听人说过高卢语，尽管人人都说，他们在学校里学过高卢语，可现在我自己听见了。语言一直是一个谜，在某个地方，万物有自己的名字，而在一千里之外，名字则截然不同，为何如此，一般都没有可信的解释。当人们看着你，和你说话时，你却一个字也听不懂，这总是让人印象深刻。突然之间，整个语言体系都瓦解了，语言本来是为了方便交流，现在却适得其反。

一个人走过来，坐在我的桌子边，同我说了些什么，这让我仿佛是一个小娃娃、一只狗或一个外国人——这三类，都听不懂你的话，都会因为他们的无知而让你心生怜悯。这没关系，他说，有必要的话，他可以和我说英语。我听得懂英语吗？是啊，我懂英语，过了一会儿，我得知了他名叫安格斯，已经做了整整十七年的渔夫，他不识字（“哎，以前就那样。”他说）。这个岛四周的大海是世界上最危险的地方，他认为自己真是幸运，因为他从来不会游泳，所以十七年捕捞马鲛鱼、岩鱼和鳕鱼的生涯，差不多是在赌运气。不过您晓得，要是克勒夫在大浪里翻了船，你就玩完了，会游泳也不行。克勒夫是什么？那是过去我们自己造的小船，船壳是轻木料和涂了柏油的帆布，你还能看得到。明天干啥？又要下雨了，不过不会下到天黑。您该去看看顿·安格斯，顿·安古斯，顿·昂哈撒，顿·阿安古斯，我经常看见这个名字有不同的写法。他指着酒吧墙上一张给烟熏黑的照片，照片上是一大片黑色的岩石，我记得我曾经在一部电影上看过这风景。是啊，明天还会起风暴，但是他可以把面包车开到距离顿·安格斯很近的地方，一定得去，每个人都去那儿。

我又看了一眼那照片，突然想到，我也许是去拜访我想象中的小岛。那就明天吧，好，就明天。

一时间，我们沉默下来，只有电视里打算整出点啥花样。此刻我听到教堂单薄、尖厉的钟声。七点了，是圣弥撒的时间了，我的新朋友说，举起七根手指，又说了一遍，可这次是用高卢语说的，弥撒[1]。我离开酒吧，跟在一群人后面，向钟响的地方走去，感觉自己是在做不同寻常的事。

拉丁的僧侣们曾在此登陆，他们所带来的思想精华得到了保存。虽是不同的语言，却是同样的词语。虽是不同时间，却同样是严密的石建筑。教堂并不大，但内部却异常阔大。弥撒使用高卢语，我知道神父说的是什么，却一个字也听不懂。圣诞节前阴暗的日子，神父的十字褡和耶稣降临节的紫衣是森森石壁之间唯一的亮色，布道声在我四周回响，这是海贝和岩石的语言，古老的词语渗入身边所有人的心田，却将我拒之门外。这没关系，我能感觉到其他人彼此相通，这是数个世纪的与世隔绝和贫穷的产物。无穷无尽地艰难生存，在忌妒、险恶的大海上捕鱼，从岩缝中剥出土壤，再铺上

1　原文为高卢文。

数层海藻和沙子，种一点土豆，几小块稀罕的好地是用来放牧牲口的，土地周围总有石砌的围墙，这些石头最初是开采出来，拖到这里的。油灯的微光一直闪烁到上个世纪，那是从鲨鱼和海豹肝里炼出的油，岩石所砌房子立在同样的岩石上，屋顶是黑麦秆。即便时光变迁，在人们的脸上依然有着同样的烙印：生活，就是历尽艰险。

第二天，安格斯开车带我去了大堡垒。道路狭窄，他带我到了一处，从那里开始，我就要徒步前进了。我觉得这实在是很古怪。夏天我是在一座西班牙的小岛上度过的，那里也同样是岩石嶙峋。每小片土地也是以各家光秃秃的岩石围墙隔开的。只不过在那里，夏天的阳光灼目，土地干燥，甚至可以几周滴雨不落，所以在北国的此地，我觉得和那个夏天恰成对比。草地苍翠得无邪，可当我向着堡垒攀登时，不得不践踏着棕黑色的淤泥，泥上满是牲畜张开的蹄印。没有人能肯定这堡垒有多古老——没有留下只言片语，或者任何碑铭。堡垒高踞大洋之上，坚不可摧，背倚连绵的石墙为屏，同样屏护堡垒的还有布满蒺藜的旷野，巨大而极其锋利的石块斜插在土地里，让骑兵无法逾越。这让我想起，在柏林墙附近，也有许多金属刺同样斜斜地插在波兹坦广场上，防止人们逃往西方。堡垒里没有楼层，也没有会客厅，我甚至不知道，能不能称其为“堡垒”。站在大堆岩石间隙的草丛中，高居咆哮的大海二百七十英尺之上，我觉得难以想象，曾经有人修建过这宏伟的建筑，曾经有人生活在这里。

我走回面包车时，安格斯问我是否看过《阿伦岛人》[1]，那部电影正是在岛上拍摄的。安格斯说起来，仿佛这部电影是昨天才摄制的，后来我发现，这部电影摄于20世纪30年代。“为了每天挣一美元，他们就敢去搏命。”他说道，仿佛他也在其中——他说得没错。伟大的故事，总是短暂的，可这一点，我直到看了这部电影才感悟到。“我带你去看他们拍电影的地方，”他说，“不远，只是一座小岛，不过十二英里的路。”车子直开到路的尽头。从那里我们可以看见，在西方的天边，有两个

1 《阿伦岛人》，“纪录片之父”罗伯特·J.弗拉哈迪所拍摄的纪录片，该片讲述了岛上居民的艰辛，记录了其日常生活，例如在悬崖边打鱼，在稀薄的土地上种土豆，以及猎鲨取油的故事。

微小的岛——奥林-法-巴若农和安-提奥林-伊阿巴赫。灯塔在第二座岛上。“灯塔是自动的。不过以前还有个看塔人，他有时候好几个星期都不能下岛，因为下海太危险了。”他指着海岸边咆哮的白浪说。一座小小的石码头伸入大海。“修码头的地方不对，肯定的，所以一点用没有。修这个的是一个都柏林的工程师，比渔夫聪明多了不是？天气一坏，克勒夫艇想从那下海，一点门都没有！”

我想靠近点看，可他却坐在面包车里不出来。我努力想象，在如此的巨浪之中，一只小小的、涂了柏油、单薄脆弱的克勒夫小舟的样子，那天晚些时候，我看到了真实的这一幕。虽然不过是一部电影，但小舟和巨浪却很真实，渔夫们为了性命，为了那一美元苦战。咆哮的大海，白浪滔天之中映出三人的身影，如同银版照相。被海浪高高抛起，又猛掼而下，出没于水墙之间，电影当初是如何拍摄这一幕的，我想不出来。现在我懂得了为什么安格斯觉得他就在拍摄的现场，因为这片土地上到处有说故事的人，他们必然已经将这故事讲述了数百遍，并且还有电影堪为佐证。完全忘记了这故事的，只有大海。大海的作为，不过是以永恒的、催眠般的节奏，拍打着同样的岩石，撞碎自己。博尔赫斯曾经说过，若要想象永恒，可以设想天使在一块大理石上轻拂翅膀，直到大理石被这微风磨尽，颗粒无存。

我看着海浪怒拍岩壁，退却而又重新掀起，海水的颜色是极深的烟灰和黑色，在岩石上飞裂为白沫。一段长如小孩胳膊的海藻被冲刷到码头上，仿佛是有人特意扔给我的。我拾起来，长茎，海茎，中空，是一段海生植物的根茎，来自水中的世界。“我们以前卖这个一吨能挣十英镑，”安格斯说，“我们过去背这玩意能把腰给累断，想不到吧？”

我们沿着狭窄的大路驾车回去。他指给我看右边一座矮小、衰朽的房子。“这就是那个绘图人以前住的地方，”他说，“那个画地图的人[1]，是个英国人，真的，不过他写了本这岛的书，是最好的一本。反正他们这么说，我是说，我不识字。但人家就是这么说的。我也认识他，不管多偏的地方，你都能看到他，哪个旮旯都去。他还

1　原文为高卢文。

跟每个人都瞎打听。他在这待了十二年。总是画个不停。有人现在还在买他画的地图。他啥样的故事都想听，特别是老人家说的古事。一个英国人，可不是嘛！我们毛头小伙子那时候蹲在悬崖上钓鱼，离海面总得有三百英尺高吧，没多少人知道那地方，走过去也悬，你站在上面，就看不清下面，鱼线上缠一个钩子，鱼一咬钩，你就会知道，然后就是把鱼拖上来，还有就是把海鸥轰开，它们吃掉了鱼，你就不能到手了。我们以前坐在很窄的岩壁上头，现在我再也不敢上去了。可他就会爬上去——他老是想知道所有东西叫什么，然后画进他的地图里去。”

我还要看七教堂，安格斯依然躲在他的面包车里。我蹚过湿漉漉的野草，走过竖立着塞尔特式十字架和刻着北欧文字的古墓，结果发现，所谓七教堂其实只有两座，雨云压顶，毫不留情地给我一场洗礼。据说这里埋葬着拉丁僧侣们，谁知道呢，也许的确如此。

在这座岛屿上，流行的传说中还时常出现亚里士多德，在这里，5世纪时，可敬的恩达和可敬的科伦讨论耶路撒冷的大教长究竟归葬何方，据说这位教长曾经在岛上生活了约三百五十年，在这岛上，一切都变成如一千零一夜般迷人的故事，同一个下午，我也站在博物馆里，品味现实抛出的不解之谜，我对这故事中任何的点滴，都丝毫不觉得震惊。

当然了，爱尔兰曾经和美国大陆及斯堪的纳维亚陆地相连长达十亿年，当然了，该岛屿一旦形成，雨水就会冲刷得石灰岩表面龟裂，最后变成深深的沟壑，谁又会否认，是大海周而复始地拍打着顽石，雕刻出高达百米的岩壁。即便岛屿有朝一日会消失，这些岩石也会变成暗礁，让过往的船只危机重重，如果那时候这里还有船运的话。在这里一切都是真实的，如果你不相信，只需要看看照片，看时间这个魔术师如何展示其魔法：珊瑚虫和贝壳的化石遗骸说明这里曾经是它们繁衍的温暖海洋，而如今我在这里，如此寒冷，微小的海洋生物陷进温暖的海床淤泥中，被压成石灰块，淤泥将更大的甲壳类动物包在其中，在大海的帮助下，将其石化成为藏宝匣。我注意到，安格斯所说的那个英国人写的书的封面上，正是岩石和罅隙。那是一张黑白照片，岩石在风雨中摧残，熠熠闪光，饱经风霜的石块在岩石上割下或纵或横的磨痕。我买了这本书，在我那粉红色的、如托儿所般的房间里读书，窗外凄风苦雨，拍打摇动窗棂。

过了几小时，我出门去吃东西，回来时，威士忌酒仙已经驾驭了我，我的女房东为我播放了《阿伦岛人》的录像。男人划着小艇，裹着黑衣的女人把满篮沉重的空心海藻茎拖上岸来，终于有一天，有个人捕到一条鲨鱼，于是小村子里欢声四起，这场面仿佛来自爱森斯坦[1]的电影。你看见活动的影像，男人、女人和孩子脸上的表情如今已经消失。他们拖着巨大的铁锅，来到码头那儿，硕大的鲨鱼肝就在那里烹煮，会熬出九百升油，变成所有小屋里闪烁的油灯：这是奇迹。

海藻变成藻灰，贝壳变成化石，鱼肝变成火光，荒野变成草地，岩石和海藻变成种土豆的土壤。我眺望着，我所处的这个世界，似乎在一分钟前，及时而永远地转过身去，只是在这个岩石和海水的、亘古不改的舞台上

1　爱森斯坦（1898—1948），苏联电影导演，电影艺术理论家，以磅礴的气势和惊人的独创性开创了世界电影的新纪元。

留下了自己的记忆。

“夫彼去者，消逝不见。”荷兰诗人格利特·科威纳尔这样写，此句的语气断然而决绝，本意是要阻挡时间的流逝，和我们所熟悉的世界的消失——而这是永远不可能的，除非有奇迹发生，此刻，奇迹就是我下午所买的这本书。我一直读着提姆·罗宾逊的《阿伦岛之石》的第一卷，直到深夜。第一卷的标题叫作“朝圣”，第二卷叫作“迷宫”，静夜中，窗外的风暴更增其静谧，我所在的这个小岛重生了，这一次是从文字中重生。我不相信世上还有另一本这样的书。在第一卷中，似乎每一米海岸线，其岩石是何模样，植物，禽鸟，故事，名称和种种图像都有所描述。书末的地图是作者亲手所绘，他的路线是从岛的最东端起步，越过南方海岸线高耸的悬崖，来到安-提奥林-伊阿巴赫，这是极西之点，然后又沿着北方海岸线走回来。作者在此书中创造了一个奇迹，他根据地貌的真实记录，细致地描写，糅入民间故事、传奇和历史的描写，得以凝固住了在地球上那一小片角落里的时间。他是说故事的人、目录学家、地理学家、植物学家、侦探和气象学者。他亲历当代，思接过往，他就像是前辈的斯坦利[1]，探索神秘的非洲。第二卷所描述的是岛的内陆，再一次让你感觉到，作者翻开了每块石头，读遍了每页文件，倾听了每缕声音，似乎时间的壁垒并不存在。第二卷名叫“迷宫”，并不是仅仅因为在二十八公顷的土地上，在重重石墙间可以有多达四十块耕地，又分属五家农户。起名为“迷宫”，也是因为作者似乎从时间的罗网中漏网而过，将千头万绪的人类社会的这个小小部分放在显微镜下。结果就是经典之作。仰慕中往往包含着好奇的猜忌。你知道自己永远也不可能做出这样的事，因为这样的事业，会将你一生中起码一段时间，凝固在这个孤独和与世隔绝的小岛上。

两年后我再次造访因希莫尔岛，给该书作者打了电话，造访了他在让德斯通的宅院，那是个在康纳马拉[2]的小港口，也算正对着阿伦群岛。似乎作者依然想看着

---

1 斯坦利，即亨利·斯坦利爵士（1841—1904），非洲大陆探险家、冒险家和新闻记者。最著名的事迹是在坦噶尼喀湖畔找到了失踪已久的探险家利文斯顿，并发现了尼罗河的源头。

2 康纳马拉是西爱尔兰一地区，为一个宽广的半岛。

阿伦岛。他接待我的地方是一间朴素的屋子，大玻璃窗远眺大海，看起来似乎大海也想涌进屋来。他本人朴实无华，身上有种僧侣和军人式的气质，极典型的英国风格，却很富有幽默感，一开始并不显露，后来才展现出来，那时候，他的妻子玛丽亚德也来了，与我们一起进餐、饮酒、欣赏他的画作。楼上是他那家小小的文艺出版社的办公室，工作室中就藏有在阿伦岛生活十二年写下的十三卷日记，鼓囊囊的卡片索引本，以及所有的参考材料。他就在此写出了该书的第二卷。“这里离那岛太远了，无法接触，”他在扉页上如此写道，“但是又太近，无法和普鲁斯特一样回顾。”我说，当我读书时，我依然总是会想起普鲁斯特，特别是《追忆似水年华》的最后章节，普鲁斯特写道，个人所占的空间虽微不足道，却占据了巨大的时间跨度，他笑起来，告诉我他在岛上的十二年间，他对着妻子大声朗诵了所有四千页普鲁斯特的作品，开始是用英文，然后是用法文。

他怎么会去阿伦岛的呢？纯粹是偶然。偶然又变成二十五年的曲折道路。他是个训练有素的数学家，以画画为生，本住在伦敦。“我当时就要三十岁了，我们想去个地方游玩。当时岛上极其原始，我们租住的屋子里，还有整整一麻袋土，上面压着大石头，抵在门后面，不让风把门吹关上。我们得学习怎么自己烤面包，直到我们弄出自己的一小片地种土豆，当地人才接受了我们。我们所有的一切只有书，还有我的作品。我历经了各种稀奇古怪的人群，去学习高卢语，否则会毫无所得。那是在1972年。我画地图，是因为要在几千个矮墙的迷宫中，找路有时候是很难的。有个邮局的人后来说：‘哎，你为啥不自己画一张地图呢？’我从来没想过这个，只在我的一幅画作中以暗喻手法描绘了这个情景。”在通往他工作室的客厅里，最初那张手绘的地图覆盖了整面墙，我认出这就是书中复制的地图。

“我对这本书还是很自豪的，现在还有人在买。”

后来吃晚餐时，我坐在他的一幅画下面，那幅画上是一波既运动而又如几何般规整的图像，色调是白色和淡蓝色，优美纯净，严肃，而又不过分，正如这个人一般。他妻子说话时，他缄默不语，只是偶然补充几个细节。“在那间蜗居里度过的第一个夜晚冰冷而无眠，我俩坐在床边，背靠着背，眼泪掉进茶杯里，长吁短叹道：

我们造了什么孽啊！”他们的描述给我的印象，是一场共同的历险，起初不过是意外，最后变成澎湃的激情，不顾一切而又孤独无依，不可遏止。他所钟爱的普鲁斯特，她的维吉尔和但丁，在漫长的冬夜，一个人对着另一个朗读，二人的修道院，就此缓慢地度过多年。这本书之所以出现，正是出自岛民的故事中，来自积年累月的观察和阅读中，还有他所说，从你走过的每一步之下所蕴含的奥秘中，从脚下大地的历史中而来，大地中包含了什么，什么曾在这里发生过，什么曾在这里生长，什么曾在这里飘飞，何人曾在此生存。在那十二年中，他的脚步必然成千上万。这些脚步都变成文字，将这个小世界的一切都完整保存下来。

第二天，我回到岛上，这归来既是在书本上，也是在真实中。大海上再一次风暴肆虐。船上给我打票的人还是两年前那位，此人甚是可以在伯格曼的电影《第七封印》中扮演死神一角。他在读一本布鲁斯·查特文[1]的书。第二天早晨我醒来时，天气已经好转了。寒冷有风，

1　布鲁斯·查特文（1940—1989），20世纪传奇的旅行作家。

但是阳光强烈明净，刺得我眼痛。提姆·罗宾逊说无论如何，我都要去看看“虫穴”，也就是“大蛇之穴”[1]。我沿着岩石嶙峋的海岸，在陡峭的岩壁下向虫穴走去，但海浪太汹涌了。我只得转身，从顶上攀登过去。没有路，我沿着悬崖的边缘一直走到目的地。遥看下方，海水在一处黑色的方形洞穴中翻涌，很难相信这洞穴竟然是天然形成的。在岩壁下，距离海浪只有几米开外，有一个看不见的小孔，将海洋与方洞的洞底相连。听说有胆大的人，曾经将虫穴游通，可这实在太冒险了。海浪拍打着洞穴，海水涌入狭窄的洞眼，又一时间撞为飞沫，狂野而持续的激流，让方形的黑色深穴里，白浪激烈升腾，喷薄而出。大自然就是剧场，我们人类是否存在对其无关紧要。我回忆起提姆·罗宾逊曾对我说：“自然对我们一无所知，也毫不在意。我们通过暗喻，暗指我们可以和人类之外的大自然沟通，这样的奢望，还是放弃吧。我们自己是意义产生的唯一源头，至少在宇宙中的这片海滩是如此。我们坚持要找到每一块岩石，每一颗沙砾，

1　原文为高卢文，是呈精确长方形的石洞，与大西洋相通。

要找到一段铭文，其实那铭文正在我们自己手中……我们所书写的作品是如此宏大，如此意义模糊，由于目标是和现实共存，又因此而变得支离破碎。当我们越过破碎的言语之后，我们自己都会无法将其认出。”

2000年

我的旅馆（一）

关于旅馆的故事，当然只能在旅馆里写。旅馆是一个封闭的世界，是一个和外界划清界限的地方，是屏状核[1]，人人可以自由进出。客人不是随意而来的，他们自有秩序。他们的客房，无论是简朴或是豪华，就是他们的细胞。当他们关上自己的房门，留在里面，就等于从这个世界抽身而出。

我要在哪家旅馆里写关于旅馆的故事，必须要精心选择。我选择了巴塞罗那的利兹旅馆，不过也可以选伦敦的布朗旅馆、维亚诺杜卡斯特诺的圣卢西亚旅馆、马德里的里德旅馆、万隆的霍夫曼旅馆或罗马的国营阿尔

1 屏状核是大脑内一层薄膜，负责脑内和外来刺激之间的信息交流。

贝戈旅馆。这些旅馆的共同之处，也是吸引我的地方，在于其怀旧的气氛。或是一个老派的、时常失灵的水龙头，或是一个年纪足可以当你父亲的门房，还有过时的色调，油漆处处剥落，处处都是镜子，瓷器上已经有开裂的细纹，被千万双已经远去的鞋履磨损走破的地毯，还有电梯，在上升前会停顿片刻，虽然只是片刻，却岿然不动，房间之安静，更是让你想不到还有其他客房。

现在我住的客房，房号是523，色调是最淡的格陵兰绿。有时候我想，我所住过的所有旅馆和房间号，拼在一起，就包含了一条关于我命运和我这个人的密码。可我怎么也不会找到核心的秘数，而那才是最不可缺少的。因为我从没有保存过这些号码数字，多疑的人啊[1]。

作为一个每年都会在旅馆勾留数月的人，我有一个致命的个性弱点：我害怕旅馆火灾。我不知道这恐惧到

---

1 原文为“多疑的托马斯”，托马斯是耶稣的使徒，生性多疑，耶稣复活后，他坚持要看看耶稣的伤口是否愈合。

底是从何时开始的，但我的确记得东京一家旅馆失火的场面。人从高处坠落，他们猛挥着手，却不是为了问候，窗帘在火焰中翻卷，打成结的床单垂落深渊，烟雾腾腾。两年之前，我和萨拉戈萨[1]的阿拉贡皇冠酒店大火仅以一天之隔擦肩而过，佛朗哥的遗孀被救，还有些军官一直躺在楼顶的游泳池里，直到直升机到达。共有八十一人丧生。西班牙的报纸上满是烧焦尸体的照片，其中有些至今还出现在我的噩梦中。我总是关注报纸上报道的旅馆火灾，就像那些害怕坐飞机的人，总会率先发现空难的新闻，以此证明他所畏惧的并非毫无道理。可是飞行安全是有可靠的统计数字的，旅馆火灾则毫无统计。即便如此，我也还没有像我的一个朋友那样，畏惧到如此程度：他总是随身带着一条长长的、打结的绳子和一枚铁钩。所谓“热爱命运”[2]。

萨拉戈萨大火的原因是平底锅着了火，因为有人在

1 萨拉戈萨是西班牙城市。

2 原文为拉丁文，指无论命运如何，都抱有乐观的态度加以接受。

炸西班牙油条——那是一种拉长的面团，西班牙人早上爱吃。一想到我的命运取决于西班牙油条，我就极为沮丧。所以我入住旅店之后做的第一件事，就是细读旅馆的安全规则。利兹旅馆的安全规则很让人安心，全是因为那是用加泰罗尼亚文所写，我不会说这门语言，但能读懂。正因为如此，旅馆的消防指南让人有种经典之书复现人世的感觉，用已经消失的语言书写的劝诫之词；似乎指南中所指的那末日之火曾经发生在中土王国，却不会在这里，不会在此时发生。无论如何，我都不用再担心了。“Non perdeu la serenitat,” [1]上面写道——“不要举止失仪。”似乎利兹旅馆的客人不仅仅应当举止有度，甚至在发现起火之后，也要保持风度。好吧。“No correu，ni crideu.”——“不要叫喊，也不要跑动。”安静，沉着，步伐稳健，你要这样离开着火的地方。“Si es cala foc a la vostra roba, estireu-vos a terra I rodoleu.”这条建议倒不那么要求严格：“如果您的衣服着火：站定，脱衣，打滚。”那就站定，脱衣，滚来滚去。“En

1　以下消防指南的文字皆为加泰罗尼亚文。

cas de molt fum, gategeu.”这条我倒是要想想。“如果起了浓烟，gategeu?”把这里的g用c代替，其他不变，您就看明白了：像猫一样趴着，手脚全上[1]。指南上没有说你该怎么打开门，不过也许你就不该去开门，只是平静而哲思地等待您不可避免的宿命：利兹旅馆之烟熏作家。

看看周围，这里并不是最糟糕的葬身之地。地毯是铁锈红色。床的左侧是一座巨大、褪色的橱柜，柜门上镶着一面一人高的大镜子。两扇柜门都向着床打开，你能看到自己孤身一人倒在床上，或者，机缘巧合，佳人做伴，看到自己成为“淫欲的现实写照”[2]。这些，利兹旅馆都听凭客人自行安排。房客当然可以直接把橱门关上。但我还是关注着那门。究竟是我不合情理，还是在爱德华时代[3]的工匠如此设计，就是让柜门敞开的？我估测，自从本旅店开业以来，已经有超过五万人曾住过这间房。那么，从统计学上看，这面镜子是见多识广的，不过它

1 加泰罗尼亚文中，“gat”即英文中的cat（猫）之意。

2 原文为法文。

3 即爱德华七世（1841—1910）时代。

沉默不语，就像大地一般，各人最终都做地下之游，无人回转。

中央供暖系统是由吉塔特公司所提供。散热器有四叶，我觉得其历史可以上溯至约1912年。在冬天也许会滴答乱响。空调系统则新一些，但也是老古董了。我打开空调时，一阵闷响，仿佛一架道格拉斯老式飞机的动静[1]，然后尘埃落定，又开始了如同远洋货轮一般遥远的轰鸣。半睡半醒间，我还以为自己在船上，可船向哪开呢？

首先是废纸篓已经明显过时了。其质地是黄铜色的塑料。我不喜欢这废纸篓，所以什么也没有丢。与之相对应，家具的把手和锁扣都是黄铜的。去往浴室的客厅里，有一扇小门，只有我的臀部那么高，打开之后，我看见了旅馆的五脏六腑：水管，从地下传来的呼哧和嘶嘶声，更奇怪的是，还有我楼下房客的卷纸。

还有灯，提醒着我，凭空写作总比描述事物更容易。

1　原文为DC-3，即道格拉斯3型螺旋桨客机，1935年诞生，是当时最受欢迎的螺旋桨飞机之一，在二战中表现出色。

一块我不知道如何称呼的蔷薇花形的金属板上，垂着吊灯，三根线连着天花板，就像是个底朝天的发亮的花瓶。那三根线，我权且还是这么说，连着一条有棱纹的金属条，饰有弓形和其他显然毫无意义的装饰。不过，显然是有人构想出来这个造型，还特意做了这个设计。是谁呢？他已经过世了吗？肯定是的。又一个无名的死者，却在一盏灯上长存。一个造型奇特的果儿，挂在环上，环上还穿了十二个小三角形（没错，就是十二个——我这个成年人的确是特地从床上爬起来，数过了）。

栅栏、床榻、铁栏、浴室。床榻左边，黄铜底座的椭圆形灯旁边，就是电话。苍白、米色、塑料的电话。而且还没法用，因为上面没有号码。如果你拿起电话，就马上听到含糊的声音，然后是一串模糊的、海浪般低沉的杂音，如果你运气够好，就会有个西班牙人说："Digame！"——"说吧！"说什么呢？这在西班牙是打电话时常见的说法，可对我来说，则说明了旅馆的本质。当然，有的旅馆房间里有电话，有的没有，有的旅馆电话无人应答，或者电话出了故障，但是住旅馆的本质意义和其精髓，正在于你可以问“他们”（也就说，别人）一些事，而“他们”则不能问你。电话线的那一端，有水、食物、人力和知识。那边的人，你虽然看不见，却不会有谁想到给我打电话，让我来给他擦鞋子，带给他一瓶威士忌，给他订歌剧票或帮他拨一个电话去雅典。但我却有权力让别人为我这么做，因为当我付钱在523房间度过今夜时，我也就付钱买了这特权。不过有时候旅店也能反过来折腾我，比如在凌晨五点半，那是因为我请他们叫醒我，因为要在这么倒霉的时间赶飞机。当你从深深的睡眠中醒来，那一瞬间感觉实在悲惨，铃声催得人六神无主，你摸索着接电话，然后传来一个人的声音，他早就起床了，此刻不无奸诈地宣告：“早上好！五点半了！”还有更惨的：就是报时那个人搞错了，尽管信息准确无误（现在五点半了），却本该是叫醒别人的。

除了旅游为乐的人，还有谁住旅馆呢？政治家，公务员，象棋手，销售员，代表们，音乐家，银行家，记者。虽然这不能涵盖所有，但大部分旅馆客都在此列了。他们的共同点，总而言之，就是在家中时，他们不能自行其是，在旅馆反倒可以。无论是读报、看书、喝酒、偶聚或事先有约，都无不可，或者什么都不做亦可。我忘记了我住过多少旅馆。我曾和荷兰摄影师艾迪·珀斯图玛·德·波尔多次一同旅行，他却保留着记录：和谁同行，在哪里，何时，房间号码。《新鹿特丹商业报》邀请我构想出一家旅馆，结合诸家之长，或者说，结合了那些旅馆最诱人的特点。我却犹豫了，我说这未免太过势利，因为构想出一家完美的旅馆，就要将那些不好的地方全都抛下，此外，那样的旅馆会比白金汉宫还巨大。不过，我已经四十八岁了，一生的一半时间都在旅行。这都不是问题。

于是我求索于记忆深处的影踪，却发现其中所有的，也真的不过是幻影。一大片房间，都有编号；有的房间窗外正在下雪，我却能穿着热带服装在屋内漫步；阳台和立面风格不同；走廊上贴着看不懂的告示；休息室的一侧俯瞰低地平原，另一侧却面对巍巍高山；友好的亚洲侍者还有冰冻的河流；电梯直通屋顶；这真是一派胡思乱想。为了能在这迷宫般的想象中有所依据，我请珀斯图玛·德·波尔给我开列了一张我们共同住过的旅店清单。他就送来了如下清单：拉巴斯的苏克雷宫旅店；马里的巴马科大酒店和莫普提的塞瓦内汽车旅馆；尼日尔尼亚美的终点站旅店；阿加迪尔的阿拉莫哈德王朝旅馆；塔鲁丹特的萨拉姆旅馆；廷吉尔的南方旅馆；马拉喀什的马摩尼亚旅馆；勒桑玛利亚德拉梅尔的波米安旅馆；阿尔斯的裘利斯·恺撒酒店；普埃多德拉克鲁斯的塞米拉米斯旅馆；特纳里夫圣克鲁斯的梅森旅馆；兰扎罗特阿莱斯飞的阿莱斯飞大酒店；马德里的维多利亚旅馆；布拉干萨的克鲁希洛旅馆；冈比亚班珠尔的大西洋旅馆和阿波罗旅馆；田纳里非的棕榈海岸旅馆；圣克鲁斯德拉帕尔玛的玛雅提戈旅馆；东京的太平洋宾馆和大阪的皇家宾馆；荻城的荻城大酒店；阿拉斯加安克雷奇的旅者驿站，还有东京的第一新桥酒店。可当我写下这冗长的、过去的日子时，我发现他也不是毫无错误。利马、巴西利亚和巴西亚德圣萨尔瓦多到哪里去了，还有里约热内卢的可帕卡巴纳旅馆、柏林的托斯卡纳旅馆、巴黎的米歇莱特-奥德翁旅馆、槟城的东之东方宾馆也都不见了。还有在马六甲，那栋如今很不起眼的建筑物，我们曾在那里寻找东印度公司的创始人；那座糟糕透顶的吉隆坡的君悦酒店，还有那傻乎乎的、碍手碍脚的新加坡的来福士旅店，那里天花板上大吊扇搅动着热浪，似乎屋顶上有一架单引擎飞机，正对着我们喷射。

好吧，梦中的旅馆，诺特伯姆的旅馆，天堂胜地、香格里拉、北方王国[1]，就在切斯神餐厅的隔壁。真主花园里的殊胜草地，放着躺椅，极地的冰块在无上的美酒中叮当作响，神圣的面包果树下诸佛安坐，维斯塔贞女们[2]举着有浮雕的浅口盘，是埃尔泰大师[3]的作品，里面的美食是馅料填鸽子，而一切都笼罩着广大的寂静。有这样的地方吗？说到头来，也许反过来重新说倒更好：什么是我不想要的。我不想听见隔壁的房间有说话声，也不想发现有蛛丝马迹或响动表明邻居在寻欢作乐，房间里也不能像是有人自杀过的样子，也不要水龙头滴滴漏

1　北方王国是欧洲神话中极北的神秘之地。

2　维斯塔是罗马神话中的灶神，六名六到十岁的处女负责参拜和照看永不熄灭的火种，拥有无比崇高的地位。

3　埃尔泰为俄罗斯装饰大师罗曼·德·特里多夫（1892—1990）的化名。

水[1]带来的慢性折磨，因为心里一清二楚，又一滴水就要落下了，然后又是一滴，又是一滴。这些我都不要。也不想要曼谷的按摩女半夜敲我的门，“先生，你要我来的吗？”如果冰箱里冰冻的啤酒不对胃口，威士忌却不错，那这样的诱惑我也不要。更不想要走廊里有人在用吸尘器，催你去工作。当我在弗洛伊德的国度里徜徉时，就依然觉得这是夜里，不想有曙光照透，也不想听到两个中年妇女你唱我和，口吻仿佛是出自《芬尼根的守灵夜》，这让我感到被人嘲笑，因为我还躺在床上。我还不想要电视机。不想要电视机？你还自称为记者？对，就不要电视机！那些在内华达和亚利桑那的汽车旅馆度夜时，当你……不要电视机！孤独，寂静，思索，安眠。我花钱就是为了这个。

旅馆的天地起始于哪里呢？在利兹旅馆，其领海一直延伸到门房目所能及的地方。他打扮得很精神，裁剪得体的淡褐色西装，体面的尖顶帽，不是德国式的，马

1　原文为拉丁文。

甲坎肩，白领结。他的目光在格兰维亚大街和罗杰德乌里亚大街上逡巡，在车流中寻找着的士。尊贵如上帝的客人只需要吹一声口哨。在芝加哥的帕尔默酒店和蒙特利尔的加尔顿利茨酒店，大礼帽出入，口哨声不绝。不，我不要口哨和漂亮的衣服，那是足球赛上才需要的东西。我宁愿在小旅馆找个房间。真正的门房会使眼色，门房大师则会眨眼睛。我要再说一遍，真正的旅者，只想睡一觉。其余的不过是环境，超出此外的，就只是浮华了。若是别人支付旅店账单，浮华倒是有了用武之地。因为你，我心爱的读者，出了钱，我才能坐在沙发上，头顶是玛丽·安托瓦内特时代所描绘的“花神”，已经发黑，身边是两棵棕榈树，她的目光越过波斯地毯般精美的草坪，草坪上是波尔多红色的椅子铺成的卧榻，样式是某种根本不存在的“路易”式，体弱的老妇人们坐着，百无聊赖地望着天空。

我不去看这些，专心来建造我自己的旅馆。我的旅馆坐落于四个大洲，横穿五个季节。我要留下这个门房，不过他要是仔细一看，一定会大吃一惊，因为他会看到火奴鲁鲁[1]的威基基海滩上的皇家果园旅馆的起居室，这家旅馆是冯家开的，冯氏一家人要不就坐在前台，要不就在旁边那个小百货店里卖腌牛肉罐头，我会在自己26号房的单眼煤气灶上煎牛肉。可这只是起居室，只有这样的起居室，才会让你感觉夜里来归，如同返家。“晚桑好，诺提伯姆先森。”我的房间则来自巴厘岛，而且不是房间，是一间茅屋。尽管茅屋坐落于地面上，我却得先爬梯子才能进去，这梯子正适合西班牙贵族的双脚（我的双脚就是这样），梯子来自圣地亚哥坎普斯特拉[2]的天主教洛斯拉耶思宾馆。你还在跟着我吗？我们已经爬到了茅屋顶，加利西亚[3]秋季的金风回旋，现在我们到了巴厘岛的地面，这就是库塔海滩的来昌海岸宾馆。我能听见屋外壁虎的声音，而且很高兴，因为这代表了福气。屋里很热，风扇是水牛拉着驱动的，远方能听见海浪的咆哮。午夜时分我起床向外看，我经常如此，不是为了知道我在哪里，而是为

1 火奴鲁鲁，即檀香山，威基基海滩是其著名景观。后文皇家果园旅馆主人似为华裔，音译为冯或方（Fong）。

2 圣地亚哥坎普斯特拉是西班牙著名城市，有使徒圣詹姆斯的坟墓。

3 加利西亚，西班牙一地区。

了确认世界依然存在——因此，这里也不例外。更古老一些的旅馆中常有镶了镜子的墙。别走开——哪怕从这里开始，一切会有些古怪：我们看着午夜的曼哈顿，以及纽约港的一部分，还有自由女神像。我们在布鲁克林，在伯赛特宾馆的八楼。正对着我们，是摩天大楼坚不可摧的战线，灯光璀璨。一动都不动。这是启示录般的场景：子弹袭击了这里，但是遇难者们在死前没有关掉灯。这里曾经是荷兰殖民地。这都是我们的错。这里生活过恶魔玛蒙，他在这些空荡荡的大厦上写下了必死的标记[1]。我钻到毯子下，等待黎明到来，然后乘坐巴黎布里斯托旅馆的电梯下楼。这就证明了我多容易犯错，因为那电梯精美绝伦，只应当乘着上来，来到一个你永远都不想离开的世界。可我已经到了底楼，走出美好年代，走进达喀尔的恩格村酒店的花园，这里弥漫着热带的清晨芬芳。这里又在海边，虽然不同，却又一样。夜色已经坐着飞快的灵车消失了，只在宽大的棕榈树叶上留下泪滴。再过一会儿，阳

1　玛蒙为贪好财富的恶魔，必死的标记，原文为拉丁文成语“Memento mori”，意为“记住你必会死”。纽约曾为荷兰殖民地，被称为新阿姆斯特丹。

光的利剑就会刺入露水，而那时，我早已经离开，会在阿尔卡尼兹的协和国际酒店那宽敞的宴会厅吃早餐。这座要塞的中世纪的大厅里没有他人，我是唯一的客人，坐在阿拉贡和富瓦的唐·阿隆索的旗帜下。咖啡，西班牙油条，又硬又甜的饼干。我们所搭建的这个古怪的旅馆究竟是什么样？宽阔的大厅通向冯家的起居室，房间漂浮在屋梁上，电梯哪里也不通。不应由我，而应由伟大的意大利建筑家巴贝埃利来设计这栋建筑：找一个不写文章但是会造房子的人来建。我要波尔图港萨格莱斯王子酒店的书房有何用处？我的宾客们又能在哪品尝沙河蛋糕[1]呢？若是没有阿姆斯特丹的阿姆斯特河旅馆的酒吧，他们又能在哪来番睡前小酌呢？还有，这旅馆该是什么样的立面？我又回到了一切开始的地方，523号房间。高高的天花板，淡绿色，寂静。闪着微光的桌面上是我的打字机，我们一起来干旅店里常干的老本行——我们为他人写一段故事。

1981年11月

1　沙河蛋糕是奥地利著名甜点。

在撒哈拉的边缘

六岁时，我家在荷兰的莱斯韦克[1]，房子的前面有一片荒地，我称其为“那地方”，一个神秘的所在，那里深深的草木如今只到我的腰际，当年却像是一片丛林，即便现在我还记得：“那地方”危机四伏，洒满了我的恐惧和幻想。

别人常问我为何总是旅行。我想，这是因为如今的世界已经变成了“那地方”。就恐惧之心而言，在家和在外已经渐渐并无区别，而且可以说，在旅途中已经变得自然而然。所以也不再新鲜，只不过会消耗些精力而已。梦幻却在旅途中更加活跃，特别是所目睹的景观一时间难以描述时。由于我讨厌这无法描述的状态，我才去学

1 莱斯韦克是海牙附近一小镇。

各种外语。我不能想象，如果身在西班牙或秘鲁，却不能和当地人说话、不能读报该是如何的处境。世界上还留下了很多谜团，可直到后来，当我去非洲旅行，以及此刻再一次前往撒哈拉沙漠的北端时，才明白身为异乡客的激动。

还是那种激动的心情。看到你搞不清的场面，你读不懂的文字，你听不明白的语言，你并不真正明了的宗教，将你拒之门外的风景，你无法分享的生活。我认为这在当代是一种幸运。完全未知的世界带来的冲击，是轻柔的诱惑。如果你无法融入其中，倒也避免了不少麻烦，不用假扮。对于一个来自古力明[1]的柏柏尔人而言，说你是从美国俄亥俄来的也无所谓，你苦心经营的许多细节已经无关紧要。旅行从而变成愉悦的空无所依，像是没了重力，尽管你的自我还没有丧失一切特点，但很多已经无关紧要——你飘浮在异域之上，欣赏，观看，凝视，四处撕扯那牢不可破的外壳，然后你又消失了，

1　古力明是摩洛哥南部一小镇，又被称为通往大漠的关口，有著名的骆驼市场。

回归于更加虚空之中。

西班牙曾给我这种感觉，但通过学习西班牙语，以及我学舌的天赋，这特有的乐趣变化了：我可以在西班牙装成西班牙人，随意就可以享受片刻身为他人的感觉，在科多巴[1]的路边咖啡馆读本地报纸，正因为这风气在西班牙本地也逐渐消失，所以我才特意这么做。就如同在戛纳读《尼斯晨报》，融入十字大道的路边，或是坐在卡塔尼亚[2]的历史有三百年或六千年之久的广场上，阅读《晚邮报》。

摩洛哥却不同。它是至高无上的，让人眩晕。是啊，这就是说，被当地人看作外国傻瓜。不过礼尚往来，我看他们得到的印象，也不过是“神秘的柏柏尔人”，或者“裹着长袍的阿拉伯人”。因此，“所见的世界”迅速消失于无所见之中，我所能看见的不多的景物，实际上并非我所见，正如同我所听到的并非信息，只不过是我不懂的语言，而语言的目的就在于：让别人懂得。

1　科多巴是西班牙南部著名古城。

2　卡塔尼亚是意大利西西里岛东岸港口城市。

你在这里，又不在这里，我就是这样再次游历了摩洛哥。只不过，我的旅行开始的地方，却不同于我之前所说的这些地方；我直接从旅行手册里找了一家旅馆，幕后的经营者是沉稳而高效的瑞士人。欧洲人沉醉于十一月的暖阳，在蓝森森的游泳池里戏水，打发着时间，仿佛自己是一个高傲的、唯我独尊的部落，摩洛哥人跑来跑去地服侍，这些摩洛哥侍者为了方便，脱下了自己的传统长袍，模仿着那些精瘦、手脚麻利的西班牙和意大利侍者，因为北欧来的贵人们已经习惯了本国餐厅里的这些南欧侍者。激动人心的国际化接触让侍者自己也觉得身份比他们的老乡、部落和家乡要高贵得多；进步是一场皮影戏，他们已经举步迈入了这场皮影戏，苹果里已经爬进了蛀虫，每个国家都会有自己的烂苹果。

而那次到遥远的南方，到古力明的旅行，我最常回忆的，是那些带着松鼠的孩子。在山路上，路刚转弯，他们就突然出现，小伙子的身体和风景合为一体，水乳交融，似乎他们就生长在这山路上。他们高举着一个活动的东西。我停车一看，原来是只松鼠，被他们抓住，打算卖出去。小东西脖子上系着根绳，吊在空中，仿佛是阿拉伯字母表中的一个裹着皮毛的字母，长尾巴拼命地缩在身子下面，眼睛惊恐地左瞟右瞟。后来，在阿特拉斯山脉[1]上，我看见一辆旧大众汽车停在一群类似的男孩旁边。一个金发姑娘下车向那些男孩走过去。当她看清他们买的是什么，她吓得怔了一会儿，然后向前走，朝着岩石嶙峋的山脉呕吐起来。孩子们笑着，因为他们不知道还能咋办。

古力明，忧郁之人的城市。快到时，我终于感到一丝激动。为什么呢？这里就像是廷巴克图[2]或扎古拉[3]，人们从沙漠里来，又消失在沙漠里。和我所知的并无区别。我想，是因为身边景色极为严酷，这奇特的大自然中，还有生命存在，让我激动的正是这片小小的地方，与周

---

1 阿特拉斯山脉是北非重要山脉，阿尔卑斯山系的一部分，全长超过两千公里，起自西南的摩洛哥海港阿加迪尔至东北部的突尼斯首都突尼斯。

2 廷巴克图历史上是贸易和文化中心，是古代西非和北非骆驼商队的必经之地，也是伊斯兰文化向非洲传播的中心，是马里历史上最悠久的一座古城。

3 扎古拉，摩洛哥古城。

边空茫的天地截然不同。可即便在这里，旅游业的侵扰也日渐加剧。享受着独特的、与众不同的风物，已经不再是作家的特权了。在奇丽的异域风情和真实遗迹之下，现在活跃着千奇百怪的赝品和伪造，充斥着美国口音的埋怨声和兜售粗制滥造文物的叫卖声。

不过骆驼市场对我们西方人无用。就像天空虽然乌云密布，却在广场上空敞开一片晴空。市场开阔，灰尘仆仆，空空如也。里面满是粪便和石块。几株恹恹的桉树围在四周——在下午两点的烈日下痛苦挣扎。转手出售的骆驼气喘如牛，前后腿绑在一起，穿着阿拉伯长袍的人，凶狠地试骑瘦骨嶙峋的骡子，一边踢着，一边尖声大叫。两个全身黑袍的神秘人，戴着披风和面纱，黑袍下露出黄色的塑料鞋，一同靠墙坐在尘土中，在重重黑袍后面说话。在市场一角还有人买大麦（小麦由美国人提供，不供出售）。

古力明之外，更无其他。地图上那条红色的道路，穿过一片无人的纯白色，直到坦坦[1]，可坦坦什么也算不

1 坦坦与下文出现的塔法娅、艾乌均为撒哈拉沙漠中的地名。

上，尽管第一批旅行者已经去过那里了。我深受地图上那一片荒芜的诱惑，开车沿着这条路走了很远一段，然后转弯开进那干枯的大地，围绕一只山羊白得刺眼的骨骸转了一圈，停下车来，看一长串骆驼寂静无声地走过。我发誓有一天要继续开下去，从坦坦直到塔法娅，然后去艾乌，西班牙的撒哈拉和毛里塔尼亚，可现在，我掉转方向，回头向北开。

我抵达塔鲁丹特[1]时，天色已晚，阴森的围墙厚达数米，安然拱卫着里面的城镇。这里和阿维农[2]不同，阿维农的城市已经突破了城墙，在城外继续扩展——城墙因而有些画蛇添足，荒唐可笑。不，这里的城市全然在城墙之内，人们在这里开拓出一个空间，与外界相隔，这是个安全的要塞。旅馆是一个微型的阿拉伯式宫殿，也对西方的品位做了些许妥协，这东方式、涂油洗礼般的感觉抓住了我；我稍微放慢了脚步，轻轻擦着地面，在

1 塔鲁丹特系摩洛哥古城，在通往撒哈拉商路的要道上，重要商埠，有坚固的城墙，特产以挂毯出名。

2 阿维农是法国著名古城，普罗旺斯的中心。1309—1317年间教宗由罗马梵蒂冈迁移至此，阿维农成为欧洲的宗教及权力核心。

木槿树下，月光之中，喝了一杯茶，身边，溪水从瓷砖上淌过。树间有枭鸟鸣叫，有人对我说那是一只白枭，声声悲啼，似乎它在对月倾诉着琐碎小事，或者阿拉伯枭独有的苦楚。

第二天一早，更是甚嚣尘上。才五点钟，安拉的公鸡就开始打鸣，其声之响亮，让我瞬间惊醒；还有冗长的布道，漫无止境而又突然急转而下的布道嗓音，听起来是既饱经折磨，又处变不惊。无可逃避了，一天已经开始，信徒要崇敬安拉。过了半小时，唤礼员终于安静下来，我又落入了模糊的梦境，没有时间和地点。

早晨寒冷而多雾，我走到外面，走入了《圣经》中的世界，微弱的阳光照亮了赭石色的城墙。城墙边走过赶着羊群的孩子，骡子驮着满捆的柴禾，四里八乡来的柏柏尔人带着东西来赶集。柑橘树上的鸟儿和着铜匠的锤声啼叫。人们在手中搓筛着大麦，四下张望，有人给马钉掌，一个女人急匆匆地捏着一小块陶土坯，草药称了又称，与羽毛一样轻，舞蛇艺人已经招揽了一个看客，屠夫台案上的骆驼腿也整整齐齐地排好。“吁！吁！”骑骡的人大叫，骡背上是大包大包闪亮的盐。我所看到的，是一个已经消失的世界：木炭火红，高大而下部呈尖形的陶土瓮里飘出肉香，女人们穿着长长的黑袍，首饰华美，在筛麦。

我为什么在这里感觉如此快乐？也许是因为宁静，唯一的声响来自人和牲畜。骡子都拴在市场的一角。今后几年，这里会先停助力车，然后还有汽车。不过目前还没有。也许是因为在这里，一切是怎么建立起来的，都一览无余：铁匠、皮匠和面包师都在市场周围，还有抄写员和说书的、乞丐和屠夫，这是一个微缩的世界，别无他求，自给自足，自得其乐。

仅凭眼神和声音，说书的就向人们敞开了传奇故事宝库的大门，那些听故事的人心驰神往。他们全神贯注，如此天真无邪。说书人的声音低回、诱人，此起彼伏，高声大叫，又低落下去，他们也随之起落，心无旁骛。这才是真正的写作！我也想沉浸到这生活里，至少沉入某个片段。可我所能得到的，不过是一杯薄荷茶。当我穿过挤挤挨挨不见头的老城，走到城门口时，还能听见背后的鼓声，还有舞蛇人高亢又富有深意的笛声。

“回到我们曾经住过的地方，是可能的。但是回到我们曾经度过的时间，吁！那是不可能的。”这是P. J.茨瓦特博士在其著作《时间之谜》中的最后一句话。我曾在1960年游历过摩洛哥。我乘着长途客车（那是当时最折磨人的旅行方式之一），通过瓦尔扎扎特从马拉喀什[1]直到北方的阿特拉斯，直到毛里塔尼亚边境的最后一个边境小站，就是撒哈拉沙漠中的莫哈米德绿洲，细微的德拉河渗入沙下，沙漠，还有几峰骆驼，寥寥无几的柏柏尔人，就是通往廷巴克图的长路。穿越那片崇高而狂野的山岭，这是一次绝妙的旅行，还有酷暑，让我旁边那人大腿上放着的牛头格外令人生厌。这条旅途同样充满神秘，因为路边有奇特、巍峨的亚述式要塞，或赤红或赭石色，被称为“可萨”。

那时我对柏柏尔人没有任何知识可凭借，我只是看。如今我对他们知道得更多，所以也就了解得更少：一个不知起源的神秘民族，部落则有诸如塔奇海耳或塔玛兹

1 摩洛哥古城马拉喀什是全国第三大城市，地处沙漠边缘，以众多的名胜古迹和幽静的园林驰名于世，被誉为“摩洛哥南部明珠”。瓦尔扎扎特是进入撒哈拉沙漠的入口。

特这样的名字，他们的语言是蒂菲纳尔语，其字母含糊神秘，肯定只有博尔赫斯能解读。这些游牧人究竟从何而来，起源是什么，已经有数百种理论。当提尔的女王戴多建立迦太基[1]时，他们是否经历过？或者说，他们就是曾经向汉尼拔提供了红宝石和大象的格鲁恩人？还是他们就是埃塞俄比亚人所指的迦太基的斯卡勒族？或者是哈蒙地的黎可西族人？或者，如马立克·伊本·马拉卡拜特所说："希米亚里特人、莫德里提克人、科普特人、亚玛力人[2]，一同从叙利亚迁移到北非……？"

"古代"是一个直通脑海的词；古老的语言，名字，无法决断的历史，要塞，沙漠，砾石的土地，山谷，这个世界依然包藏在古代的外壳之中，散发出危险的诱惑。在老城区的城墙内，有犹太人区，犹太人街巷里传承数

1 提尔的女王戴多是传说中前8世纪北非迦太基国的建立者，后自杀身亡。迦太基帝国全盛期时领土包括北非西部沿海、西班牙南部、西西里大部及科西嘉、撒丁岛和巴利阿里群岛，垄断西地中海海运贸易。后来和罗马发生三次战争，汉尼拔曾在公元前218年率大象远征亚平宁半岛。

2 希米亚里特人、莫德里提克人、科普特人、亚玛力人均为古代西亚—北非民族。

个世纪，凝结如化石的《塔木德经》[1]中的智慧，卡巴利堤[2]式的难解之谜，《圣经》中所写，世代仅凭口口相传的故事，化石一样的语言，化石一样的风采，牧羊人的弯杖，农夫的犁铧，说书人的声音，铁匠的火炉，都是寓言故事的来历。

我此刻站在陶武立特[3]的犹太人区前，三十年前，1960年，我曾站在这里。有个老人引我入内，带我去看了犹太人教堂——一座深远而金碧辉煌的黏土建筑——在炽热的午后，他还引着我探寻了隐秘的花园，灯芯草在水中舒展，可爱的蛙鸣声处处。他一把拽起一丛玫瑰花，将花瓣揉碎在我的掌心。我们从花园出来，我看见一个女子，身着褪色的长袍，黑色的眼睛闪着光，额发上插着一朵玫瑰花。这一切都已经消失了，只有记忆长存。

我在迷宫般黄沙遍地的街巷中漫步，无尽的土墙突

---

1 《塔木德经》被称为犹太人智慧的宝典，是犹太律法、思想和传统的集大成之作，以后各个时代的判例和新思想都会汇入到这个“大海”之中。

2 卡巴利堤指犹太宗教学者对犹太教文件中的谜团进行训诂和解释。

3 陶武立特为摩洛哥地名，以古典民居闻名。

然一齐出现，又消失，接上新墙，可我再也没法找到那个花园。犹太人走了，或是因为犹太教堂不复存在，或者是人们不愿指给我看，即便我能再看到那个女人，我也认不出来了。我的确看到了死亡。在一个湿冷的黑暗角落里，裹着一堆肮脏的破布，有人哀鸣。我在暗色中只能看见这些，这是弥留的人，从那一捆衣袍来看，此人必然骨瘦如柴。但那声音低回，沉吟，轻轻扫过。有个什么人要死了，这是个老人，实际已经魂如游丝，我只能看见那空洞的嘴，亲友们将此人停在角落里。我走过去，那人的声音变得含糊不清，咔嗒作响，可我还是看不清此人的头，这时一个女人出来，比画着让我走开，这样不净的场面，外人是不能看的。

陶武立特、提兹因·塔德特、因撒尼、埃尔-克拉-德斯-毛戈纳、埃尔-弓特、博纳兰、以米特，这是通往廷吉尔[1]之路上的地名。邓·多拉德，杰出的荷兰作家和旅行家，约四十年前就在那里过世。世界的这个角

1 廷吉尔是摩洛哥东南的重要绿洲古城。

落依然狂野荒凉，我希望能一直如此。这里的景色毫无媚人之处，除了能带给我快乐，更无任何诱人和怡人的地方，如同是锻炼。我还会遇上什么？一条豺狗，一辆军用卡车，三个女人被沉重惊人的灯芯草压得直不起腰，在别的地方是采不到的——可是也不会卖给外头，这倒有些意思。还有卡车，逼得你跳上沙砾的路牙。有时还有一群人，骑着骡子或骆驼。道路突然转弯，路边有一个牧羊人。他的山羊并不在草地上吃草，因为这里没有草地，羊儿都在头顶上，爬在坚硬、多刺的树枝上。我不再眺望，我俩从远处打量着对方。这一幕很是奇特：他拿着弯头杖，带着狗，羊儿都在树上，我则在一条空荡荡的路上，旷野和月球一样荒芜。他慢慢向我走来，笑着，露出几颗牙齿，说了几句我不懂的话，我们一同吸了支烟，他拍拍汽车说："法国？"我回答说："不，荷兰。"啊，天啊，突然之间，他的脸上闪过了极其神往的表情，仿佛我说的是："我是从天堂来的。"他又说："哦，荷然（兰），旅跃（游）？"这个牧羊人，他的东西，他的羊和颀长有力的腿似乎扎根在这片大地上，似乎是石头雕成。我觉得非常害臊，不知该说什么，不过这无关紧要，因为他反正也听不懂我的话，于是我留下他独自一人，继续前行，就像一个使者，来自他神往的世界，又飘忽而去。

廷吉尔，站在马拉喀什旧帕夏[1]宫殿废墟的阳台上，我看到市场尽头，暮色四合，在开阔、辽远、尘沙仆仆的平原上，支起了白帐篷。细细的炊烟四起。穿着棕色和白色兜帽长袍的人，在说书人身边围成大圈，他们的骡马散放在空地上。在人群之外，停着大卡车，要把这些柏柏尔人送回他们的村庄，这些村庄彼此分散，远离道路，在岩石嶙峋的阿特拉斯山上，此刻在山顶上，明镜般的月亮已经升起了。我走下来，绿洲里一片寂静。远方有鼓声，这里流水呜咽，棕榈婆娑。如此浪漫，情何以堪，冷月照在赭石色的泥土废墟上，也照着一片墓地，犁过的死者之地，土中插着朴素的陶土碎片，每一片都代表一个不知名的死者。每个人都会认为我是诺瓦

1　帕夏是伊斯兰教国家高级官吏称谓，又译成“巴夏”“帕沙”。

利斯[1]，薄暮里如鬼怪般走在月光下。天气变冷了，似乎山脉将其冰冷、无情的空气推进了这个安全的、快乐的、神秘的绿洲。

市场上，人们坐在火边，抽烟聊天。铁匠缩在自己黑暗的窝棚里，瞪着眼睛，闪闪发亮，如同妖魔。火星在他耳边飘过。让·汉洛[2]的天使们在黄沙小径上轻快地徜徉,半含羞半诱人地喊着“晚上好”[3]。小摊子上的汽油灯拧得更亮了，一个人挑了两条骆驼腿，在昏暗的灯光下仔细地看，又丢了下来。剥了皮的牛头一劈两半，它的眼睛依然浓黑且严肃，并未变形，看上去如同国王一般忧郁，只不过这牛头并不忧郁，而是仇恨和顽固。

夜晚早早地来了。旅馆里几乎没有别的客人。上的菜是摩洛哥炖菜[4]，装在陶罐里的菜，与鸽子一块煮的饭，还有一些蒸李子。此时是九点，侍者已经想回家了。过

1 诺瓦利斯（1772—1801），有代表作《夜颂》一诗，是在他的未婚妻去世后写成，诗中表现了对死者的悼念，追求“永恒之夜的奇妙王国”。

2 让·汉洛（1912—1969），荷兰诗人。——原译注

3 原文为法文。

4 摩洛哥炖菜是一种装在陶罐里慢火炖出的菜。

了半个小时，一切都冷了，无人过问，死一般寂静。我的房间里，我能看见两点黄色的车灯之光，在山谷里孤独而行——在绿洲之外，一无所有。我看着剪影和阴影，在德拉平原上似乎飘起了小雪，甚至月亮还在天上。

埃利亚斯·卡内蒂那本关于马拉喀什的小书，有一段可怕的描写，他写自己前往犹太人区的墓地，人们盯着他不放，一群狂怒的暴民、瘸子、瞎子和疯人追赶着他，一群如遭天谴的人伸出手来，这活脱脱是希罗尼穆斯·波希[1]的画中所描述的乞丐帮。

十年之后，他们还在这里，但是他们纹丝不动，也不乞讨，蹲坐在入口处，一群人意气消沉。墓地是宽阔的一排白色坟墓，围墙围着一片布满白色大石的土地，远处是富人巨大、花哨的巧克力色大墓。

有个人向我走来，大喊大叫，这时我已经走了一半路。我听不懂他说什么，但直到他要我走开。可我不愿

1 希罗尼穆斯·波希（1450—1516），荷兰画家。他多数的画作旨在描绘罪恶与人类道德的沉沦，被认为是20世纪超现实主义的启发者之一。

意，自从我读了卡内蒂的那本书，就决定要来看看这片墓地。他大喊大叫，发出威胁，最后我也对他大叫，两个与世无争的傻瓜在一天中最热的时候剑拔弩张，就像是在死亡之潭上，两只鸭子大吵大闹。直到他的儿子赶来，告诉我他的父亲是个疯子，骂了他，把他带走了。那之后，我又是独自一人，直到那人的儿子回转来，告诉我实际上只剩他和父亲还在照料这墓地，许多犹太人已经离开了。

我读着墓主的名字，他指给我看那些伟大的拉比的坟墓，那是些高大的、雕刻过的巨墓，准备直入天国。一片寂静，他招手唤我，哄着我走进一间低矮的小屋，里面坐着个小个子，穿着礼袍，几乎是个瞎子，他摸了我的脸，问了我些问题。“你有孩子吗？”我的向导翻译道。“没有。”那空洞的眼睛中露出失望的表情。他想摸摸我的头。蜡烛已经点亮，我只有低下头。突然间他满口念起咒语，咒语沸腾而起，将我淹没。我终于加入了某种宗教仪式中了。有人对我举起一个黄铜炉，我在里面放了些钱，又被人推搡了一番，沐浴神恩，这才回去，走回犹太人区。

马拉喀什并非城市，那是一颗神恩所创造的、自行其是的孤星，就像是一个红衣的娼妓（我的一个朋友如此说），对着在阿特拉斯山的山麓丘陵，崇高的雪峰在远处闪光。这样的一座城，若是写成书，要花数年时间才能读完。最好莫过于将自己沉浸于其中，让自己坠入其狂野和迷乱历史中的每一座陷阱，让历史牵着你的手，带你到萨阿德王朝、阿尔摩拉维王朝和阿拉维王朝[1]的残陵里去，让你明白，你对摩洛哥的历史一无所知，伊斯兰史也只是知道一丝半缕，所以你是何等无知可笑。然后又将你的内疚一扫而空，纵身于德吉马-埃尔-非那广场[2]永恒的狂欢，或者享受茉莉花树下长久的平静。

嬉皮士们同样发现了这块宝地，他们是对的：就该是这里，这世上唯一的所在——身边是神话、大蛇、纺织工、皮革匠和铜匠，而不是在寒冷和讲究物质主义的北方，不是阿姆斯特丹的水坝广场[3]那发展到极致的、赤

1　均为摩洛哥历史上的诸王朝。

2　德吉马-埃尔-非那广场是马拉喀什老城区一个著名的热闹广场。

3　水坝广场是阿姆斯特丹的心脏地带。

裸裸的淫欲，可在这里，提过一把椅子，坐在中心广场的汽油灯下，只花几个第纳尔[1]，与平民百姓一同吃喝，在你吃得心满意足之前，会先搜肠刮肚思索一番。“生存和死亡，啊，不过是兄弟。”本·优素福大学[2]的看门人，一个穿着白色拖鞋的人如是说。他棕色的手轻拍着饰有纹章的大理石鹰雕，这是个类似洗礼池的地方，老鹰约雕刻于10世纪——他还虔诚地背诵起神圣之秘名——阿布杜·埃尔·马勒克·本·埃尔·曼苏尔·阿比·阿穆尔（Abd el Malek Ben El Mansour Abi Amir），我们一同走过大学，突然我们从黑暗的过道上一同跃起，跳进一处庭院，天堂的光芒倾泻而下，无处不装饰繁复，珠光宝气，篆刻铭文，精工装饰。我问他，那书写于粉色石条上的蜿蜒的文字是什么意思。他告诉我，那是来自《古兰经》的文字，所说的是关于死亡。他拉住我的手，黑眼睛热烈地看着我，说出如下的话——却是非常随意

1　第纳尔是摩洛哥货币。

2　本·优素福大学是马拉喀什的一所伊斯兰学院，得名于阿尔摩拉维王朝的苏丹阿里·伊本·优素福（1106—1142），是摩洛哥全国最大的伊斯兰学院。

的——“生存和死亡，啊，不过是兄弟。这是对的，《古兰经》，不是吗？”

“是啊，是对的。”他再一次把我送入石建筑的迷宫落网。

1993年

遥远之战：堪培拉纪念馆

1915年4月25日，星期天，只要月亮还没有落下去，你就能看见大地模糊的形状：仿佛是一条大鱼，漂浮着，半露出海面，死一般的寂静。海里的船只各自静静航行，悄悄前进，看不见彼此。荷马曾这样描写海洋，那是另一个海洋，如“葡萄酒一般深黑”。有驱逐舰、运兵船、老式的战列巡洋舰。在船上的是澳大利亚第一师的绝大部分士兵，第三旅的四千人将首先登陆。他们就住在军舰里，军舰比运兵船更能抵抗炮火。行动的第一阶段是划小船前进，现在那些小船都成群系在大船后面，随着波浪起伏。月亮会在凌晨三点钟落下，一切就会在那时开始，在那个黎明和夜色之间，难辨彼此的时间，那个半明半暗、阴影模糊的时刻。士兵们不知道土耳其人已经注意到他们。大地上看不见一点灯火。战舰上的水兵把自己的床位让给步兵们用，再过一会，他们就会拿来热巧克力，叫醒步兵。

加里波利战役[1]将要持续九个月。仅澳大利亚士兵就有七千五百人将会战死，两千四百人受伤，许多人留下终身的伤痕，致盲，或者失踪。他们都是志愿参战，他们从该自治领域的所有六个州云集而来，从内陆最偏远的角落里赶来，他们会在中东，在法国的泥泞土地里战斗。约有六万人一去不复返。他们的名字镌刻在堪培拉战争纪念馆的墙上。有人曾算过，如要走过所有这些名字，要花多久，要走多少步。那确是很多很多步。

加里波利远征是一场失败，最后以撤退告终，唯一足以告慰的是，撤退没有变成大屠杀。战争如弈棋，只不过棋子是活人。年轻的丘吉尔是伦敦象棋盘上的超级

1　一战期间，英法联军于1915年4月25日在加里波利半岛登陆，此战史称加里波利战役。作为欧洲土耳其西南延伸部分的加里波利半岛是荒芜的多山狭长地带。联军主力大部分是澳大利亚和新西兰军，共约七万八千人，集合起来对付由德国将军利曼·冯·赞德尔斯指挥的、有八万四千人的新建的土耳其第五集团军。由于准备不充分和土耳其军的凶猛抵抗，以及狭窄的半岛地形，英军最终惨遭失败，澳新军团也损失惨重，伤亡人数在百分之五十以上。

大师。无论是谁，控制了加里波利半岛，就会无可阻挡地前进到达达尼尔海峡，那是连接爱琴海和黑海的狭窄要道，然后就能连接上俄国。俄国人当时正在和德国与土耳其开战，请英国协助，减轻高加索战场上土耳其军队对俄军的压力。俄国人自己为了帮助法国，开进了东普鲁士，遭致大败。如果英国此刻向君士坦丁堡进军，土耳其人就不得不至少将部分军队从对俄战争的前线抽回来。加里波利半岛，在土耳其亚洲部分的正对面，看来会成为一个进攻的理想地点。横穿两大陆之间的达达尼尔海峡不过是一条狭窄的水流，流入马尔马拉海[1]，又流入黑海。在海峡的端部，就是海丽丝岬[2]，特洛伊[3]就曾在海峡的另一边。仅靠战舰是无法攻破加里波利半岛的，对于半岛上的土耳其火力而言，军舰过于脆弱。这片半岛狭长，有崎岖的山岭，多石的土地。我曾在一张旧的

---

1 马尔马拉海是土耳其内海，东北经博斯普鲁斯海峡与黑海沟通，西南经达达尼尔海峡与爱琴海相连。它是黑海与地中海之间的唯一通道，属土耳其海峡（又名黑海海峡）。

2 海丽丝岬位于加里波利半岛的端部。

3 特洛伊是荷马史诗《伊利亚特》的发生地，在近土耳其小亚细亚沿海。

三维地图上看过这里的地形：沟壑纵横，重重山岭，平原开阔。对于联军而言，这是一片可怕的死亡陷阱，而同样有约九万土耳其人将战死。

我有一本澳大利亚战史学者C.E.W.宾所著的书，书中描写了战斗中每一日的痛苦和悲惨。“这是一本写自炼狱的日记。英勇、困惑、毫无意义的死亡、不通音讯、泥泞、疾病，还有那位战争大师丘吉尔，把一切都说得毫不费力：‘炮击并占领加里波利半岛，直指君士坦丁堡。’”在3月和4月，英法战舰攻击了达达尼尔，却被击退，大出洋相。[1]现在该陆军上场了，他们也会深陷灾难。到了1916年1月，一切都结束了，只有死者留在那里。

这一切都在战争纪念馆里。这块表属于来自昆士兰州的一个上士，那天凌晨四点四十三分，他从小艇里跳进海里，开始登陆时，表停了。似乎时间想把这一刻烙刻在这表上，表面上的时间从此永不改变，这代表了否认和抗拒。最好（这个词有些不合时宜）的纪念碑并非事后特

1 英法联合舰队从2月19日炮轰达达尼尔海峡。3月18日，十六艘军舰企图强行闯入狭窄的海峡通道，四艘军舰立即触发水雷，舰只慌忙撤退。

意建造的，而是在当时就发生的：这块表，或是累累弹痕穿透的登陆艇。你站在那里，无言地看着；这些东西从当时那个时空断裂开来，已经不再是自身，但又是自身。一个等比例缩小的模型让我可以鸟瞰半岛全景，上面插满了各种标志和有战略意义的旗帜。你可以看出，半岛不过数里之宽，战场从来就不开阔，你想不到，如此窄小的一块土地，竟赔了十万多条人命。旁边还有照片和两个裁缝铺里用的假人——戴着典型的澳洲军帽，打着绑腿，他们是庄稼汉；他们的卡其布制服在另一场战争中同样出现，我依然记得很鲜明。士兵们的刺刀对准着你看不见的虚空，可你知道那些战斗中，双方用刺刀与小刀厮杀和肉搏，这是可怕的战斗，可怕的死亡。整营的士兵向前开进，然后被机关枪纷纷放倒，而且他们心里知道，发出命令的军官，那成百上千死去的战士，他们也知道。

那里还有一幅战役的全景画，对独松岭[1]的袭击，孤

1 独松岭在半岛南端，海丽丝岬西北，属于后续的登陆行动，澳新联军第一师对土耳其军战壕的袭击是战役中少见的成功之战。

独之松，国家不幸诗人幸，无论这奇妙的诗歌是刻意为之或无心偶得。那片土地，其沟壑、山脉、峰岭和山谷，有各自的土耳其语名字，起名的是这里的渔夫和农夫，源远流长。但战争也遗留下自己的名字，或玩世，或浪漫，似乎语言能控制战争的恐怖。土耳其人在孤松之下屯兵作战，以树枝、稀泥和土石遮掩战壕。画中的远景是大海，蔚蓝，有一艘战列舰，四面起火，命已注定。前景则是浑身泥泞的人，在肉搏鏖战，澳大利亚士兵在军服上缝着白布，因为在烽烟和泥泞中滚打时，一切都看不清楚，只有这白布能帮他们辨别敌友。布置这一切的，一定是个肯豪兹[1]一派的人物。我一动不动地立在全景画前。如同那块表一样，一切纹丝不动，倒下的战士永远也起不来，他的刺刀永远指着别人的脑袋，他们永恒地死在那里，前者已仆，后者亦倒。

这个纪念馆有其与众不同之处：尽管展示的是鲜血

1 爱德华·肯豪兹（1927—1994），美国艺术家，以“真实”的物体修饰装置和环境，让人身临其境。——原译注和死亡、飞机、大炮、军服、勋章、英雄和战场的画作，让人乍一看觉得是在歌颂战争，但其实不然，其气氛更多是悲悯，而不是鼓吹，伤亡数据让人扼腕，不仅仅是这第一次世界大战，第二次世界大战，我的战争，也是如此。我是从何知道的呢？战争爆发时，我不过是七岁小儿。我家住在雅朋伯格[1]的机场附近，听到的是亨克尔和斯图卡式飞机的轰鸣声[2]，战斗机俯冲的尖啸声，高射炮干瘪的咔咔发射声，远处的鹿特丹大火熊熊。还有德国军官的一辆座车，原先沿着弗利特河行驶，偏离道路太远了，他们原以为这片地区已经被占领了。那车着火了，栽进河里。后来人们捞起尸体时，我就在旁边。那是你永难忘怀的一幕，那些长得惊人的皮大衣里流出水来，死者难以描述的灰绿脸色。后来，当我们被1944年的“饥饿之冬”[3]从海牙驱赶出来时，我的父亲落在后面，空袭中，他在波泽伊登霍特街上被弹片击中，九天

1 雅朋伯格是海牙的一个城区。

2 亨克尔，德军主力战术轰炸机。斯图卡，德军主力俯冲轰炸机。

3 1944—1945年的冬天格外寒冷，战乱带来荷兰的食物紧缺，大批人饿死，因此被称为“饥饿之冬”。

之后，他因为破伤风死去。那是种可怕的死法，许多年后，他的妹妹向我讲述他死时的双脚是如何扭曲和痉挛。在格尔德兰省，我亲眼见到了一个死去的飞行员，肠子流了出来，与他的降落伞一起挂在树上。最后，我看到了德国人如何撤出，加拿大和英国军人随后挺进而来。五年前，我曾目睹德国人的到来；那是一支强大的军队，旗帜飘扬，音乐震响，如林的密集队伍，皮靴沙沙地踏步而前，铁和铺路石的铿锵相撞让人生畏。可他们退却时则大不相同，他们已经被击败了，一眼就能看出。

那时活下来的人，都对解放那一天有自己的记忆。对我而言，那一天意味着摩托车的气味，皮革和汽油味，还有那些不同于德军的制服的颜色。但最重要的，还是众多吉普车和坦克周围的汽油味。我们称坐在吉普车里的人为解放者，那是加拿大人，还有一个人总是让我坐在他强劲的摩托车上——坐在油箱上面。现在，在堪培拉，我又闻到了那同样的气味。这气味四下里袭来，从制服的颜色中传来，从斜挎的武装带、从水壶里传来。即便这里没有什么散发着气味，我还是能闻到，我还能察觉到你未知未觉的，兰开斯特轰炸机[1]高飞在云端，前往德国轰炸的轰鸣。我还能感受到我自己的恐惧，以及那个逝去的时代。我能感受到，我永远也无法摆脱，我不知道，在这弥漫的气味中，我该作何想法。

一切都是在纪念馆外开始的，在明亮、开阔的堪培拉的空气中。这个城市本应是新澳大利亚的首都，可是其城区如此分散，简直不能算是个城市。新议会大厦是现代风格，壮观的绿色建筑，与战争纪念馆沉重老旧的陵墓外形恰成对比。每年在澳新军团日[2]、加里波利日，老兵的盛大阅兵就在这里举行，活下来的人借以纪念他们自己和那些一去不复返的战士。对于战争，那场战争，我该作何想法呢？立体画所表达的信息已经够鲜明了，厌弃战争，可是在外面、在纪念馆前，是古老的、退役的战争机器，刷着黑漆的钢铁在阳光下熠熠生辉。

1 兰开斯特轰炸机是二战中英国投入现役的四引擎战略轰炸机，为二战时期皇家空军轰炸机的主战机种，参与战争后期对德国的多次战略轰炸。“兰开斯特”的投弹量占皇家空军战时总投弹量的三分之二。

2 澳新军团日是4月25日，纪念1915年4月25日在加里波利之战牺牲的澳大利亚和新西兰军团（简称“澳新军团”）将士。

虽然生为武器，现在已经成了艺术品；以其造型表达了死亡和暴力之美。坦克群如恐龙，恰似这个已经绝种的生物的王国。坦克不会消失，其钢甲和往昔一样坚固；孩子们抚摸着钢甲，我也一样，我忍不住。还有在一战中轰击亚眠城的重炮，有编号为169080在越南的平定省触雷的百夫长式坦克，还有德制210毫米口径榴弹炮，被第45营队所缴获，时间是1918年8月8日（德国惨败的一天）。

议会大厦还在很远处，在另一座山丘上。两山正相对应。这个国家究竟意味着什么，两座山都各自有所表述。可它究竟是什么？当决定参加一战时，澳大利亚建国还不到一百五十年。澳大利亚知道，如果英国舰队被摧毁，自己的供给线也会朝不保夕，可这无法解释，超过三十三万人，近乎其人口的7%，挺身而出，去打一场远在天边的战争，而且几乎全都是坐船前往，其狂热的激情从何而来。澳大利亚也遭受了相对最高的伤亡率；其军队有64.8%的军人在战场上战死或负伤。英军自己的伤亡率也不过49.7%。二战的参战理由更加明显。这一次，敌人真的已经近在家门口。当日本人占据了新几内亚时，澳大利亚的真正意义就无比的鲜明：对敌前沿，主要人口是白人，就在巨大的、人口密集的亚洲之侧。我走在高大的走廊中，读到这样几个字：他们献出了生命。这句话之外，更没有什么可说的了，我看到了长明灯，看到水池中丢着的俗气的硬币，可是这几个字却余音绕梁，突然之间，回忆之中，我又看到了一幅照片，那还是我在战争刚结束时看到的，对一个小孩来说的确是令人魂飞魄散：一个澳大利亚飞行员穿着短裤坐在一段树干上，眼睛蒙着，他的身边站着一个日本人，双手紧攥武士刀，高高举过头顶，白光刺眼。日本人穿着长靴、黑马裤和白衬衫。瞬间，刀锋就会急挥而下，一举斩掉这个坐着的人的头颅。我现在依然能感受到当时我强烈的憎恶。我走过死者的名字，这个被斩首的死者之名，我永远也不可能知道，但肯定是其中一个。

布里克特，1917年8月11日，英军发动阿拉斯战役[1]

1　阿拉斯战役是1917年英军打破战壕战僵局，向德军坚固防线发动的一系列进攻。

两天后，澳大利亚第4旅的士兵攻击了“兴登堡防线”[1]的残余部分，位置在布里克特附近。本计划用来突破带刺铁丝网路障的坦克没能抵达，士兵们在冻雪上伏了整夜。第二天一早才把他们撤回来，当时暴雪大作。到了晚上，发动了一轮新的攻势，这次有坦克进攻，但只有一辆能开到带刺铁丝网那里。之后的故事，看了立体画就知道了。第16营，由来自西澳大利亚的战士组成，在一位著名的珀西·布莱克少校带领下，杀进了第一道德军战壕。可是本应当支持他们的第12营，仍然在等自己的坦克。由于进攻方的左翼一直敞开着，易受攻击。最后，只有一辆坦克出现了，误向等待着的澳大利亚人开火，又被德国人的路障缠得无法脱身。该旅只有在没有任何保护的情况下强行攻击，伤亡惨重。

战争中的大部分内容，不过是误打误撞，只不过属于永远也无法改正的失误。尽管没有炮火支持，战士们还是夺取了组成“兴登堡防线”的两道战壕。可是由于

---

1 “兴登堡防线”是一战期间，德国西线指挥官兴登堡为防御协约国军队而构建的防御工事，也叫“齐格菲防线”。

炮兵认为，英国坦克在为澳军做开路先锋，所以他们的炮火并不猛烈，这让德国人有机会在澳大利亚人后方建立了一条配备炮兵和机关枪的防线，将其补给和兵员补充切断了。之后是六个小时漫长而孤注一掷的鏖战，直到澳军耗尽弹药，不得不在炮火下越过铁丝网后撤。该师的损失惨重，八百五十七人战死，包括布莱克少校，一千二百五十七人被俘，超过一千人受伤。我面前这个冰天雪地的场面，最让人悚然的是其寂静。没有怒骂，没有临死的哀号，没有走在雪地中的声音，没有爆炸，没有刺刀划破空气和血肉的呻吟，甚至没有冬夜的寂静，在这一片轰响中，冬夜本应当是截然不同的声响。

我走着，几乎被一个人绊倒，他坐在淤泥里，惟妙惟肖，让我不由一顿。淤泥沾满他全身，他的鞋子，他的绑腿。他双手紧蒙着眼睛，再也不想看到这个世界。钢盔端端正正地戴在头上，此刻却格外古怪，仿佛是奇异的冠冕。站在我身边的一个孩子朝他伸出手去，是啊，你真想摸摸他，安慰他。可你依然站着不动。并不是因为那是尊雕塑，而是因为你已经无法安慰他了。他所在的时刻，已成为过去。他和那个昆士兰来的上士的手表同归一理，表达了时间的流逝，也同样代表了其停滞，已经过去，可又依然继续。这个士兵向前冲锋，呐喊着，向着自己的死亡奔去，被击中，闪现出最后的、永久的私密念头；即便所有人最终都遗忘了他，这一切依然无法改变。战争纪念馆，纪念的所在。这地方越是历史悠久，其所纪念的战争就变得越模糊，就变得更加古怪，对当代的意义越来越淡泊。那还有什么可看的呢？一个深陷淤泥中的人，其命运不过是在死者名单上增加一人，那些死者也同样坐在泥中，双手遮眼，再也不想看到这个世界。

纪念馆里有很多孩子。我注意到女孩子观看的方式和男孩子不同。并不仅仅是她们更关注护士、女兵，还有当时的发型（如今的发型师又让其再度流行起来）。不，即便在观看战斗布景时，她们也有不同的看法，武器、飞机、子弹和刀剑。我无法描述这一幕，但这和一段古老的回忆相关。这不是冒险，也不是在毁灭的天穹下，俯冲而来的喷火式战斗机闪着微光，船只下沉时悲惨的姿态，付之一炬的村庄中火舌飞舞，而是这一幕幕背后的思索，是关于毁灭的思索。她们以不同的方式观看着，更安静地走过。她们看到了关于1914年到1918年的一段电影，看到快镜头中士兵们步伐古怪，摇摇摆摆，健步如飞，坦克发疯一样轻快地驶过，仿佛是电脑游戏，但她们没有笑。似乎女孩自有其不同于男孩的节奏，能够把这些快镜头下的动作减缓速度——当时拍摄快镜头，不过是因为技术所限——所以，瞬间，她们所见到的是活生生的人在淤泥中挣扎，他们早已死去，可依然正在大步开赴海外战场，动作缓慢，远不同于电影中的镜头。

这一切都让你变成一个窥视者，你能看得见别人，可他们看不见你，你能认出那些人，你安静无声地走过，可他们认不出你。你知道他们所不知道的，你知道形势会如何发展，他们的命运如何。你甚至可以猜测他们在何时战死，这是死者最无法接受的惊扰。所以就在展现这段历史的同一个地方，同一段历史又变得无路可通——这是战争纪念馆的悖论。

肯豪兹，我已经提起过这个名字。他的内景布置同样能让你看进去，别人却看不见你。这是艺术的分光镜：只不过肯豪兹从他所见的现实场景中获取素材，对我而言，这类复制的真实则是分光镜，我从其中看到真实。梅诺[1]之战，1917年11月。《旅司令部》，一张照片。应该是在地下室里，通过肯豪兹派这位艺术家之手，一切展现出魔法般的、自有的含义。三支点燃的蜡烛。头盔悬挂在屋梁做工粗糙的天花板上。一瓶汽水，潮湿的衣物，一盒火柴。东西搁在桌子的对角上，似乎无处不出人意料，仿佛一瞬间会变成一千盒火柴来。这种感觉来自这个封闭的空间。里面有三个人，一个正试着呼叫，耳朵紧贴着听筒。还有一幅地形图、一只大杯子、一只水瓶、一罐烟草。三个人中没有谁抬起头来看我们，我们是怪物，来自他们死后的世界，我们是不存在的虚空，是他们死后的纪念馆的访客。这张照片对我们和他们的奇妙之处正在于——我们对于彼此并不存在：我们若在这里，则他们不在；他们在的时候，我们又不存在。可这并不是真正的公平对等：他们永远也不会看到我们的照片。他们没有我们也一样，我们在这里不过是纪念。

1　梅诺为比利时一城市。

他们在忙着别的事情，例如梅诺之战。

在游历的终点，我走过了“乔治”。“乔治”是一架兰开斯特式轰炸机，我从没有亲眼见过这种轰炸机，但其轰鸣声我将会永生难忘。不过“将会”在这里并不合适，因为“乔治”永远不会再飞翔了。它曾经高飞在天空，为人目所不及，与兄弟们一同荷枪实弹地去轰炸德国。我经常想描述其轰鸣声，但这不可能。若是将其比作钢铁大黄蜂单调而剧烈的飞行声，或是一百把贝斯连续不断、震荡回响的演奏，有些类似，却又远远不够，因为没有什么能表达出轰炸机飞翔声中所包含的威胁和承诺。又是“英国佬”[1]去轰炸德国了。可能战争快要打完了吧。他们去教训德国人了，要把德国的城市炸成平地。你看不见那些飞机，可是能听见，起初很远，然后就在头顶上，那是一种神秘的震颤声，似乎撼动了万物，随后又逐渐远去，高射炮根本够不着。我一定也听过“乔治”的轰响，因为这架飞机曾经九十多次飞往德国占

1　原文为荷兰文。

领下的欧洲。皇家澳大利亚空军于1942年接收此机。此后它被击中了三十次，机身一侧描绘着黄色的炸弹，直直地对着下方，每一颗都有其目标。到了1944年，该机服役完毕，获准返回澳大利亚。G代表了“乔治”；与庞大的飞机相比，这厅堂顿时显得窄小，它如同一只神秘的、死去的鸟，依然虎视眈眈地高踞头顶，抛下浓重的阴影。我试着想象，这架轰炸机一直陈列在这里，最终会如何越来越显得古怪，直到所有人都不相信，它曾经飞翔过。

走到明亮的阳光下，我又不经意看见了一尊雕像：一人一驴。那是头小毛驴，头低着，似乎在爬山路。背上驮着一个负伤的人，长腿几乎拖到地面。另一个人走在驴子旁边，攥着牵驴的绳，却不用去牵着驴走，驴子自己能认识路。这人名叫辛普森，可他们叫他“牵驴汉”。整整三个星期，他在加里波利的战场上搜寻伤兵，然后用驴子驮起伤兵，穿过火网，来到海边或者船畔。到了第三个星期的最后，他被一名狙击手击中，时间是5月19日，土耳其人发动反击的那一天。如今，他的塑像是青铜所铸，他依然走在漫长无边的山路上。驴鼻子闪闪发亮，因为每个人都想去摸摸那鼻子，是啊，也有人拍打。也许他们真的也想触摸这个人，哪怕是轻轻一碰，用胳膊轻推他一下，打个招呼："你好啊，辛普森。"——但这已不再可能。

1989年12月

园丁和死神

早晨，我的园丁冲进我的房间
他面色苍白，吓破了胆，
主人，我这就要逃窜！

我正在修剪玫瑰，不知不觉地
死神站在那里，一双鬼眼把我看。

我怕得要死，飞快地逃
可死神还是举起手，吓唬我。

主人啊，借你的骏马，借你的马刺，让我逃吧，
晚上我就能逃到伊斯法罕。

他去了许久，夜渐渐深沉
雪松花园里，我遇见死神，与他交谈。

我质问他（因为他等着，一言不发）
为何在早上把我的园丁吓得那么惨。

他笑着，回答我说：我无意吓唬他；
只是因为，我很吃惊，
因为他清早居然在这里，
而晚上我就要索他的命，
在伊斯法罕。

P. N. 范 · 艾克

由詹姆斯 · 布洛克威从荷兰语翻译成英语[1]

---

1 P. N. 范 · 艾克（1887—1954）是荷兰诗人。本诗源自波斯传说，如今在荷兰也是脍炙人口。——原译注

伊斯法罕[1]一夜

杜鲁门·卡波蒂[2]绝对不会在星期五乘飞机，对此我也常感到害怕。即便年岁增长，这恐惧也并未改善。你读了一首诗（二十年到二十五年之前），从那天起，伊斯法罕就代表了不可避免的命运，在这里，死神必将追赶上你。多年来我都想去那里，总是假想我将一去不复返。伊斯法罕并不仅仅对我有这魔力。在起飞的那天早晨，我走在阿姆斯特丹的斯希波尔机场，无意遇见了多

---

1 伊斯法罕是伊朗中部城市，第三大城市。位于扎格罗斯山和库赫鲁山的谷地中，扎因代河畔，海拔1 590米，始建于阿黑门尼德王朝时期，多次成为王朝首都。伊斯法罕拥有11—19世纪的各种伊斯兰风格建筑，而且它作为“丝绸之路”的南路要站，更是东西方商贸的集中地，所以民间有“伊斯法罕半天下”的说法。作者造访伊朗的时间为1975年，为巴列维国王统治下，伊朗伊斯兰革命发生于1978年。

2 杜鲁门·卡波蒂（1924—1984），美国著名的南方文学作家，两次获得欧·亨利短篇小说奖。著名作品有《蒂凡尼的早餐》《冷血》等。

纳，国际象棋大师。他要前往慕尼黑参加一个国际赛事。我告诉他我要去伊斯法罕，他的神情变得关切起来。“我要是你，就会谨慎从事！”可是现在说这个已经太迟了。我已经押上了自己的命运，过了几个小时，我坐着一架德国飞机，飞越了巴尔干半岛，飞机上座无虚席，都是生意人。我是为了一首诗而去，他们则是前往一个欣欣向荣的国度。这对于其后所发生的事，倒是个准确的预示。淘金的热浪席卷德黑兰全城，唯一不同的是，这些淘金者夹着公文包，而不是拿着铁铲。所有的宾馆都客满；每一份报纸上都刊登着这样的照片，德国的、日本的和意大利的代表团围着伊朗的沙王[1]，如同朝臣们对太阳王众星捧月。乘务员小姐递给我一份《环球》[2]，这是一份波斯的英文报纸。“王中之王陛下”要求在呼罗珊[3]建立一条钢铁轧机生产线，伊朗和印度达成完全一致的共识，苏亚纳南·维那晚上八点在市剧院献演卡那提克

1 沙王是伊朗国王的称号，此称号可上溯至公元前的阿黑门尼德王朝，意为众王之王。

2 《环球》（*Kayhan*），是一份有影响力的伊朗报纸。

3 呼罗珊为伊朗旧省，系伊朗东北部广大地区，2004年划分为三个省。

音乐[1]。我还发现了新的证据，说明在日常琐事上，我是多么愚钝：我突然想到，我是在向东方飞，这可是第一次。一旦我意识到这一点，就同时产生了三个变化，第一个确有其事（天黑得更快了），还有两个不过是情不自禁，我的身体感觉到，自己正在飞越古老的土地，而且下方的大地延伸着，空茫无际。这都是真的，可产生身体上的感觉却很奇怪，此刻我正在幻想着孔雀帝国[2]、色诺芬[3]、希罗多德[4]和查拉图斯特拉[5]，可我所坐的这个运输工具，却可能是在往西或往北飞。无论如何，旅途花了

1 卡那提克音乐是南印度音乐的通称。

2 孔雀帝国是前324年印度建立的统一王朝。因新国王旃陀罗崛多出身于一个饲养孔雀的农民家族，故称这个王朝为孔雀王朝，又称孔雀帝国。后文提及的三人皆和东方及波斯相关。

3 色诺芬（约前430—前354），古希腊历史学家、作家。苏格拉底的弟子。前401年参加希腊雇佣军助小居鲁士争夺波斯王位，未遂，次年率军而返。前396年投身斯巴达，被母邦判处终身放逐，著有《远征记》一书。

4 希罗多德（约前484—前425），古希腊作家，他把旅行中的所闻所见，以及第一波斯帝国的历史记录下来，著成《历史》一书，成为西方文学史上第一部完整流传下来的散文作品。

5 查拉图斯特拉，又名琐罗亚斯德，是拜火教的创始人，出身于波斯帝国建立前的一个波斯游牧部落贵族骑士家庭，三十岁时改革传统的多神教创立琐罗亚斯德教。

五个小时，抵达时已经过了午夜，我穿过满是汽油味的机场，走过几架丑恶的军用飞机，走向喧嚣的人群。

初次抵达任何地方，总有些心理测试的意味。第一道测试题：所有的旅馆都客满，你该怎么办？按兵不动，等着，纠缠不休。第二道题：大喊大叫的人把你的行李扛到外面，然后要钱。钞票上又只有阿拉伯文，不知道多少是多少？然后，另一批大同小异的人赶来，将你的行李放在车顶，却把你带去排队。在东方的夜空下，推推攘攘，吵闹汹汹，漫长的队伍，漫长的等待，可是你最后买到的票却是坐出租车的票。这就防止有人敲诈，这的确是个聪明的制度，你明白的。

街道宽阔而空荡荡的。我看到大厦模糊的形状。我的旅馆曾是一部间谍电影《回历1942年》的场景。亨弗莱·鲍嘉[1]已经控制了大堂，可我还是将缩微胶卷暂时藏在我的假发里。布满裂缝的赛璐珞的辉光将一切笼罩其

1 亨弗莱·鲍嘉（1899—1957），美国男演员。1942年凭借《卡萨布兰卡》获得奥斯卡最佳男演员奖提名。此处揶揄他在该片中扮演的间谍角色。

中，老旧的大理石板包裹着立柱，塑料做的植物沉沦于可怕的白日梦中，猜猜还有什么：波斯挂毯！

我房间的墙壁装修为旧报纸一般的黄色。这个特工翻开床单，搜索到一根细长的鬈发，地板上还有卫生间漏出来的水渍，我挪动房间里唯一的椅子时，百叶窗咔嗒乱响，让人心烦意乱。我悠然自得，坐在这张无数人曾坐过的椅子上，打开了德黑兰地图。不管我走到哪里，都会贪婪得无法自拔——我要知道城市如何互相契合，要看穿这城市的“脉络”，我要四处游走，探寻，观察，坐汽车，乘缆车，才能将这城市变成我自己的。

在宾馆的这个小监室里，一座钟沙沙地响。我打开行李箱，发现盥洗袋忘记带了。我在出租车上曾看到拐角有一家药店，依然在开门营业。我就走去，这一趟颇为愉快。这家药店叫作卡哈塔·加密什（Takhte Jamshid），暗黑的墙壁上装着一盏白色的霓虹灯。里面我所需的应有尽有，都来自国外，甚至包括指甲剪。第三世界的问题真是小孩都能看出来。我拿一张绿色的钞票付钱，其图案可能是一颗心，上面有个点，却引起药店里的人大笑不止。这个外国佬真是蠢透了！我让他们自己拿一张相称的钞票，心里想着，如果我是个德国人，我肯定至少已经学会了从1到10的数字，现在我已经死心了。我决定就这么做，把我买来的进口的零碎东西放在大堂前台，又走了出去。

有一种奇妙的感觉，尽管这城市看来如此坚固，但似乎将其从这片荒凉、空旷的古老平原上举起，毫不费力，就像热带雨林重新吞没了荒弃的营地。后来我知道，所谓“平原”不过是虚言。专家所说的“高原”指的是这崇高而崎岖的地方，德黑兰的海拔从一千二百米直到一千七百米；在波斯有沙漠、荒原和险恶的雪峰；有多样的气候和各种民族。让·胡若如此写道：“如果俄国、土耳其与波斯三国国界所在的亚拉腊山[1]在巴黎，则波斯和巴基斯坦的边界就会超过雅典，与阿富汗的边界就会越过布达佩斯。德黑兰会在威尼斯而设拉子则在那不勒斯。”这是一个联合了各种民族的帝国，正如在居鲁士、

1 亚拉腊山海拔五千多米，为土耳其的最高峰，在土耳其和亚美尼亚边境。

大流士和薛西斯的时代一样[1]。伊朗这个名字来自埃兰人，又名阿兰人[2]，这个印欧民族在公元前4000年从西北方迁移而来，度过乌浒河[3]进入这个国家。他们说着相同的语言，养马，驾驶战车，缓慢向西迁移。他们统治的核心是法斯[4]地区，从此得名为波斯。

我用功准备，直到合眼睡去，第二天一早，被暖意和持续的嗡嗡声所唤醒。我将窗帘稍稍拉开，看见一只硕大的鸽灰色乌鸦，还有一只大如豹子的野猫，它们的身后，是滚滚的车流，稠密如糖浆，每根排气管里都喷出烟尘。十分钟之后，我上了自己的第一堂波斯体验

---

1 居鲁士（前590—前529），古代波斯帝国的缔造者，波斯皇帝。他所创建的国家疆域辽阔，从爱琴海到印度河，从尼罗河到高加索。在铭文中，他骄傲地说："我，居鲁士，世界之王，伟大的王。"居鲁士战死，帝位传给冈比西斯，冈比西斯神秘身亡，大流士铲除了八大割据势力的首领，偌大的波斯帝国重归统一。他自称为"王中之王，诸国之王"，曾先后两次远征希腊，并将把第三次远征希腊的计划留给他的继承者薛西斯（约前519年—前465），薛西斯远征希腊，在萨拉米斯海战中被击败，后被刺杀。

2 阿兰人是古游牧民族，其大体位置在今天的俄罗斯顿河流域，大高加索山以北，黑海、亚速海以东一带。

3 乌浒河，即阿姆河，中国古称妫水、乌浒水。阿姆河是中亚流程最长、水量最大的内陆河，源于帕米尔高原，注入咸海。

4 法斯为伊朗一省名，首府为设拉子，被认为是波斯人的起源地。

课：拦出租车之舞。要掌握秘诀，得花不少的工夫，而且永远也不会变得容易些。你得先站在公路上。只要有一辆小小的、橘红色的出租车开过来，你就得杀过去，对着敞开的车窗大喊你的目的地——还得用你之前认真学习过的波斯语。但你怎么也没办法一次就抵达目的地，因为出租车在城市里从来只走直线。所以，如果你想先到东头，然后转向南，你就得如此这般拦两辆出租车。司机在你拦车时会稍稍减速，但只有当他决定接受你给的运费时，他才会真的停下。他们接受与否所依据的标准，又总是神秘莫测。通常，他们会扬长而去。在这个阶段，最重要的是保命，为什么开天辟地时没有汽车？所有波斯司机因此都深深地渴望着报仇雪恨。无论是红灯、行人，还是人命，都不值两文钱，去他的！他们如同天谴一般从天而降，在大街小巷里风驰电掣。要是你竟然真的能找到一辆出租车，你会发现车里面什么都有，最多甚至能挤下五个人，坐在车里看车外，你能看见别人绝望地跳着出租车之舞。但最终出租车还是会把你带到目的地，车费便宜得不值一提。

我在市场下车，这里和外面截然不同，是个秘密的小天地，里面有各种市场，烤面包师、铜匠、茶店、换钱的、屠夫、卖草药的。我在这种地方最自在，也从来没自问过这是为什么。我们用来思考自己为何快乐的时间，比思考为何不快乐的时间要少多了。也许是因为我知道，这里虽然对我们外人而言杂乱无章，仿佛迷宫，但其实自有简单和直接的规律，只不过我们永远也无法参与其中。我总是更钟爱谜一般的意趣，而不是解决之道，于是我心满意足地坐在铜匠铺旁边的台阶上，听着铿锵之声，看他如何在青铜上锤打出阿拉伯式花纹[1]，看人们如何手造万物，造物的人和所造之物并未分离——这也是我喜欢这种地方的根本原因之一，每个人都各得其所，作家著书，农夫播种。驭物而不驭于物。铜匠是铜匠，草药师是草药师，园丁是园丁，死神是死神。

果真是这样吗？也不尽然，但无论如何这里的确是如此。但这场面很快就会风光不再。一个新的时代会到来，所有的铜器都会在机器上制造，如今敲打铜器的人将来会制造机器。一旦如此，则人和他的造物都会因此

1 阿拉伯式花纹特指花草与几何图形等并用的错综图饰。

而不同。而我观看他干活，看着一切造物如何产生的地方，也将会空空如也。不过眼下这个时代尚未到来。我徜徉在五光十色的香味里，手触百物，眼接人群；我吃了一碗“达芙”，这是一种酸奶，还喝了新鲜的胡萝卜汁，不知不觉间，发觉自己走到了一座清真寺的庭院中。光线灿烂，四下寂静，让我惊讶。庭院正中有个四方形的水泉，中有淡绿的泉水，几个泉眼喷涌。坐在水池边。左边有个男人在水泉中洗手，一遍又一遍。一个孩子走来，站在我身边，摘下戒指，俯身下去，整张脸都没在水里。所能听见的唯一声音只有荡漾的水声。他们洗净之后，走过宽广的庭院，来到一个太阳下光华灿烂的神龛前，那里已经有一些人，各自念着自己的祈祷词。我感觉，我能够在此理直气壮地观看，全因为他们在理直气壮地祈祷。就像我曾经读过的《圣徒行传》，他们对这大千世界无知无觉。有个祈祷人坐下，举起胳膊，伸展双手，向前拜倒，站起身来，又深深鞠躬，闭着双眼，嘴唇翕动。其他人则各有不同的动作，举起双手，仰望天空，鞠躬，前后摇晃；有些人穿着土耳其式长袍，他们的鞋子和拖鞋在神龛前赫然排成一长列。还有更多的人前来，不同的头饰，不同的长相，不同的部族；有蒙古人种宽阔的体格，这是游牧人，还有阿拉伯的学者，有着博尔赫斯一样的脸庞。再没有什么比进步更加阴郁，我这样的人，总是认为重理性是进步，而讲情感则是退步，每当在故乡看到一群穿着黑袍的基督教小人物从教堂里出来，满脸也是这样的虔诚，就感到一阵失望袭上心头。这自相矛盾的想法让我困惑不已，于是我就从寂静的清真寺中庭走开，让自己远离信徒们的奥义之罪。

第二天，我要去真正的波斯腹地了。这一天，沙王再次把内阁大换血，街上挂着布告，上书“欢迎，英迪拉[1]”，公布了一整套城市用地改革方案，其中规定对于建筑用地的投机炒作将给予重罚。英国摄影家克里斯蒂安·卡斯考格内也抵达此地，我要和她共赴此次旅行。她会说波斯语，在伊拉克出生，由于身材高挑、身手敏

1 英迪拉·普里雅达希尼·甘地（1917—1984），印度独立后首任总理尼赫鲁的女儿，是印度近代最为著名及存有争论的政治人物之一。分别担任两届印度总理，在最后任期期间遇锡克人刺杀身亡。因其领导印度十六年间的政治方针相当硬朗、立场坚定，故后人称其为“印度铁娘子”。

捷，以及弗吉尼亚·伍尔芙一般的长相，她让波斯人大惑不解。

阳光明媚，我们坐在一辆偌大的美国造汽车的后座上，因为我们没能租到一辆车自驾。德黑兰典型的笔直的道路消失了，我们已经到了城郊，平原在望，其先兆就是路面变得满是砂石。我们将混乱不堪的交通抛在身后，告别最后一家贪心的换钱铺子，他们的窗口上堆满了金币和纸币，我们驶过了帕帕多普勒斯[1]的裁缝店，希腊裁缝，还驶过了最后几家茶店，那里聚着大堆的人，咂着水烟管。这一切都被抛在身后了。

空茫、无尽、荒芜，前往伊斯法罕的数百公里长路，远山如烟，这是欧亚之间空旷的殿堂。没有石油钻井，没有路边餐馆，没有诱惑，空有赤裸和沉闷，只是在正午时分，朝圣者的圣城，库姆[2]清真寺的金色穹顶，如同海市蜃楼一般浮现。全波斯的朝圣者都来到这里，

1　帕帕多普勒斯是希腊人最常见的名字，此处裁缝铺为希腊人所开。

2　库姆是伊斯兰教什叶派圣城，位于今伊朗首都德黑兰以南约一百五十公里处，内有什叶派圣墓和大清真寺。

人潮汹涌，很容易便狂热起来，对外人并不友好。在这里，不准进入清真寺，如果你走得太近，都能感觉到紧张的气氛。不得入内反而更增其魅力。我能感觉到自己一次又一次被吸引着走到清真寺大门前，而这门是禁止进入的。我能看见金色的饰带、长袍和头巾，可如果我勾留太久，他们就会指着禁止入内的标志给我看，标志是用多种语言写的，一目了然。我们走向清真寺对面的宾馆，这里招待的是朝圣者。没有穿着西式服装的人，所有的告示都是阿拉伯语的，英语作为国际语言的扬扬自得之情，在这里如同古龙香水一样蒸发无踪。我只会比画，目不识丁，说话也结结巴巴，即便如此，片刻之后，热烘烘的面包还是送到了我们的桌前，还有辛辣的奶酪、生洋葱和香草。还有一碗我所曾见过最洁白、最晶莹的米饭。我们将奶酪、米饭和洋葱裹在面包里吃。这里是不提供啤酒和红酒的，但有茶和多哈巴里，就是拌了冰和山泉水的酸奶。米饭也拌了马斯特，也就是更厚的一层酸奶，我们在上面撒上苏马克，这是一种香料，从切碎的树根里炼制。更有甚者，十二点时，高低起伏但同样尖锐而冗长的叫拜声破空而起，声如雷鸣，震得玻璃杯都晃动，这声音响彻全城，渗入我全身。叫拜声延绵不绝，让我陷入其中，深感独在异乡为异客。窗外，身穿蓝灰色和棕色长袍的人群潮涌向前，他们戴着白色的头巾，仔细地刮过胡子，系着黑色的额带；这里有独特的，更为古老的时空。店家打算给我们结账，我们又一次穿过中心广场，金色的叫拜塔[1]孤傲地直指天空，如同举起的铁拳。一千年来，朝圣者源源不绝来到这里，与之相比，我们只不过如一声叹息，瞬间消失，无人目睹。

四周的风景有各种色彩，但无一让人欢快。高处是陡峭崎岖的山脉，翻过每一道山脊，又是一番跋涉的折磨，这是历史空荡荡的候客厅。有时路边有悲惨的汽车残骸，远方是牧羊人的背影。一个被阳光灼伤的人静静地坐在路边，伸出手去。司机停下车，给了他一点什么。我向灌木丛中走了几步，碰断了干枯的树枝，断茎发出大地的气味，苍茫而亘古，地老天荒。

1　叫拜塔，又名宣礼塔，为清真寺中最高大的塔形建筑，宗教人士在其上呼喊全城穆斯林礼拜。

其中的奥义就是古老。你带着西方人盲目的自大来到波斯，发现自己正对着数千年的历史，完全不得要领。你所学过的波斯历史只限于薛西斯，可那之后的诸多世纪呢？这就像是你去法国，却不知道法国大革命，对拿破仑也只是隐约听过，对查理曼大帝是何人，基督教如何传播，天主教和新教有何区别更是一无所知。这可就难办了！居鲁士征服了米底人，建立了阿黑门尼德王朝[1]。那是在公元前550年。然后一个新王朝，塞琉古王朝继之而起[2]。然后是游牧人帕提亚人建立的新王朝[3]，

1 米底人是居住在今伊朗西部的伊朗语部落。前612年，米底和巴比伦一起摧毁了亚述帝国，米底从此号称帝国，成为西亚最强大的国家之一，波斯人成为他们的臣属。居鲁士就是波斯人与米底人通婚的后代，并率领波斯人推翻了米底人，建立了波斯帝国，即阿黑门尼德王朝。

2 随着亚历山大大帝的东征，波斯帝国被征服，成为亚历山大帝国的一部分。亚历山大帝国分裂后，亚历山大大帝的部将塞琉古一世创建以叙利亚为中心，包括今伊朗和亚美尼亚在内的塞琉古王朝（前312—前64）。

3 帕提亚人属于白匈奴的一支；从今锡尔河流域迁徙到帕提亚，与当地居民融合。前247年，帕尔尼部的首领阿萨息斯杀死塞琉古王朝的总督，建立阿萨息斯王朝。226年被波斯萨珊王朝代替。

一直牵制着罗马人。继起的萨珊王朝[1]更是比罗马和拜占庭更为强大。他们以纳西–依–鲁斯特旦的金色岩石建立了宏大的帝王陵墓[2]。随后便是伊斯兰的时代。奥马尔哈里发于642年征服了该国，于是波斯人信仰伊斯兰教至今[3]。

只不过他们极其重视自己的历史比伊斯兰的历史要古老得多，他们曾经被阿拉伯人打败。波斯人所信仰的伊斯兰分离教派，叫作什叶派，该教派有自己认定的穆

1 萨珊王朝（226—650），是波斯自阿黑门尼德帝国之后的首次统一，与中亚的印度贵霜王朝及欧洲的罗马帝国并称，三国雄霸欧亚。后来由于阿拉伯帝国的兴起，帝国中心崩溃，末代王子俾路斯东逃至唐朝。

2 纳西–依–鲁斯特旦，距离波斯帝国古都波斯波利斯十二英里，有各代波斯王朝所营造的大型浮雕群，其中有萨珊王朝的陵墓和国王事迹浮雕。

3 先知穆罕默德在世时，既没有留下儿子，也没有明确指定继承人，他去世后，接班人成了众穆斯林面临的首要问题，产生了激烈的角逐。艾卜·伯克尔最后担任教长即哈里发，至此结束了权力斗争，开始了四大哈里发时期。第二任哈里发即奥马尔·伊本·哈塔卜，东西线同时发动对叙利亚和拜占庭的进攻。最终灭亡萨珊帝国的是第三任哈里发奥斯曼·伊本·阿凡（644—656在位）。伊斯兰教取代拜火教成为伊朗的国教。

罕默德的继承人，从而被其他的穆斯林视为异端[1]。无论如何，穆罕默德及其教义从7世纪起就主宰了颇为相似的历史。中亚草原来的塞尔柱人[2]统治波斯直至1187年，其蒙古人种的特征，你身边随处可见。然后，成吉思汗如呼啸的鞭挞一样出现，一个世纪之后又是帖木儿燃尽一切的征服烈焰。帖木儿建立的帖木儿帝国[3]，就建立在其祖先遗迹熏黑的废墟上。这个时代留下的建筑素朴得惊人。这听起来似乎言过其实，可只要你在伊斯法罕的星期五清真寺[4]的砌砖穹顶下过一个早上，你就清楚了。

1 什叶派是伊斯兰教的第二大教派。什叶派以拥护穆罕默德的堂弟、女婿阿里及其后裔担任穆斯林领袖伊玛目为其主要特征，且认为末代伊玛目已隐遁，将以救世主（马赫迪）身份再现。

2 塞尔柱人是突厥乌古斯部落联盟四大部族的一支，初居突厥斯坦的吉尔吉斯草原，以其酋长塞尔柱的名字命名。约于10世纪中期，塞尔柱率其游牧部族西迁至锡尔河下游，占领呼罗珊全境。1051年，攻占伊斯法罕，并迁都于此。后被花剌子模所统治。1231年，被成吉思汗率领的蒙古军所摧毁。

3 帖木儿帝国（1370—1507）是突厥化的蒙古人帖木儿于1370年开创的一个大帝国，首都为撒马尔罕，后迁都赫拉特。鼎盛时期其疆域包括今天从格鲁吉亚一直到印度的西亚、中亚和南亚，1507年亡于突厥的乌兹别克部落。1387年，帖木儿攻占伊斯法罕，残酷屠城，伊斯法罕从此衰落。

4 星期五清真寺始建于11世纪塞尔柱王朝，是伊朗最古老的门殿式清真寺。

这种建筑风格似乎是天然生成，其单纯已经无以复加。在这时代之后，伊斯法罕的黄金时代便到来了。可那些精美炫目的建筑，也绝对无法与我那天早上在星期五清真寺的震撼相比。帖木儿王朝远去，萨菲王朝[1]到来。这个王朝就像波旁王朝对于法国或哈布斯堡王朝对于西班牙一样重要。如果你和一个波斯人说，你不知道阿巴斯大帝是何许人也，就会让他深切感到，你真是可怜。这位太阳王将伊斯法罕变成他御宇时代最璀璨的明珠。教皇和皇帝们派出使节来瞻仰这世间的奇观，正是那时，伊斯法罕的城名获得了其神秘的魅力，正因为如此，数百年之后，我沿着灼热的风景走进这城市时，依然感受到神秘的激动。

实际上，这片风景正是伊斯法罕完美的前奏。如果是乘飞机而来，你无论如何也不会切身感受到波斯本土和波斯边境之间的差别。在沙漠中生活的人，其所梦想

1　萨菲王朝是1501—1736年统治伊朗的王朝，起源于14世纪在阿塞拜疆非常昌盛的萨菲教团，帝国兴起后，将什叶派定为国教，统一各省。伊斯法罕是萨菲王朝时期建筑的典范。阿巴斯一世1598年迁都后在这里建造了大量建筑物，如帝国清真寺、王宫等。

的，是绿洲、秘境、花朵、色彩、欢乐和泛起泡沫的小溪。正是如此——看过了石头，你才能懂得鲜花，而看过了鲜花，你才能容忍石头。你将阳光炙烤的天地关在门外，而在里面，是地砖、叫拜塔和地毯，你享受着鲜花和色彩，享受着宁静，而这宁静在外面就会枯萎。

该如何描述清真寺的穹顶呢？阿拉伯艺术的一个特点就是不表现人性，人的形象是不能出现的。与戏剧、情感、历史也没有关系。你在天堂般的妙境中走着，每一种图形都比别的更精妙、更诱人、更华美，你看啊看啊，与我一样，就会觉得头晕目眩，眼前昏暗，所有这些迷宫般的几何图像和其色彩会浸染模糊，似乎这万花筒般的装饰禁不住不停地看，终于溶解。

我们住在阿巴斯大帝宾馆，这宾馆本身就足够传奇。如同一个华美如梦幻的、巨大的古董古玩店，瑞士冰激凌一般，还有一个死寂的玫瑰园。在世界其他地方已经灭绝的男仆，沉默地守候在走廊的壁龛，悠然地在各处出现。不消几天，你就会觉得自己也快要成为已经灭绝的那类人了：最初你觉得自己在1940年，然后是1920年，1880年，只是在极其与时俱进的账单送到时，才会将你一掌从天上打落到现实中。

可问题并没解决：该如何描写一座穹顶、一座清真寺和一座布满清真寺与穹顶的城市呢？我觉得，我一直都置身于这奇观之外，只能仰慕，却无法进入。换作最老一套的说法就是：那里什么也没有——雕刻的装饰，对几何图像的热爱已经变成激情，印度大麻刺激下的幻梦扶摇而上，变成纯净的、蓝白色的空气。即便是穹顶，虽然也是由石头、土壤，由实在的物质所建，却仿佛透明无所依；众多的穹顶，如同硕大无比的、多彩的肥皂泡，被神秘的魔法牵在大地上。我无法了解这是什么样的魔法。每天早晨，我从窗前都能看见沙王之母后大学（Madraseh-ye Madar-e Shah）的穹顶，这所钻研理论的大学建立于1706年。[1]我发现有一条秘径可以穿过宾馆的屋顶，这样我就能靠得更近，以便细看。在这里，伊斯法罕对于叫拜塔几何学的狂热，已经结晶成塔身上排列有序的施釉砖块，叫人头昏的垂直高度，洁白的花结条纹显现无遗（我现在才知道，花结也可以是笔直的），如

1　沙王之母后大学于1706—1714年建造，为萨菲王朝晚期建筑。

同《古兰经》经文那连绵不绝的书法。金色、紫色和绿松石色的穹顶，如同闪亮的丝绸地毯凸显，无视一切物理学的准则。你的眼只要稍感疲倦，就能马上看到人的形象：披着长袍的毛拉坐在水泉边读书，一群学生肩并肩在玫瑰篱边漫步，说的话题我一点也听不懂。他们漫步的拱门，仿佛是人造的芬格尔洞窟[1]，每根石钟乳都是一块瑰宝，置身于瑰宝之林。每一处都散发着狂野之美，到了最后，我发现，看过了所有这些晚期的、狂放的壁龛、叫拜塔和穹隆门龛[2]之后，我一定要一次又一次地回到星期五清真寺，那最古老、最素朴，说来奇怪，也是最神圣的所在——就像在早期的哥特式或罗马式教堂中，你会有这样的感觉，角落里的那个老者，或许就是上帝本人，晚期的、更高大的神殿极尽奢华，反而容不下他。

有两个孩子在空旷、开阔的广场正中祈祷。广场上

---

1 芬格尔洞窟位于苏格兰西海岸赫布里底群岛的斯塔法岛上，洞高十一米，洞深六十一米。洞底终年为海水所掩盖，洞内屹立着众多岩柱，像一架大得出奇的管风琴。在风平浪静的时候，海水在洞穴内徘徊，产生旋律般的悦耳音响。

2 穹隆门龛，即清真寺的典型建筑艺术，一译“艾万”。

是森严的多重天界[1]，天界中乱云飞渡，万类霜天竞自由，都遵从着巍巍天条。乌鸦凶恶地聒噪着，在各个穹隆门龛之中翻飞追逐着鸽子。每当你凝望了片刻，回头看时，就会看到阳光如何倾注到这伟大的广场上——阳光和七重天都被这建筑纳为一体，成为其光源和天篷。

走过中庭，我来到一片石柱耸峙的森林，头顶是石制的天幕。两个几乎完全匿身于黑色长袍的女人，从我身边飘然走过，消失在一扇门后面，从那里传来温柔哀伤的歌声。我从钥匙孔里偷看，只见一个披着白色长袍的老人，前后躬身地祈祷。此外一片寂静，只有鸽子在拱顶下振翅而飞的声音轻轻传来，你展目望去，穹顶无边无际。只有你向外“窥视”，才能再一次看见这“蓝色”的立面在室外的壮观美景，这就像一个藏宝洞，而转过头来，又重新感到如梦似幻，井然有序的内部装饰，带来重重威压。在这里，一切的狂想，都要无数次重复，直到成为定规，才有一席之地。我细细端详，手指拂过雪花石膏的立柱。那些一千年前就形成的微细凹槽很有

1　伊斯兰教认为天有七层。

触感。我从没摸过这样的岩石。四处流光溢彩，阳光汹涌，倾泻，穿透，弥漫；阳光雕刻着岩石，鸽子从光线中飞进飞出。

我走了另一条路离开清真寺，无意中走到了一个热闹的地方，四周都是土屋。一个向导（不管在哪，这种人总是一眼就认得出）从人头攒动的一个布摊边挣脱开来找我，可我不想要向导，我想一个人待着，可他坚持不懈，一直走得飞快，在我前头扬扬自得地迈着大步，最后我只得让步。我们走访了一个面包铺，师傅将大张烤饼般的生面饼在滚烫的、裹着垫子的炉子外面贴得平平整整。我们去看房屋的废墟和里面修补笨拙的壁画，我们坐在小公园里，身边学生们大步走着读书，或者来回踱步，念念有词。我们经过犹太人区时，他勇敢地跃到我前面（“他们不好，他们跟我们不一样。”），我们还去了一家油灯昏暗的地下工厂，里面有只逆来顺受的骆驼踩着台老古董榨油机，于是一组复杂的木齿轮将亚麻籽榨成油。我们每看一样，他都会说：“这实在很好，实在，实在，很好。”我们告别时，他还祝贺我道：“我希望你已经学了。就像有的人渴了就喝一二三，你也从世界上的知识里学到了。”

的确如此，我还又上演了一次拦出租车之舞——只不过这里的出租车是淡蓝色的。然而我们马上就被骑着摩托的王室警卫驱离了道路，他们是在清道开路。“是印度。”出租车司机激动地大喊。果然没错，一辆颇长的绿色豪车翩然而过，里面起码能装下五台这样的小出租。甘地夫人端庄有神采的侧脸从车顶上露出无几，一只小手无精打采地挥动，她走了。过了一个小时，我回到宾馆，她的车就停在前庭，车后厢盖上放着的红色康乃馨已经发黑了。

我们在伊斯法罕的日子就如此流过。我有时记得，应该有人会来找我，可那很可能是在另一个风格迥然不同的地方，在这里，我觉得自己与世隔绝，进而与天地一体。《环球》报成为我和当今世界唯一的联系。沙王不停地接见各个代表团，时而建议，时而劝诫："国王警告生产疲软的现象"，"周六，王中之王说明了伊朗进步之路上的主要障碍"。

的确，国王似乎事无巨细，无不关心。“学校要建在有求学需求的地区旁边，要是学费太贵，则就失去了意义。”“出于投机之目的收购和出售土地并不能促进生产。”“若是肉类短缺，则是政府之责任。”“我们的农夫只能忍受较低之生活水平，仿佛我国还在殖民时代，这仅仅是为了降低消费品的价格。”“媒体为何只惊呼蓄电池价格之涨，却不告知读者其中原因呢？为何他们又不惊叹，在我国一吨粮食只用一千八百里亚尔，在国外却要六千里亚尔呢？”

许多观察家，无论是在波斯国内还是境外，都质问国王的这个意见和其他相似的论点是否中肯。但无人否认，这个国家正在被不懈地拽出中世纪封建主义的黑暗时代，并且速度越来越快。

我已经在伊斯法罕中浸透，感觉自己也几乎成了一道阿拉伯花纹。我在午夜醒来，听乌鸦的聒噪，向窗子伸出头去，埋头于花园里馥郁的玫瑰香。月光照在清真寺的穹顶上，乌鸦落在公园的白椅子上栖息，一时沉寂。只要晨曦初露，你的四周就会响起叫拜的声音，御风而起，一切就像一百年前，五百年前，甚至一千年前一般无二。我吃过了里海产的鱼子酱，波斯湾里捕的神秘的鱼，还有整个羊头，里面还有舌头、脑子和一只羊眼。我饮过设拉子的红葡萄酒，美酒生出种种梦幻。奥玛珈音[1]的忧郁诗情必是根源于此。说足够，也是足够了。我最后一次登上了阿里卡普宫[2]险峻的讲坛。巨大的广场——练兵场就在我脚下。我立足的地方，阿巴斯大帝也曾站过、躺过或坐过，观看脚下远处的赛马和马球比赛。那时，这一片平台必然是戒备森严，丝帘在风中翻卷。无论是欧洲或远东来的使节、漫游的学者、耶稣会教士，还是印度的王公，都会被带到这个陡峭的、木制的高台前，这是帝国的中心。高如船桅的木柱依然支撑着屋顶，高台后，是挤挤挨挨的楼梯和小屋。通过墙上的开孔，时而能看见一座清真寺光芒闪烁的穹顶。色彩华丽的鸟倒踞在天花板上、蔷薇雕花结和千篇一律的棕榈树叶上，镶嵌玻璃令人眼花缭乱到头晕，繁复得让人难以承受，无法承受。花园后面是一座宫殿，二十根立

1 奥玛珈音（1048—1131），诗人、数学家、天文学家，曾著有《鲁拜集》，内容多感慨人生如寄、盛衰无常，以及时行乐、纵酒放歌为宽解。在纵酒狂歌的表象之下洞彻生命的虚幻无常。

2 阿里卡普宫是伊斯法罕一处宏大宫殿，高达四十八米，阿巴斯大帝在此接见外国使节，该宫有个大露台，以木柱为支撑。

柱在墨绿的、死一般寂静的水面上倒映成四十根。在这里，我终于看见墙上画着代表人的形象。人！在看过无数几何图纹之后，看到人像画是惬意的：脸庞，手中握着石榴果，手指敲着手鼓，脚在舞蹈，黑如橄榄的杏眼如同珍宝，上翘的胡须，胸部，《天堂的月亮》，画上有弄臣、舞者、告密的人、小丑、英雄；这是波斯宫廷的场面——还有汹涌的士兵、奋蹄的骏马、被一劈两半的骑士，他的眼睛如同昨天我餐盘里那个羊头的眼；这是波斯人作战的场面。哦，你固然可以吃下盘中的食物，却不能吃画中的美食，美食已经枯萎和留存下来，当年的食者也是一样，就像舞者脚踝上的银铃声，隐藏在金丝织锦的裙角下，就如抚弄陶笛的手指，覆盆子般红艳的嘴唇中含着的葡萄，王子臂铠上立着的猎隼。离开这里，进入沙漠，这青葱遥远的风景不过是画中的光阴，离开这里。

我们的旅程继续延伸向叶慈[1]，这里是琐罗亚斯德教

1　叶慈省首府，距离伊斯法罕东南一百七十五公里。

徒们依然生活的城镇，他们也就是拜火教徒，最古老宗教的守护者们，崇拜的是安胡拉·马兹达[1]，该神祇的形象，是生硬地伸开双翼，飞翔在大流士的头顶，飞翔在波斯波利斯的城头。这神祇早于亚历山大，早于基督，早于穆罕默德，正是穆罕默德将其赶出了波斯，只留下叶慈城。道路漫长，也没有柏油路面，甚至有路标都让人惊喜。大漠如水，我认定这片高原是浮在沙海之上。路边不可能找到食物和饮水。有时，能看到一辆四轮怪兽搅起的沙暴隆隆作响，但距离那车还要开半小时的路程，车灯直射入日光中。我们到达叶慈时，已经干渴脱水，神色落魄。旅馆里可以选择单人间、双人间，或是三人间。康涅格酒有瓶装的，也有盎司的，如果你不想要康涅格酒，还有加拿大淡啤酒，托普鲁克啤酒，冷饮，可口可乐或是热巧克力。夜晚来临，送来在亚热带极其珍贵的甜美的白光。这里乍暖还寒；汽灯嘶嘶作响，灯火摇曳。突然之间，我知道了自己为什么在这样的小镇

1 安胡拉·马兹达（Ahura Mazda），远古波斯信仰拜火教（琐罗亚斯德教）神话中至高之神。“Ahura”意即为贤明、崇高的意思，象征物为“火”。

里会觉得舒心。所有对于古代的工艺、古风和传承至今的传统家庭网的浪漫想法，在这里会突然变得很合情合理，虽然还是不牢靠：这里的氛围就意味着舒适和好客。你在薄暮中走过小镇，走在呼喊和耳语中，戴着面纱的人走过，这个小镇坐落在东方和西方之间无尽的原野上。没有德黑兰的急剧现代化，也没有伊斯法罕令人迷醉的辉煌，只不过是一个东方城镇——位于某处，又无人注意——镇上有一个混乱的广场，一座大清真寺，外墙上有几座壁龛，大群的人聚在那里闲坐闲聊，做饭和祈祷，或者躺下睡觉，不闻世事。饭菜的香味，胳膊粗的蜡烛点亮的面孔，五个孩子斜倚着一堵土墙，他们天使般的笑颜，有时会在一间黑洞洞的屋里瞥见灰暗空洞的电视屏幕。店里堆满了大块的白糖和糖果，还有大袋的水果干你可以带走，因为命运若是如此安排，让你远离绿洲回家，家在干旱沙漠中，还在一天、两天、三天路程之外。

拜火教徒是什么样呢？一般来说，是身披白袍，戴着白帽。向导带我们去了一座拜火教寺庙。这里和穆斯林区的不同一目了然：这里的女人不戴面纱，她们穿着轻薄的、色彩鲜艳的衣服。庙宇是湿地上一座很矮小的建筑，简直像一座荷兰式花园。那位向导也不知是否是教士，他就像个外科大夫，只不过所有的手术都以微笑完成。他带我们去看，栏杆后面有一个巨大的黄铜锅，其中有一簇火焰。

这簇火焰已经燃烧了四十五年，他说，不无自豪之意。火焰尽在其中，其光芒深沉而极其明亮，如果你看了太久，会反过来刺痛你的眼。火焰有股香料的气味。

在孟买的索拉–品色瓦拉之墙上，1951年有人画了一幅瑣罗亚斯德游方朝圣者的像，一个女子坐着祈祷，燃烧的木柴渐渐没入灰烬中，教士又点燃了一块香料，助祭捧出化缘箱。我回想起这幅壁画，不知道画中的那个预言家，是否真的和尼采的查拉图斯特拉有关。此人入神地手指天穹，身后飘扬着一根黄色的绶带，他的后面，一轮落日熠熠闪光，他左手持杖，插入荒芜的沙丘中。他智慧的脑后，道道光芒四射。教士告诉我说，在沙王的统治下，他们有了信仰的自由，却依然不许按传统来下葬，所谓传统，也就是不下葬。尸体会放在最高的岩石上，或者放在“寂静之塔”[1]的顶端，留给狗、乌鸦和秃鹰分食。只有筋肉全部吃尽，骨骸才会放入亡灵之所。亡灵之所，也就是在岩壁上凿出的存骨所，面向太阳。这是因为，如果不依此行事，则生命的力量离开身体时，尸魔就会四处撒播毒氛。

那又为何崇拜火焰呢？

他指给我看上方一个巨大的王冠，他说：“因为火啊，它是神圣的。”它能驱赶恶灵，请来诸神。

在叶慈镇外，我爬上了一座所谓“寂静之塔”。太阳刚刚升起，阳光掠过远山的积雪。亡灵之塔崇高，中有凹洞，泥污的残肢袒露于上。这片寂静令人生畏。我费力地爬上无尽的阶梯，仿佛自己是一个受罚的罪人。我的下方是一处坟场，可以听见人的笑声，如此而已。我在那里站了一会，眺望风景，心想这塔有多么古老。有一千年，还是数千年？在下方的沙漠中，我能看见坎儿井[2]优美的遗迹，这是古老的地下水道，有些绵延到四十多公里。

1　寂静之塔是柱形高塔，为拜火教徒安放死者的地方。

2　坎儿井是干旱地区利用地下渠道截引砾石层中的地下水，引至地面，实现地表自流灌溉的水利设施。中亚和我国新疆地区常见。

这是波斯最古老的时代；从此开始，我在这骷髅地[1]一般的阶梯上每走下一步，就抛去一层古老之尘。直到再次回到发明汽车的那个时代，我迅速钻进汽车，在漫长的阳光隧道中长驱数日，前往设拉子。

酒、玫瑰和诗歌之城，伟大的诗人哈菲兹[2]和萨迪[3]如帝王一般光荣地埋葬在这里，波斯的农民拍照也要站在数个世纪前古诗人的墓前，还要彼此大声吟诵其诗句。舍此以外，还有哪里能找到如此的一幕呢？在设拉子的最后几天，极为愉悦。花园阴凉、青葱，鲜花怒放如醉，神秘小径，兰草犹如鸢尾。设拉子葡萄酒有种强烈的，几乎是凶猛的口味，我很理解为何这种美酒会让哈菲兹

---

1 骷髅地，又名各各他，在耶路撒冷外面，是耶稣被钉到十字架上的地方。

2 哈菲兹是波斯著名诗人，据说童年时代就能背诵《古兰经》全文，从而获得哈菲兹（即能通背《古兰经》之人的尊号）一名。诗歌的主题多为爱情、信仰及神秘主义，一生基本居于设拉子，钟爱设拉子葡萄酒，陵墓为设拉子重要景观和建筑杰作。

3 萨迪是伊朗著名诗人，设拉子人，在蒙古征服花剌子模和伊朗时开始漫长的流亡生涯，其诗歌反映了穆斯林在战乱中的遭遇和苦难。晚年回到故乡，其陵墓亦为设拉子重要景点。上海世博会的伊朗馆外即镌刻其诗：“阿丹子孙皆兄弟，兄弟犹如手足亲。造物之初本一体，一肢罹病染全身。”

和奥玛珈音如此乐不可言，又悲从中来。可正如我给老友的信中写的，我已经走过了伊斯法罕，如果我不再回来，则我的末日，会在某一首诗中的某个地方演绎。正如奥玛珈音所言：

一生如欢会兮，其如何？
欢会终有尽兮，其如何？
纵得百岁寿，
百岁复百岁，
其后更如何？

走到居鲁士大帝的墓前时，你不可能胸有成竹：陵墓坐落于平原上，空旷、巍峨且绕不过去。风儿在其中呼啸。右边是一列起伏的褐色山丘，距离遥远，看来仿佛是低矮的如烟的山脉。头顶依然是不变的云。茂盛苍翠的芳草围绕着陵墓。左边，在高高的围墙后，是一群赶着毛驴和绵羊的游牧人，他们衣着鲜亮，蒙古人种长相，女人不戴面纱，他们的面容和步伐，都表明他们是自由的人民。

陵墓崇高，每一级台阶都到腰高，只有巨人才可能信步而上。但雄伟的台阶所张扬的权威却不是君权——居鲁士的权力得自于安胡拉·马兹达神——他不过是神在人间的工具，是人民和神祇之间的中介。陵墓寂静，不管你站在哪里，墓都俯瞰着你，就像有些画中人的眼神，一直跟着你在屋里游动。在这里，亚历山大大帝曾两次站在黄金的石棺前，第一次是在他横扫千军之际，来向这位传奇的古人致敬。第二次则是六年后，来这里惩罚洗劫居鲁士陵墓的人。[1]

坟墓不远处就是废墟。其中有一尊神秘的有翼飞人像，曾有人从石头上雕出它来，如今雕像又缓缓隐入石中。他身后的人向此人指出前方某个无形的东西。四翼的飞人则穿着埃兰式的长袍，头上戴着神圣的埃及三重冠冕。落日的余晖侵蚀着白如锌片的云彩，守卫已经换班，新来的告诉我们该走了。我们留下这个谜团。那形象是谁？是居鲁士大帝本人吗？是一个守护神？无人知

1　居鲁士大帝的陵墓在波斯帝国故都波斯波利斯，陵墓为简约的高台型，灭亡波斯帝国的亚历山大大帝从希腊东征到此，不仅没有毁坏他的陵墓，相反还下令加以修葺。居鲁士陵两千五百年来屹立不倒。

道。另一面坍塌过半的残壁上，还能辨认出用波斯语、埃兰语和巴比伦语写的如下的话：“我，居鲁士，国王，阿黑门尼德人，修建此处。”（这三种语言如今都已经灭绝，消亡，再也无人会说。）一只鹳停在残存的唯一挺立的柱子上。我们驱车离开时，天已经黑了。游牧人已经支起帐篷，他们的篝火已经点燃。即便在浓黑的夜色中，陵墓依然是一团空洞的黑影。

雄狮在波斯波利斯的长阶前扑杀公牛，参观者们能看到猎杀的瞬间亘古重演，这是永恒的瞬间：他所站的地方是黄道十二宫的位置，波斯波利斯是宇宙的星辰中心，这城更近似于宗教的神都，而非人间的都城，是献给万能的安胡拉·马兹达。在琐罗亚斯德的教义中，这城是美德的象征[1]。大流士，在琐罗亚斯德教派中称为大亚流士，于公元前550年修筑了波斯波利斯。在我们的

---

1 波斯波利斯是波斯阿黑门尼德王朝的第二个都城，位于设拉子东北五十二公里。城址东面依山，其余三面有围墙。主要遗迹有大流士王的接见厅与百柱宫等。王宫西城墙北端有两处庞大的石头阶梯，前330年，亚历山大大帝攻占了这里，在疯狂的掠夺之后无情地将整个城市付之一炬。

时代，有很怪的一点。就是基督的身影还能向更古老的时代延伸，而他根本不属于哪个时代，那时他还没有出生，而他的追随者，却会从他出生起倒数，将那些时代划入旗下。可那个时代根本没有耶稣基督的影子！在这片凉爽、高耸的平原上，你会邂逅真正纯净清澈的历史，历史还没有被各种复杂矛盾纠缠，缩成乱麻般难解的一团，传到我们手上，成为所谓“当代”。这当然是空话，可即便如此，你依然会感到，重生的自己，卸下所有烦恼纠缠，得以在这片并不宽广，也光泽黯淡的天地里徜徉。传奇熄灭了你的种种问题，令人宽慰。这里没有一砖一瓦会显得过于粗糙，会让你想到当代的基督教的社会，这社会对你有种种约束，无论你是不是基督教徒。尽管正午时总是热得难以忍受，但我记在心中的，却是清心的凉爽，是在神秘的野兽和伟大如神的国王中徜徉时浑然忘我的时间。

在波斯波利斯能干什么呢？每天你坐车来到接待贵宾的王家营地，沙王建立此处是为了庆祝“他”的王国立国两千五百周年。你在无尽的台阶中上下，四处游荡，是不是拿一本《蓝色指南》[1]，就要看你是有求知之意，还是有浪漫之情了。与其说是浪漫，我更愿称其为沉醉。因为再没有比这个词更能准确地表达当时占据我心头的强烈感受，让我暂时抛下事实、时间和意义，将其留给学者，自己则在台阶中徜徉，在生翼的猛兽、国王和柱廊间无尽地梦想。“哦，随着古典的奥玛珈音而去，让智者去喋喋不休。”我贪婪地吸收着此时无形的意韵，权且将其称作历史吧。眼前是烈日炙烤的大地，仿佛是无边的捐款盘。试想，这里有真实的人走过，一排排长不见边的石雕印度人、埃塞俄比亚人、米底人和希腊人，来向伟大的国王致敬，这些石像描绘的是真实的使节，他们从已知世界的角落四下前来，其旅途甚至要达数月之久。正是凝固封存于石像上的这些嘴唇，曾说过他们久已失传的语言。他们的贡品曾是五色纷呈，芳香浓郁，正如他们自己一样鲜活。在这一切的中心，在石雕狮子和飞马环绕中，在公牛和狮鹫簇拥下，是大帝本人，统

1 《蓝色指南》为法国著名旅游指南丛书。

治着整个世界，安胡拉·马兹达鼓起双翅，如布莱里奥[1]一般飞翔在大帝的上空。哦，且让我再驻留片刻吧，不要此刻就走回五光十色的当代的牢笼。

游客们在凝固的时光前摆出姿势，留下自己活生生的影像。政府派来的两个修复工在凿大理石，这种声音和三千年前一样，震响在干燥、酷热的下午：这是铁石相击之声。如果当今的沙王继续施工，到2500年时，波斯波利斯的规模就会比尼乌普特战役爆发时大一些，石匠们会再次隐于幕后，就像是他们在大流士和薛西斯时代的前辈；在国王曾经坐过，色诺芬和希罗多德曾经铭记，在传奇中沉积的御座上，也已经为普通游客摆上了坐垫。

还有一种感受：这些人类的形象，或者不如说，人类幻想出的形象，其雕刻如此自然，让你觉得，你和这

1　布莱里奥（1872—1936），法国早期飞行家，飞机设计师。1896年起从事航空事业。1906年开始制造飞机。1909年7月25日从法国加莱飞到英国多佛尔，成为世界上第一个乘飞机飞越英吉利海峡的人。一战期间他设计了多种飞机。

些雕像亲近得多，你和在这之后，直到你出生前的波斯艺术，反而疏远：那是狂热的几何形装饰，没有人的形象。不，在这里，尽管看似风格上不动声色——但国王大步前行，守卫时刻警醒，异兽搏杀，神祇高飞。

还有，不管这听起来何其荒谬，但你知道在这无数石雕中，尽管你是个微小的“后来者”，但你也会在某处出现，这一点就如达尔文的猿猴一般确定无疑。在大流士一世的宫殿里，国王和狮子对峙格斗，狮子攫住国王的左臂，而他的左手紧抓狮鬃，右手将剑刺入狮子的软腹，直没刀柄。

在波斯波利斯周围的山坡上，阿尔塔薛西斯三世[1]的坟墓附近，有六座大墓——陵墓的沉重巨门已经被推开了，我缓缓地向上爬去。心中存疑：他们如何将墓修到这么高的地方，还是就地开凿了墓室？我走过空荡荡的拱顶，门卫似乎也被历史所湮没一般消失，在我眼前隐去。我们的下方，就是他的皇帝们空阔的城市，在阳光

1　阿尔塔薛西斯三世（前358—前338在位），波斯帝国皇帝。

下流汗。健硕的公牛守卫着墓门入口，凝视着平原和远山，凝视着阿黑门尼德人曾主宰的繁华。统治这里的寂静，无与伦比。

我在波斯波利斯停留了一个星期。更多是感受，而不是学习。或者如我所说的，是沉醉其中。凌晨五点的阳光，下午的阳光，向晚的阳光。

临近尾声时，我只在特定的时间去看一些雕像，仿佛他们在等待你一般。蓟花与别的植物依然和在古希腊的春天时一般无二。我能带走的是感受，那是仿佛滑雪一天后的感觉：我曾经接触过如此稀少的清净的景致。

对于“时间”这个概念，我最后一次受到震撼，是波斯的皇家陵墓，距离波斯波利斯四公里。在昆-依-赛恩高高的山上，是大流士一世、大流士二世、薛西斯一世和阿尔塔薛西斯在岩石上开凿出的陵墓。陵墓是十字形的，中心是一扇门，以公牛头雕饰作为柱头。

在那上面，是大地上被波斯人压制的各民族，支撑着国王的宝座，宝座的上方就是安胡拉·马兹达，静静地盘旋在宝座之上，张开宽广的双翼。在更古老的坟墓之下，与眼一般高的，是另一个王朝，即萨珊王朝

（224—641）的八座坟墓。所以第二排陵墓的开凿时间比第一排整整迟了六百年。比起在正上方，历史比其更短的雕刻，萨珊王陵上的雕饰更圆润、更华丽，然而有些过于温婉。第二座浮雕里（是巴拉姆二世[1]在其家人的簇拥中），我看到了一尊塑像，来自更为古老的坟墓，前3000年，这个形象却没有被人凿去，其距离萨珊王朝之古远，正如阿黑门尼德王朝之于我。在萨珊王朝之时，这陌生的形象已有三千年之历史，到如今则是五千年。那是一个扁如烙饼的塑像，神秘莫测，他所在的时代，雕塑的人物还没有弯曲的胳膊，如同一道阴影般浮现在雕像上，顽强的阴影，立在那些和他格格不入、更接近当代的欢快轻浮的塑像中。我对着他凝视越久，就越无法理解。

现在，我又看着他的照片，这已经是许多月之后，在我的屋里，片刻之间，我的感觉就像是不戴氧气面罩爬上了高峰。我对他看得清清楚楚，他却看不见我。即便我立即返回皇家陵墓看着他，也还是一样：什么也不

1　巴拉姆二世是第五任萨珊波斯国王，276—293年在位。

会发生。

他比最古老的王朝还要古老，他见过所有王朝的兴衰。他有历经世事的无畏。任何人只要对他凝望太久，就会化为云烟。

若要对波斯的政治局势说几句切实的评论，那就不能一口断定波斯是一个专制政体，在波斯谈不上有组织的反抗，政府允许的反对派都是私下拿了钱，做戏而已，而真正意义上的所谓反对派，总是被投入监狱，受到折磨和杀害。

在波斯国内是听不到这些事情的。厚重的沉默面纱，遮掩了一切。人们对于秘密警察，也就是SAVAK[1]的恐惧压倒了一切。SAVAK无所不在，无论是国内还是国外，强大而又无形无影。在所有罗网的中心就是沙王本人。你若将他和别的暴君相比，他显得很是开明，但真相是否如此，却堪质疑。这个国家古老的结构已经被

1 SAVAK意为国家情报和安全组织，伊朗巴列维王朝时期的秘密警察队伍。

猛烈地摧毁，但人们不知道，国家是否从中获益，他们是不是犯了西班牙人在征服者的时代所犯的同样的大错呢：当时西班牙忽视其国内的社会结构，而追逐迷人的黄金，直至今天，这种政策依然后果难消。

沙王看不上外资，但无论如何他还是搜罗着外资，也搜罗随外资而来的大群外国人。与此同时，波斯的农民，那些小农们也看见了墙上贴的告示：现在波斯人口58%是农民，以后要减到25%。可这么多人将如何处置呢？谁又来种地呢？谢尔科特和夏威夷农垦所及其他的跨国公司已经“取代了”起码一万七千个波斯农民，现在正在外国专家的指导下，用免税的进口设备种地。可产出还不如波斯农民的水田。

怎么会有这么多外国人？因为有合适资历的波斯人太少了。而这又是为什么呢？因为所有的大学都仰仗着政府，而政府对大学的一切做法都很多疑，阻碍大学的独立思考，在各层机关中都派遣了SAVAK的人员，简而言之，一切按这条规矩办事：要是我们本国人不行，我们就花钱请外国人来。一切都可以买到，只有一个坚固的国基是买不来的。

无论是讲话，还是统计数字，初来乍到的人都会觉得很受震撼。沙王本人很睿智，他为人民造福，他开创了白色革命，他想让波斯成为世界舞台的大国。即便人均收入并不像官方宣称的那么高，即便其实际上没有增长，或者不像报道上说的那样高速增长，即便各级政府都贪腐成风，你还是会觉得，这个国家发展得不错。

那么，如果一切都如此顺利，那怎么会出问题呢？有些人在回答这个问题时，就回忆起前南越总统吴庭艳，此人后来对美国人没了用处，就被拉下了台。1953年沙王在中央情报局的帮助下重登王位，对这一点也是心知肚明[1]。如今来召唤吴庭艳的鬼魂似乎完全不合时宜，因为沙王和美国人之间的利益并无冲突。可情况会始终如此吗？如果不是这样，国内那些看不见的反对者，还有国外出于种种原因反对政府的工人和学者，会不会一夜之间纷纷露头呢？

在波斯王朝的富足的光辉下，人们很容易忘记，这

1 1953年，巴列维国王在中央情报局的策动下，发动政变，废除首相，开始亲政。

个最新的王朝，不过是历史巨石上短短的一条划痕：当代沙王的父亲原来是个上校，1921年帮助推翻了统治波斯的王朝。据说沙王要审核所有官员的晋升情况，可即便如此，总是会有某位新的上校在等待时机。这一切不过是投机冒险。而专制带来的恐惧、缄口不言和秘密当然更促进了这种冒险。外国使节们在谈到这个问题时都会顾左右而言他：但没有人曾忘记，由于海牙的波斯大使馆被占据一事引起的法庭审判，让沙王觉得自己被拂了面子，而对荷兰进行的恶毒报复。大赦国际说该国有两万名政治犯，而沙王说只关了卖国贼和怠工的人，他说波斯没有政治犯。而国民的沉默更是让一切都模糊不清，对于一个外来人，在波斯游历的时间并不长，要判断其统治是否坚不可摧地树立于人民的土壤之中，也是难以办到的。在穆斯林卫道士的圈内，一定在酝酿着什么，而且这狂风暴雨般的、野心过大的发展计划，也一定会激起强大的反对力量，而这种力量，只靠一个人是无法永远压制的。

1975年5月至6月

在她的尸骨上，人们建起曼图亚

我当然是在做件傻事：走出一座小镇，只是为了回到其中，可我就是这么想的。我边走着，并不四下张望，如果我去张望，一切都会蒸发、溶解、消失。一切只是隐约仿佛。仿佛我此刻步行着，从低矮严寒的伦巴第[1]平原走来，是雾中之影。我幻想着自己长久跋涉在明乔河畔的风景中，这是维吉尔描写过的河流，在旅途的终点我会看到一个幻影，就是曼图亚城的剪影。我听见自己的脚步声回响在矮桥上。左边和右边都是一条宽阔的河流，分别是大湖、中湖。雾中可见两个渔夫划着渔舟，

1　伦巴第位于意大利北部地区，北与瑞士相邻，北部为阿尔卑斯山地，南部是波河中游平原。它是意大利最重要的经济区。下文的曼图亚城是其中一座名城。

如同日本绘画中的景致。万籁俱寂。我沿着前往维罗纳[1]的公路，走在一条小路上。这时我才成为真正的旅行者，转过身来，走近了贡扎加家族的城。

城垛口、塔楼、穹顶，一切都在冬天的浓雾和薄暮中隐约难见，这雾气我无法撕开。雾气缓缓流淌，殿宇浮动飘移。我走到镇中心，转向左边前进，依然沿着河流，前往圣乔治门，直到我站在大公府森严的、死一般寂静的宏大殿宇前。没有卫兵，没有战马；在无人的中庭里，一辆汽车突然发动，将我一举打出历史中。我能看见大教堂的巴洛克式立面上翻飞的宽阔袍襟及戴着冠冕的人高昂着头的夸张姿态。罗马式的钟楼上，钟声响了起来，深沉阴郁，似乎那个看不见的敲钟人知道钟声也会被雾气所包裹，没有人会来回应他的召唤。大教堂前的广场空荡荡的，高大的建筑围绕着铺石的广场。时光无能为力，历史不过是一串片段的组合——对于那些保存过而又改建过这个广场的历代王侯，人们该如何描述？

1　维罗纳，意大利东北部名城。

那里有一幅多米尼克·莫龙内[1]的画，绘于1494年，画上描绘了这个广场（即今日的索戴乐广场）。而这画又在这画中所画的风景里：当我站在这广场上时，我又想起了这幅画。我曾看过1328年发生的事件一百六十年后被人描绘。浩浩荡荡的骑士骑马厮杀混战。伯纳柯西斯家族沦陷，经过一个世纪的统治之后，不得不听命于贡扎加家族，这些都已消逝远去——只有其名字依然在这里，徘徊不去。大教堂的哥特式立面被摧毁了，但是更为古老的罗马式塔楼却幸存下来，我现在就站在塔边。[2]画面上的风景颇为平坦——可这里山丘起伏——这并非真实。

伯纳柯西斯家族的宫殿，后来也是贡扎加的大公府[3]，依然故我：还是巨大的红砖建筑；精制的铁框连接

---

1 多米尼克·莫龙内（约1442—1518），意大利画家，风格是早期文艺复兴风格，最著名的画作是《驱逐伯纳柯西斯家族》，描绘1328年贡扎加家族在索戴乐广场推翻伯纳柯西斯家族的场面。

2 此处所说的教堂，即曼图亚教堂，始建于基督教发展早期，后多次经历火灾，《驱逐伯纳柯西斯家族》上所描绘的哥特式立面于1756年被拆除，更换为如今的巴洛克式立面，但更古典的塔楼则保留下来。

3 大公府，14—17世纪由贡扎加家族修建，作为其宫廷之所在。曾有多达五百个房间，其中丰富的艺术品收藏尤其著名。

起险恶的墙面，宽广四方的城垛凸显在夜幕之上。我站在层层时光之前，想象着，人的呼喊声、马蹄和马嘶声，必然曾在这些高墙内回响，正如现在钟声振荡一样。

在朴素的巴洛克式墙面上——巴洛克也未必不能朴素——有一扇门，我走了进去。反而更增加我的不解。这一定是我见过的最世俗化的教堂。细长的双排柯林斯式柱[1]，石头森林中夹着神圣的小空间。这一切和基督教毫无关系，也没有希腊式神庙的奥秘。难以想象，这建筑如今已很古老，但在当时一定是别开生面的创新——挥手告别哥特式风格，因而有梦幻般的朦胧感。往来交错：这是异教的寺庙，却供奉着基督教的神祇，神庙之下被放逐于千年的黑暗，重生时却注定是古典艺术的曙光，必将照亮一个新的时代：文艺复兴。这座神庙的确是“优美的”建筑，可我并不为其所动，我走过狭窄的通道，来到狭小的礼拜堂内，看见墙壁上悬吊着两口敞

1 柯林斯式柱，希腊罗马的古典建筑样式，细长有凹槽，并非常见的基督教教堂建筑，在贡扎加家族统治曼图亚的时代，前期多为哥特式风格，以尖拱、拱顶、细长柱等为特点。

开的棺材，也同样并无感触。棺材里有尸体，已经变成黑褐色并收缩起来，灰色的指甲长得太长，手掌交叠放在脏破的僧袍上。

我出去，又走入夜色中，一轮朦胧的明月正夹在叠砖的垛口之间。大地传来的寒气浸透我身，商店的百叶窗拉下，噼啪作响，曼图亚在迎接夜晚的来临。我想走回旅馆，可很快就在迷宫般的街巷中晕头转向。路人都比我穿得暖，街道狭窄阴暗。四处弥漫着严寒冷漠的气氛。这是个低洼的沼泽平原，是南国的北方。寒冷恣虐，意大利特有的开放和健谈在此全都不见踪影。人们躲在屋子里，将镇子交给陌生人。我经过一座小教堂，走了进去。门庭上悬着一张通知。

12月4日的军队守护圣人之晚宴将会格外庄重，承蒙第四导弹团大力协助[1]。我爱这个世纪！在忏悔室前坐着个小女孩。走过时，我瞥了一眼神父白皙的脸，听到那可怕的、亲密的耳语。那姑娘打着手势，争辩，前摇后

1 原文为意大利文。

摆，就是个小姑娘的样子。神父蜡黄的手缓缓伸向她的胳膊，在半空中比画着。姑娘穿着蓝裤子和短雨衣。她似乎是在争论。母亲和孩子们在教堂里出入，大声说话，门外传来改装了大引擎的轻型摩托声。我坐着不动，想看看那姑娘的脸。她转过身来，我就看到了——年轻，金发，活色生香，刚刚在一个老男人面前洗清了自己的罪恶。

旅游自有一种热烈，会让旅游者变成彻底的大傻瓜。他想在别人的日常生活中看出些不同的意味。他从阿姆斯特丹来，所以不会梦想在王子运河畔的那座王子之城看到些奇景，但在曼图亚，他觉得那些平时难得一见的名词都意味十足。波德斯特宫、拉吉奥尼宫、权力、理性——这都符合他所寻找的文艺复兴时代诸王公的形象。日常生活的场景，单刀直入，搅乱了他想追寻的五六百年前这里的风景。他也能接受身边真实的世界，因为这个世界让他既能看到假造的往昔风情，也能看到真实的世界——所谓寓古于今。教堂因此是个好地方，因为同样的宗教依然香火不绝。食物也许就更好，坐在阴凉的小旅馆里，一罐热烈的本地葡萄酒，盘子里是厚厚一层赭石色的玉米粥，还有一大块炖野猪肉。让人感觉时光已经倒流到贡扎加和伯纳柯西斯家族之前的更古老的时代。曾有一个诗人出生在该城附近，为这片土地上的人民唱如此的赞歌：

……他们依然睡得无忧，活得坦然，
无不富足，诸般宁静，在彼田野，
在彼岩穴，在奔腾的湖泊，在阴暗的沼泽，
不绝牛马之天籁，绵绵树下之美梦……

——维吉尔，《农事诗》，第二卷，467—470

看，这旅者坐在这里——独身一人，却不孤单。他在玩游戏。他将这个饭店看作旅社，在路人的脸上看到罗曼诺、曼特那和皮萨内洛[1]的画作上曾见过的姿态和模样。在房间里自言自语时，他听到有人在唱音乐剧——

1　罗曼诺（1499—1546），意大利画家和雕塑家，拉斐尔的学生。曼特那（1431—1506），宫廷画家、壁画家、雕刻家，活跃于帕多瓦和曼图亚。皮萨内洛（1395—1455），著名画家。这三人均是意大利文艺复兴时代最杰出的画家，并且都为曼图亚的贡扎加家族绘画和设计过宫室。

即便一片寂静，这声音也毫不胆怯，那是特隆蓬奇诺的弗罗托拉曲。[1]这是场游戏，他知道这亦幻亦真，他将一切的假象都拼起来，形成一个似是而非的旧日时光。这游戏就叫作古往今来，与其他人不同，他并不拒绝当今的世界，反而希望用回忆和重新认识的支柱，去支撑当今世界。所以他才阅读一位诗人的诗作，而这座城市，在每一个时代都为其塑造了一尊新的雕像，直到他明天要去拜访的那尊洁白的法西斯式纪念碑。[2]重新认识历史却很艰难；他要除了自己所追寻的，其余的一切视而不见，而为了能看到他所寻找的，又需要无处不是眼睛。这很简单而直接；在屋子的中央是一张大餐桌——可爱粗大的蘑菇、清脆青绿的莴笋、奶酪、牛胁肉、花朵和果实——他只需要看出其中古老果实的真气，那在古画中洋溢的富足之气，那同样的美餐，六百年来丝毫未变；例如圆面包圈，他掰开吃下去，两天后就会在泰

1 巴尔托洛梅奥·特隆蓬奇诺（1470—1535），意大利作曲家，作有大量弗罗托拉。弗罗托拉是15—16世纪意大利世俗声乐的一种类型。

2 维吉尔在曼图亚的纪念碑修建于1927年，当时意大利在法西斯统治下。纪念碑的铭文为维吉尔自己的诗句，但是法西斯所特意挑选的诗句。

宫[1]重新发现，完好无损，面包不知不觉中落入普赛克之殿[2]的壁画上，诸神之宴那开满鲜花的小餐桌上，神气活现，如果面包、奶酪、美酒和肉一切如故，一样的农民依然在镇子边放牧着牲口，收割耕种，挤奶打猎，那他又何须改变呢？

在这复古的躯壳里，我走了出去。霓虹灯，门窗紧闭的房间里传来电视的声音，那是变了调的人声——听起来像是平淡无奇的方言，我再次找不到回旅馆的路，却也无论如何不想睡觉。我在街巷里游荡，看到墙壁上用水泥砌着一块石牌。石牌很高，镌刻的字母却不解其意，只能看懂其下的字：**但丁，《地狱篇》，XX—88—96**。显然，我不是这个记忆工厂中唯一的工人，可只有当我回到家，回望旅程，我才能看到，记忆的层次有多么丰富：有人希望我想起但丁，却限制我去读维吉尔描写曼图亚如何建成的诗句，而正是维吉尔伴随着但丁降临地狱中的。

---

1 泰宫位于曼图亚郊区，是风格主义建筑的典型作品，也是罗曼诺所主持修建装饰的作品。

2 普赛克之殿是泰宫的饭厅，得名的原因是罗曼诺在该殿绘着《普赛克和丘比特》的壁画。

诗人对其他诗人描述，曼图（quella que ricopre le mammelle/ Che non tu vedi——遮掩着乳房/不为人所见）如何徜徉许久，走过明乔河“四散分布，聚水成泽”的平原。她住在那里，死后就抛下“皮囊”（e vi lascio suo corpo vano），生活在各处的人们聚拢在这里，四周是茫茫沼泽的保护。

在她的尸骸上，他们建起了城市
并称之为曼图亚，未曾迟疑，
因为是她首先选择了这里。

有力的诗句会变成切身的感受。

我打开旅馆的窗户，就感觉周围河流的冰冷气息想乘虚而入，还有更糟的，这蒙着面纱的美景——我能在屋顶上看到雾里朦胧的形状——却是建立在其神秘的建造者脆弱的骨骸上的。

我为何在此？一个月之前我在伦敦参观德川幕府时代的日本艺术展。与此同时，在维多利亚与艾尔伯特博物馆还有一个关于贡扎加家族的展览，这个家族从14世纪到18世纪一直是曼图亚的统治者。无论是德川家族，还是贡扎加家族，都是极权统治者，无论他们是武士，还是雇佣军领袖，他们的宫廷都渴求着名望，以豪华灿烂吸引艺术家前来——这其中的相似之处打动了我。两个展览的主题都是统治者而非艺术，可我们前来观摩的却是艺术，而不是化为尘土的统治者。可是他们的名字却是挣不开的枷锁，就像兰开斯特家族的亨利七世赐给贡扎加宫廷的徽章上那神秘的一对Ss符号。比起德川家族，我对贡扎加家族的面孔更熟悉。可是德川家康那宽大高贵的礼服，以及普布斯[1]所绘曼图亚的第四位公爵：文森佐一世，空虚而顽固的沉默，身穿古怪的长袍——有甲胄，镶嵌着新月的图形，却让人想到同样的意味：权力。

权力可以促进艺术，艺术又可以加强权力；对于其他文艺复兴时代的王公也是此理，可是贡扎加家族，并

1　普布斯（1523—1584），文艺复兴时代的弗拉芒画家。

不很有钱，也不是特别钟爱艺术，却能够将其发挥到极致。展览一开始就是他们的家族谱系。这类谱系图有时让我想起某个巨大而陌生城市的地下铁系统图。从北方某个不为人知的荒野出发，分流，四下蔓延，曲终人散，悲伤孤独地在某个破败的东南郊区走到终点；这终点就是费迪南·贡扎加，第十位公爵。在他和路易，也就是路易·卡普第诺家族的创始人之间，是一盘精心策划的、冒险联姻和主教头衔的博弈。家族谱系图边上，悬着另一张图，能神奇地使你一脚落入往昔。正中是贡扎加家族繁衍的谱系，如同大河，流经其他家族的名号和更为显赫的头衔。谱系的左右两边则是当时大事件的沉浮：哥白尼的理论，意在将佛罗伦萨的美第奇家族推翻而功败垂成的帕西阴谋；路德和其九十五条规则，莎士比亚的诞生——最后则是窄窄的一条：伽利略发明望远镜，以及贡扎加家族的全部珍藏清空卖给查尔斯一世，不久之后曼图亚就首次被入侵和洗劫。克伦威尔拆散了这整套藏品——他将部分战利品卖往海外，从而将这数世纪的宝藏破坏无余，而这收藏本身就是呕心沥血的成就。其中的奇珍异宝——提香、曼特那、鲁本斯，从这如珍宝项链般的藏品中偷出，散落于全世界各博物馆。所剩下的不过是一个理想，而这个理想正是展览所要展示的。虽然空间局促，但一个聪明的设计师依然重现了大公宫廷的一角，包括复原图，模型和大量的徽章，雕版画，手稿，书籍和信函，乐谱（帕莱斯特里纳[1]和蒙特威尔第的乐曲），陶片（日光闪耀的图形，还镌刻有铭文：per un exir，“为了欲望”，还有一挺前膛枪，铭文：Cautius，“慎之”），尼古拉·达·乌比诺[2]那颜色精美鲜明的碗，木质、黄铜和大理石的雕像及贡扎加家族的肖像画：这个家族的人表情阴郁，世代被遗传的关节炎折磨，面孔宽阔粗大，厚嘴唇，有点泡泡眼，只有宽大的下巴才有大权在握的意味。

那是一个月之前了。展览中所见所闻，吸引我在一年中这个糟糕的季节来到了曼图亚——从大公府的顶上拍摄水景，是如同钢板一样死寂的水面。奇妙的回忆让

1　帕莱斯特里纳（1525—1594），意大利圣乐作曲家。
2　尼古拉·达·乌比诺（1480—1540），意大利制陶业大师。

我想到了另一幕场景，那是在许多年前，阿姆斯特丹炎热的夏天，当时在过一年一度的荷兰节[1]；听完了整晚的蒙特威尔第抒情曲演奏之后，我离开尼可拉斯科克教堂，沿着亨德里克王子运河平静的水面散步。我当时想着威尼斯，因为当时我一想到蒙特威尔第，就想到威尼斯。如今我知道《奥菲欧》[2]首先是1607年在曼图亚上演的，地点是贡扎加的宫廷中——这里并不是一个水道纵横的城市，而是四面环水的要塞。这就是为何我坐在旅馆的房间里，听着圣安德烈亚钟楼敲响十二点钟，竟然还因为门窗挡不住这钟声而感到高兴。

回想过去时，我总是难以冷静，或者说，回忆只能是混乱而荒谬的，什么也证明不了。可我还是知道，正是这个厚嘴唇、大脑袋、养马起家、精通联姻的家族，召唤我越过河水，来到了曼图亚：正是这“贪得无厌的收藏家”伊莎贝拉·德·埃斯特；虔诚的驼背古格里艾

1　荷兰节是荷兰最大的表演性节日。一般在6月举办。
2 《奥菲欧》是文艺复兴早期歌剧，创作者为蒙特威尔第。

莫，还有费德里克，一次就买了一百三十张弗兰德斯的风景画，还想下葬时没有浮华也没有仪式；还有文森佐，想要坐在棺材里下葬，棺材下要有一个大理石的王座，坐在巨大的大理石座位上；“队长”弗朗西斯科[1]，家族第四代，因为妻子阿格内斯·威斯康蒂通奸而砍掉了她的脑袋；路德维格，经过没完没了的协商，终于让脾气古怪的曼特那在1460年前来曼图亚，并且在此终老。还有大队的骑士，将自己的武力和骑兵出售给第三方，这不是一个出天才的家族，甚至不是广阔王国的真正统治者，而更像是一代一代的守护者，借艺术家的名字也让自己的名字为人所知，他们借钱聘来艺术家，鼓励他们，激励他们，于是在这个模糊且久远得难以想象的“未来”，在伦敦的一个展览上，有人来崇敬他们的名字，而弗朗西斯科在1389年走访过伦敦，ad videndum partes illas，“是想看看这些地方”。

1 “队长”弗朗西斯科（1366—1407），曼图亚统治者，也是雇佣兵队长，他的妻子阿格内斯·威斯康蒂因通奸罪被弗朗西斯科处死，事实上是因为弗朗西斯科计划和岳父解除盟约。

雾气依然不散。雾之丝蔓悬垂在圣安德烈亚教堂[1]附近出售奶酪、香肠和鱼干的货摊上，教堂里很黑——仿佛是暮色，而非晨光。我走进阿尔贝蒂打造的精美的透视空间之中心。崇高的塔形穹隆挺拔而上，直达顶阁，从外面看，我不知道顶阁是如此宏大。从我所站的位置，在巍峨隐约的穹顶之上，半圈顶阁赫然入目，尺寸极尽精确，我此刻的感受，只有在文艺复兴式的建筑里才会有，在罗马式建筑中是没有的：你自己是丈量空间的尺度。所有的线条都是从你出发（或是正在出发），直抵空间中每一个可以想见的点。因此，你就不仅仅是个心醉神迷的游客，而是个机械般运转的物体——这种无所不在的感受，比任何言语更能宣告，一个新的时代即将到来。

在大公府里，一群冻僵的人正等着导游带他们参观。游客不能自行入内，导游的速度又快得出奇。我们所看到的，不过是浮光掠影，导游赶着我们走上楼梯，穿过

1　圣安德烈亚教堂由贡扎加家族路德维格二世下令兴建，设计师为意大利文艺复兴时代的作家和建筑家阿尔贝蒂，如今最初兴建的建筑只有钟楼保存至今。

房间、大厅和走廊，即便我又看了第二次和第三次，也依然一掠而过，因为匆忙，所以更觉得短暂。我看见阴暗的镜子里，我熟悉的自家尊容鬼魂般一闪而过，跟着导游小心翼翼地沿着破败的楼梯向上爬，过去宾客们曾借着这楼梯跳上马背啊！我顺从地转进那狭小而神秘的“矮人屋”[1]，目光越过水面，看着对岸雾气飘荡的大地。我在皮萨内洛的壁画前踟蹰，这壁画已经隐身此中数百年，刚发现不久。奇妙的是，壁画并未完工，却已经是古老遗迹，与废墟恰成古怪的反比。我注视着墙面上遗留的标记和线条，壁画所描绘的是一场残酷的战斗。一个骑士仰面躺着，在搏杀中动也不动，就像是一辆底朝天的人形坦克，在其铁甲身躯之中，无能为力。一只修长、秀美的手无力地搭在铁甲上，敞开的护目镜后面可以看见虚弱的脸庞，其他人的脸则深藏在鸟嘴一般的铁面罩后。画面是半透明的，仿佛这些人物浮动在高墙之上，其笔触虽然轻淡，依然散发着战斗和死亡的恶臭。

1 矮人屋是因曼特那在此屋的壁画中画了一个贡扎加家族廷臣中的矮人而得名。

最足一观的依然是婚礼殿，又名彩绘殿，曼特那为此足足画了九年。他的赞助人觉得这太久了，可他们错了。若要画出一个大千世界，九年并不长，而曼特那所画的，正是个大千世界。就在数平方米的墙面上，曼特那塑造了一个完整的世界，其中对贡扎加家族真实面貌的描述，最近才发现是一个巧妙的欺人耳目之作。即便你抬头望去，女人和小爱神还是从栏杆之上高敞的天堂中俯瞰着你。壁画中的人物都站得笔直，彼此倾身，颇为古怪，仿佛僧侣一般。每个人都凝视着别处，他们的表情都分外严肃，似乎知道自己会永久停留在这里。画家的点睛之笔如此杰出：例如他在柱脚边勾画了一只垂着的狗爪，似乎这狗马上就要冲进屋来。你身在此处，四周的灿烂光华无所不在，你在眼花缭乱之际，又害怕一切会突然之间化为死寂；壁上所画的欲坠的帷幕四处高悬，推到一边，吹到窗外，在无形的风中飘摇，似乎只要有一双邪恶的手，就能随时将帷幕拉起，将王子、他的宫廷、辽阔的古老风光、小小的猎人和农民轻易地打落入那遗忘的时光，无迹可寻的石灰岩墓穴。

出来的路上，我买了一张明信片，上面是迷宫般的天花板，在无数蓝色的纵横条纹之中，以金字写着文森佐公爵的格言“Forse che si, forse che no”，这格言首尾相连，连绵不绝，似乎写了有千遍。“莫须有，莫须无”，以此法宝护身，我回到了起点，沿着路回头走去，在那里，我应该能看到如梦的景致——雾之大幕正在缓缓拉开。

1983年

苏黎世

去苏黎世的路上，有人赶到了我前头。这是一个雕塑家，惯会涂抹和勾勒。他的名字叫冬天，他改变了我所知的苏黎世。他所用的材料是雪、冰、雾、早早的天黑、寒冷，要适应他的作品也得花点时间，那是强有力的风格。而且他工作起来像着魔一般不知懈怠；无论是活人的面孔，还是死者的坟墓，甚至水的颜色也突然变得更加暗沉，他的笔触无所不在。甚至同伴的作品他也毫不放过，放眼望去，到处是重塑、增添和修改的痕迹。

其作品的效果有时颇为古怪。我不知道是否所有经常漫游的人都是这样，可我在全世界都有石头朋友，只要我来到城里，就会来看望走访。在巴黎，有大学大道上的蒙田像；在伦敦——泰晤士河的岸边，有狮身人面像；在里昂的大教堂一角，有熟睡的主教；在苏黎世则有两个严肃、纯洁、冥想的女人，站在莱米大街上喷泉的两边。这些雕塑彼此毫不相同，也互不相识，可每一尊都会激起我的一段思绪或一段回忆，让我在他们身边驻足。现在我觉得和他们已经是老相识，想和他们聊天，问问他们一切可好。

若是有人觉得这很古怪，不妨问问自己，这些雕像在此又是何用？大体上是提醒我们某些会被淡忘的事，但我怀疑，喷泉边这两尊女人雕像的意义却并不在此。她们在此陪伴我们，诉说着难以名状的感觉，那是温柔和优美，还有沉思。无论如何，就是让你在美术馆[1]到克罗嫩哈勒餐厅[2]的路上，或是去苏黎世湖的岸边，停下脚步，哪怕只是问候一声。

我喜欢这两尊雕像，我认识夏天和秋天里她们的模样。她们并不惊艳，却散发着忧郁的真诚气息，让我想

---

1 苏黎世美术馆位于苏黎世旧街区，此美术馆自1787年开设，历史悠久，以汇集19—20世纪的西洋绘画（印象派和达达主义）作品而闻名。

2 克罗嫩哈勒餐厅是苏黎世著名餐厅，悬挂有多幅大师名画原作。

把手搭在她们的臂上片刻，每次我摸上去，她们的皮肤那坚硬粗粝的纹理都让我着迷，似乎我本希望会摸到光滑、温暖和鲜活的皮肤，因为她们是妙龄的姑娘。可这是怎样的矛盾呢？如果她们是真的姑娘，我就不敢去触摸她们，不仅仅因为不应该随意碰陌生人，而且因为她们石灰岩雕刻的肩膀和乳房会迅速变成皮肤病似的粗糙和蛇鳞一般，而此刻，我手所触的石灰岩则如此舒适，代表着青春和光彩。

这个艺术家是个骗子，我们都知道。但人和塑像之间的情缘，也一定要算作某种内心的欲望，特别是现在另一位艺术家冬天对我这两位女朋友有了兴趣。他在她们的大腿上、头发上和肩膀上堆积了白雪，似乎是因为他代表了严寒，而冰天雪地的日子里塑像温柔的裸体尤其让他忍无可忍。但塑像对此毫不在意，思绪悠悠，似乎对其蓬松的雪帽毫无知觉，她们一如既往地看穿了我，凝视着地面。有什么让她们沉思呢？也许是因为水不见了，而往日，沉寂之中总有水流潺潺之声。冬天在喷泉的水口精心雕刻了一枚光滑的冰钻，纤细柔软的雪花轻轻飘落其上，似乎消失不见。我得赶紧从这秘境边走开。

“白烟灰”与“碎羽毛”，荷兰作家康斯坦丁·惠更斯[1]曾这样描述过雪。我满身都是这样的白烟灰和羽毛，穿过美景广场[2]走向湖边。这里冬天也没有放过，但这次他的创作却如同中国水墨画家，没有用任何颜色。桥边的石台阶直伸入水中，我斜倚着栏杆。我下方是一个伊朗女人，围着蓝色的丝绸头巾。她带着三个孩子，打算给水禽喂面包，她的身姿仿佛古代播种的姿态（我们如今只有在画中才见过）。

这真是奇观：似乎芝诺的定律在此发挥了作用。水禽们漫长而庄严地划水而行，突然间急转直下，无数鸟儿争先恐后，自行其是，无论那些天鹅、鸥鸟、水鸭和野鸭距此多远，它们脑中的计算机已经接收到这个典型动作的信号；现在就看谁能先抢到天上掉下的馅饼了。天鹅如同战舰猛冲而来，身后是一大群鼓翅而前的小水

1 康斯坦丁·惠更斯（1596—1687），荷兰语诗人和音乐家。

2 美景广场，苏黎世城内有利马特河流过，广场在河与苏黎世湖交汇处的岸上。

鸟。海鸥从天上俯冲，如同长着羽毛的战斗机，尖叫声就像是一群发狂的老太太在合唱。

自然是如何造化这类情况的呢？天鹅垂下脖子、触及水面的时间里，一只不起眼的雷鸟可能已经将面包衔入喙中，而鸥鸟也还来不及从天而降，鸟口夺食。总是会得出这样的结论，这场面反映出某些不同种类和不同阶层的“鸟喙阶级”。可这都是人类的想法。我们会觉得天鹅比起那如同桑丘·潘萨[1]一般的雷鸟更优雅、更高贵。可鸟儿自己如何看呢？野鸭会忌妒天鹅吗？水鸭会痛恨海鸥吗？还是鸟儿们破浪而前，嘎嘎大叫，上下划拉，尖声戾叫，不过是为了生存？当它们无数次扑空时，会不会悲伤呢？还是会因此有所感悟？你看，人总是会这样纠结，看到远处有只棕色的野鸭怎么也挤不进来，就会拼命地向它那边扔，好让它也有机会得食，而最后有只顽劣的海鸥黑手党夺走鱼子酱远走高飞时，也只会让野鸭们更加失望。

1　桑丘·潘萨是《堂吉诃德》中主人公的侍从，老实憨厚的农夫。

如同《悲怆奏鸣曲》：六只天鹅排成一圈，同时舒展着阿拉伯舞步[1]，只因为巴甫洛夫如此命令，然后它们又昂起长颈，依然是同时——天鹅的长颈如同花束，正应当系上丝带。远处有两叶小舟，那是渔夫。冬天这位中国画大师只需要两笔，也许是三笔，就能挥就这幅美景。湖对岸的风光，他换了大笔写意，又用水濡染墨迹。除此之外，本应是留白，可大师的技艺更甚于此，他如此作画已经有千年光阴，他让彼岸的风光沉入其中，似有而实无。

光阴和青铜，两者是古怪的亲戚，可在苏黎世这样的城中，两者不可能独存。很显然，曾经一度，连光阴也没有，之后又是许久，因为没有人，所以也不会有人注意到时间，更谈不上丈量时间的长短。这不是青铜得以发明的原因，却是人们用青铜来铸造铜钟的原因。在没有时间的年代里，睡眠和打盹就是时间的尺度。（若是没有了时间这个词，那几乎任何事物都无法说清。）第

1 阿拉伯舞步是一种芭蕾舞姿。

一声铜钟敲响，激荡在宁静的虚空中，如同复活的信号。该起床来生活了，可先别急，先数一数钟声。是两声轻微的铜钟声。似在试着测度那无可衡量之物。四点半了，可究竟是上午，还是下午？我安静的屋子里很黑，夜晚召唤我重新入睡，我也心甘情愿。现在是第三声，略带了点方向感，肯定是格罗斯大教堂[1]的钟声，我记得这声音。

我果然是在人间，是在这个时空里。又有一个小时已经过了三刻钟。我得再等一刻钟。然后铜钟就会敲响四下，然后就会传来一声更优美、更深沉的钟声，然后又是一声，又是一声。只有数清所有的钟声，我才会知道身在何方，就像是大海中的一只船。五点了，铜钟宣告，数个世纪以来都是如此。我和同样听着这钟声的、看不见的陌生人被声音的丝缕牵在一起。五下，六下，七下，八下。普雷蒂格教堂[2]，圣母院[3]的钟声，无论

1 格罗斯大教堂以其双塔式的建筑、独特的造型成为苏黎世的象征。它是瑞士境内建造于11—12世纪的罗马式教堂中规模最大者。
2 普雷蒂格教堂是苏黎世最高的一座教堂，属于巴洛克式建筑。
3 圣母院位于圣母桥旁边，兴建于12—14世纪，为哥特式代表建筑。

是男高音、男中音或男低音，诉说的都是同样的时间，可它们前后敲响，如果真能同时敲响，那就是电脑控制，而不是敲钟的普通人了。苏黎世尚未如此，我起床了。

还在下雪，苏黎世成了个明亮闪光的城市。我应把这座城市穿在身上，如同一袭布料，缀满了其全部的头衔和珍宝，其数百年古老的私语，有些我曾见过和懂得，有些则永远也不会得知，这布上还要挂满其所有公开和私密的记忆。人们总是会遗忘这些记忆，可城市之间，会永不停息地诉说这些故事，尤其是苏黎世这样的城市，已经诉说了千年。总是有人在说话，私语，高喊，争辩，恳求，判断，安慰，诱惑，清点，忏悔，哭诉。苏黎世从没有真正安静过，所有这些话语如同生出形体，附在墙头，生出锈迹，最终消失。却无法抹去，只有那些最敏感的耳朵才能听到，那就是在小巷的迷宫中徜徉的漫游者，小巷的名字如同水雾般拢在身边——雷诺市场、青蛙巷、镜子巷、蒙斯特巷——直到他站在那栋大厦的阴影里，大厦上老皇帝戴着金色的王冠，俯瞰河水。亘古至今，逝者如斯，人们到来之前很久，水声就已经回响在此。

格罗斯大教堂。这里曾经是一座天主教堂。也许能称之为改宗的教堂吧？我觉得有些忧虑，又有些茫然。很久之前，由于当局犯的错，我和姐姐在战时从海牙疏散出来之后，被安排进了一个位于荷兰东部的学校，我们称之为圣书学校（School met den Bijbel），我们在那里待了没几天，因为第一天，其他的孩子就清楚了我们是“天主徒”，追着我们跑过操场，将我们逼到墙角，向我们脸上吐唾沫。这倒没让我留下什么心理创伤，可我也不会遗忘。[1]我们将这些地区中严格遵守正统新教教义的教堂称为“黑袜子教堂”（zwartekousenkerk）。就我所知而言，其教派成员直到今天还是不许看电视，在其教徒居多数的地方，星期天不许游泳，有些人甚至不肯让他们的孩子打脑炎疫苗，因为打了疫苗，就等于打乱了上帝神秘的造物。

1　荷兰的独立战争主要由新教徒发起，16世纪独立战争后，荷兰的天主教曾处于被排斥的二等公民的地位长达一两百年之久。天主教的宗教活动被禁止，天主教徒被排斥于公职人员队伍之外。如今天主教是荷兰第一大宗教。

这是我隐忧的根本原因吗？我想。不，当然不是，可即便如此，那建筑物的冰冷和严肃却依然让人感觉格格不入。在本该设有祭坛的地方，如今竖立着一棵高大的圣诞树，毫无装饰，仿佛一个荒野的象征，不知自己在此究竟有何用意，只不过是占满了一席之地。没有灯光的圣诞树，就像是背井离乡之人；虽然立在一边，努力扮演树的角色，只不过或许更愿意藏身深林之中。我走过去坐在树边，坐在过去唱诗班所坐的一排长凳上，这同样让我困惑。这些长凳显然并不旧，可为什么会被放在这里？过去，这样的长凳是僧侣和教士们所坐的，他们对着彼此应答和吟唱圣歌，这样的场面你在大教堂的节日庆典里，或者在重视冥想的教派，如特拉普派和本笃会的教堂里[1]，依然能看到。我对高处的景致倒更为熟悉，那是无法触摸的，石质天庭拱顶，对于下方凡人们带来的改变毫不关心。还有那柱头，也诉说着我更加熟悉的语言，那是伦巴第和阿拉贡地区罗马式教堂的风

1 特拉普派是罗马天主教修会，严规熙笃会之俗称。本笃会又叫“本尼迪克派”，天主教隐修院修会之一。

格[1]，神秘的野兽，东方的花形纹饰，几何形的装饰，这都是中世纪的形象语言。

可这里依然冰冷、严酷；高大、空虚的围墙，灰暗而坚硬，没有欢乐，也没有人的形象，没有地方容我散乱的思绪逃逸：这里只有语言为王，所有作家都不会厌恶这个特点，不是吗？即便如此，我悠然向前走去，走到由奥古斯托·贾科梅蒂[2]所塑造的彩色玻璃窗正下方，这玻璃窗远不如教堂本身古老，此刻我突然看见两个无头的身影，似乎穿过浓雾向我走来，迫不及待地要告诉我他们是如何殉难。莱古拉和菲利斯，他们早已粉身碎骨，胳膊下依然夹着自己被砍下的脑袋，似乎要携往别处。他们的衣服早已剥落，但故事依然流传。他们属于住在埃及底比斯的一个罗马军团，被派往最北方的瓦莱和基督教徒作战。可这些军团战士本身也是基督徒，为了不和自己的教门弟兄互相残杀，他们逃亡图西亚姆，

1 伦巴第是意大利北部区名。阿拉贡是西班牙东北地区名。两地都是罗马式教堂众多之地。

2 奥古斯托·贾科梅蒂（1877—1947），著名艺术家，先后游学巴黎和佛罗伦萨，最后定居在苏黎世。

被当地的总督德西乌斯处刑，于利马特岛上斩首而死。（这座城市里，砍头和河流似乎脱不了关系，伟大的汉斯·魏德曼也是坐船前往刑场的。）

我不知道自己是否喜欢这座教堂。我内心的天主教情节让我怀念丰富的色彩、温情和剧场般的氛围；可是第二天周日，再次走进这座苦修的教堂，便能够再一次反省这个问题。那隐忧依然挥之不去，也许这是因为我从来没有参与过清教徒教堂的仪式。当我陪伴着信仰坚定的公民们步入教堂时，不经意听到“金钱和思想”（Geld und Geist），这是一本戈登·克莱格写给苏黎世的奇妙的书的书名，我正在读，并时时想起这个书名。

本地的朋友让我懂得，布道之人是谁，可大不一样，在以语言为核心的教堂里，这也不出人意料。让我感到疑惑的，可能也让其他庄重的信徒们困惑的，是这场布道的主题，来自《托比特书》，这是来自《新约外传》的一卷，故事说的是贫穷的托比亚要娶萨拉。可问题是萨拉已经结了七次婚，每次都婚礼未完丈夫就死在新婚之夜。托比亚在途中找到了一个旅伴（那是位天使，可他并不知道），天使告诉他，走到婚房时，焚烧一条鱼的心和肝来向上帝献祭。他依计而行。于是婚礼圆满成功（无懈可击），萨拉的父亲本来已经挖好了这个遇害者的坟墓，现在可以填上了。托比亚的焚祭让附在萨拉身上的杀人恶魔逃往了埃及最远的角落，旅伴现身为大天使拉斐尔，现在神父的困境来了；焚烧献祭和点燃神香没什么差别，而神香又显然不能出现在这个教堂里。“茨威利本人曾祈祷反对那样的异教仪式。”

我身边的教团诸位，年过花甲的虔诚市民，与我一样抬起头来，看着那仪表堂堂的牧师（他面孔英俊，白领结，黑长袍，有种伯格曼电影中独有的瑞典明星气质），等着看他究竟偏向哪一边。他继续告诉我们，最近他和他的夫人（我再次感到略有震惊，他对禁忌话题的探讨更深入了。）一同去找一位年轻、古怪的巫医看病。我了解了他的真意所在：上帝若是乐意，会来帮助我们，却是以神秘莫测的方式。一瞬间，我感觉天旋地转，似乎青铜大门缓缓敞开，茨威利走进来，恭行天罚的石头宾客脚步声如雷，质问那个神父，为何不合时宜地为这股神香味辩护，因为很久以前，神香就被驱逐出这座教堂了。[1]可这时，那个布道坛的牧师规劝我们为苦难的人祈祷，为战争的受害者祈祷，最后，也为了动物和植物而祈祷。突然之间，我看到了玻璃锋利的碎片、冷杉木、仙人掌、雨林、橡树，还有那美洲太平洋海岸边数千年之久的森林。猛然间管风琴演奏起巴哈贝尔[2]乐声从天而降，教众开始轻柔地吟唱赞美歌282号（《谁能驾驭圣灵》），还歌唱动物、植物和人类，我也尽可能跟着唱，并决定本周末去大雪皑皑的动物园看看动物，尽管如此，我还是暗藏着一个私念，如果动物和植物以其令人困惑的天真无邪为我们祈祷，那效果比我们为它们祈祷要好得多。

当我再次走出教堂时，苏黎世依然寂静。金钱沉

1 这是《唐璜》中的故事，多次出现于歌剧中。唐璜潜入司令官菲德洛的女儿安娜房内欲行非礼，司令官赶来救护，唐璜杀了他逃之夭夭。后来，唐璜来到他墓前，墓前石像责备唐璜的行为，唐璜竟嬉皮笑脸地邀请石像来吃晚饭。第二天傍晚石像果真前来。石像给了他最后的忏悔机会，唐璜拒绝了。于是石像施展法术：大地裂开，烈火熊熊，唐璜掉进地狱。作者引用这个典故，是揶揄牧师涉及神秘主义这个更常见于天主教的问题，触犯了茨威利所制定的宗教戒律，会遭到天谴。例如神香，也属于天主教的仪轨，在被茨威利禁止之列。

2 巴哈贝尔，即约翰·巴哈贝尔（1653—1706），德国巴洛克时期后期作曲家、教堂管风琴家，在新教宗教音乐创作方面，地位相当高。

睡在各家银行里，电脑在投机买卖，不计善与恶，我去瑞士国立博物馆[1]时乘坐的电车空空荡荡。博物馆里也响着音乐，是年轻人多声位合唱的中世纪音乐：阿卡贝拉[2]、德普雷[3]、奥奇根[4]，这就像是回到家乡。他们歌唱的那个不大的地方已经人满为患，只剩下立锥之地。我环顾四周，看到身边站着两个中年人，前面则是小伙子和姑娘们的合唱团，穿着鲜亮的红色衬衫，我身后是一个中世纪晚期风格的房间，彩色玻璃上是该城的规章。哀歌，大众之弥撒，痛苦的、撕裂的灵魂在音乐里共鸣，音乐永不断裂，每一段音符都互相呼应而又各自远离。乐声如此纯净，因为它不表现人世间是如何堕落。那声音质朴无瑕，似乎不属于这个世界，而飞于天外。

---

1 瑞士国立博物馆位于苏黎世，始建于1898年，外形是法国文艺复兴式的城堡，以精致的祭坛精雕刻和木版画等中世纪展品闻名。

2 阿卡贝拉，即无伴奏合唱，是一种无伴奏的音乐形式，仅由人声来哼唱出旋律与节奏，有别于文艺复兴时期的交响乐及巴洛克时期的协奏风格，层次感极强，常见的音乐风格为15—16世纪的教堂音乐。

3 即约斯坎·德普雷，法国音乐家，留下的作品至少有十八部弥撒曲，近一百首经文歌。

4 奥奇根是弗拉芒乐派的创始人。他和德普雷都曾在法国和弗拉芒一带活动，作者正是来自那个地区。

博物馆本身也是无尽的宝藏，我在里面徜徉了数个小时，感受着这城市和国家的历史。双头鹰，古老的纹章属于消失的贵族阶层，一场古老战争中的信件，源自1467年的默林根的市政厅纪念室，长枪和告示牌（禁止结婚的命令就曾张贴在这些牌子上），女修道院院长的拖鞋，茨威利的《圣经》，马勒赛[1]文学圈内的骑士和诗人。我信步走过数个世纪，就像是一位千年老人，在回忆中沉思。这是我本人的回忆吗？不，当然不是，可博物馆若不能带来一段集体的回忆，让你能融入其中，则要博物馆何用？

五个世纪已经过去，可魏德曼的金链子依然光彩夺目，就像他刚刚被逼着丢下时一样，密闭的、有猿猴一般拱嘴的头盔[2]后面，藏着你看不见的面孔，凯瑟琳·冯·齐默的房间我已经来过多次，或者是在梦中来过，可我当然还记得1627年时这座城市的模样。

1　马勒赛，即14世纪上半叶的时候苏黎世的邦主鲁迪格尔·马勒赛，曾写过诗集。

2　中世纪骑士的头盔，有些有拱嘴，形似猿猴嘴或鸟喙。

在目不暇接中，如何取舍呢？你根本无须取舍，一眼看到的展品，无论那代表欢乐或怪异，今后都会在你的许多梦中随风潜入。“加莱里乌斯皇帝下令，割掉圣罗曼努斯的舌头”[1]——1420年的一幅雕版画描述了这一幕。皇帝踮起修长、尖细的脚，似乎这一幕和他毫无关系。他一只手指着身边一块告示牌，里面有一个穿着金色束腰外衣的士兵，挥舞着利刃，刚刚跪下来，好凑近受害人。圣人的长袍上处处褶皱，半坐着，扭过身子对着士兵——这样更容易割舌。他比士兵高大得多，刮得很干净的脑袋对着行刑人高扬着，拼命吐出舌头。奥奇根空灵的音乐突然之间飘得很远，不想卷入片刻之后就要爆发出的一声血腥的呐喊。

《最后的晚餐》也挂在同一间屋里，时间比那一幅晚了一百年。只有活人才能判定时间的远近，至少在论及

1 圣罗曼努斯，即恺撒利亚的圣罗曼努斯，在加莱里乌斯作为恺撒的统治下，教会面对极大的困难，教堂被毁，《圣经》被焚，殉道人数与刑罚的残酷程度，都超过以往。基督徒在罗马城郊的洞窟中寻找避难所，以至地下通道成了迷阵，熬过了这时期的迫害。圣罗曼努斯被带到皇帝面前，拔出舌头，饱经折磨最后被绞死。

过去时是如此。林登霍夫，雷诺修道院，1510年。画面上使徒们各自的位置有些杂乱无章，我依次数来，看看是否真的是十二个人。（这真荒唐，就像是在自动售货机旁清数找你的钱——而结果总是不会错的。）餐桌上的饭菜角度倾斜，对着我们，这就像是丹尼尔·斯波利[1]的作品。画中人露出古怪而多须的面孔。桌上有金色的面包，餐盘里还有一只动物，身首异处，一只前爪露出盘缘，似乎那动物还在熟睡。先知竟然是坐在画面的右边，切着面包。旁边的人几乎是轻柔地伸出右手去取那动物的排条肉，左手则高举着一块十字花面包。我依然知道这样的画面意味着什么，最后的晚餐、十字架、圣母和圣婴、天使报喜，都远离其本来的意味，从修道院和教堂中移走，装饰在市井之中。艺术，已经不再需要顶礼膜拜，其意义如今不过是为那些依然懂得艺术的人欣赏，不过几个世纪的时间，也许就会变成维纳斯、阿波罗和赫尔墨斯一般，既空明而又黯淡，虽然精美，却没有了任何共鸣。

1 丹尼尔·斯波利（1930—　），瑞士新写实主义艺术家，其最出名的装置艺术是将吃剩的饭菜杯碗固定在饭桌上，然后垂直悬挂，以此表现消费艺术。

他不过是苏黎世一旅者。在克罗嫩哈勒餐厅吃了顿饭，就禁不住想起乔伊斯和尤里西斯，人家带着他参观了中央图书馆，包括深藏于地下的地下室，给他看了他出生那一天（1933年7月31日）的《新苏黎世报》——女人可以拥有少量的财产，并且还会不断增长……罗斯福的新政，澳大利亚的经济局势，德国在调查其共产党组织，哥伦比亚首次通了电话——他不禁想，自己已经活过了这么多岁月，可是当图书管理员收好他桌前的维萨利乌斯[1]和帕拉赛苏斯[2]时，这时光又是何等短暂。他在苹果小屋喝了热红酒，那里博克林[3]和凯勒[4]的话语声依然回响；他还去听了上瓦莱省游吟乐团在歌剧院举办的音乐会，让自己沉醉其中，出场时还飘然欲仙；他去看了疯狂的奥地利奇珍展（神奇的照相机），在美术馆欣赏了鲍姆加顿的摄影作品如何简约而优雅——突然之间，

1 维萨利乌斯（1514—1564），解剖学家，解剖学的创始人。
2 帕拉赛苏斯（1493—1541），文艺复兴时代的百科学者。
3 博克林（1827—1901），瑞士象征主义画家。
4 凯勒（1819—1890），瑞士作家。

他觉得看够了，看够了画作、怪兽、人群、有纹章的大衣、书籍，听过了太多的声音、圣歌，现在该是享受安宁和静谧的时间了，那么，哪里有比白雪之中、动物身边、林泉之下、墓穴之畔更安静的地方呢？

我在《苏黎世树之故事》这本书中读到过，苏黎世有三棵巨树。看来并不难，走去便可。只需坐一段电车，走一截路，再乘登山缆车就能把我带到Acer campestre[1]，对于这棵大枫树，我也是慕名已久。只要将其树皮泡在醋里，就能防止被蛇咬和伤口感染。要是我发酵其树叶，就能在饥荒中不被饿死。农夫们称其为马斯豪德（Massholder），这来自古老的高地德语词：马萨塔（Mazzalta），意为营养，又因为这棵树永远也不会生长在树林中，又被命名为旁观者（Beilaufer），这个名字我觉得实在有趣。

现在就是要找到这棵树。我走上一条陡峭的、白雪皑皑的道路，突然间发现，城市已经莫名其妙地落在身

1 枫树的拉丁语学名。

后，眼前只有这条寂静的路。一个人推着辆堆满粪肥的手推车从我面前穿过，母牛哞哞地叫，我走过一片果园，里面是年轻的果树，裹着防寒布，还听到大雾深处，有救护车的尖啸声。我想到要找的那棵树，也被叫作声音之树（Klangbaum），因为其木料可用来做小提琴。可树在哪儿呢？我走过优美宁静的犹太公墓，知道快要走到了，死者安眠在精美的、白雪覆盖的墓石之下，不肯说出树的所在，而活着的路人，也从没有人听说过这树。一条小溪水流汩汩，自从华兹华斯时代就未曾改变（那时，还没有人听过或是见过这条小溪呢!），可即便是流水也不告诉我那大树究竟在何方秘境。

若是没有树叶，你又怎么知道那是棵枫树呢？我的书上说，枫树上有如同多瑞安式[1]大理石柱上一般的凹槽，可是积雪的树林和古老的大理石刻的确相去甚远，所有的树木似乎都在嘲笑我，可是最终，看啊，我终于

1　多瑞安式是一种古朴庄重的柱式，为多瑞安人所创，盛行于前6世纪到前5世纪。柱身较为粗短，中部略微向外鼓出，柱的下端直接置于石台上，不另加基座；整个柱形朴素、稳重、坚固，刻有垂直槽纹。

站在那棵大树下，只可能是这棵，因为只有它没有笑。我伸出手去抚摸其古老的、千沟万壑的树皮，就听见积雪深处，蛇儿敬畏地滑移走开。我站在那里，就像是个彻头彻尾的村野汉子，凝视着上空静谧而光秃秃的树枝千枝万杈，交错无边。所谓将景色看进了心里，这话甚得我心，如果我这个拿着笔记本的人，在这里站了太久，也会被大树收入心里的，我还不到它的脚高。突然一阵风起，将几点雪花洒落在我身上，树枝刺耳地呼啸，似乎想说什么，可是不管它说了什么，我也听不懂。

这棵枫树的大哥，夏栎，就更难找了。我乘了一段小巴士，一次巴士，又坐了登山缆车，才到了"阿尔比思古特之下"的阿尔曼德这片积雪的平原，也许就是这里了，但人们已经堕落了，他们的祖先曾认为神就住在这森林里，如今人们却不知道树在哪里。即便如此，这棵庞大的橡树也足有二十米高，树枝伸展约六米宽，哥特弗莱德·凯勒曾在水彩画里描绘过它，小鼓手们在其树荫里练鼓，可即便如此，无论是那个慢跑的药膏广告人，还是那个牵着狗的太太，或者是那两个就原罪一事大发宏论的老绅士，都不知道那棵老神灵究竟在哪里。

我花了几个小时才找到，当时我骇然不能自已。嵯峨宽广的树枝不知不觉地在黄铜色的夜空中勾勒出一派卡斯珀·大卫·弗雷德里克[1]的画作；这里当然曾是神的居所，而且也不是友善的神灵，而是冰冷的，有着严冬之心、巨木之体的神。老橡树低吟着，轻轻摇摆于大地之上，轻蔑地听着高速公路传来的模糊噪声。

第二天去看望动物和死者之旅，就没有如此辛苦了。我不知道这是不是因为阳光和茫茫雾霾之故，动物园旁边的墓地让人觉得有些愉悦，似乎地下的死者正在低吟浅唱。我跟随着标记前行，标记上指明了詹姆斯·乔伊斯的墓，结果发现诗人过得很惬意，他随意地坐在椅子上，没有穿大衣，似乎毫不知道头顶就是积雪深厚的云杉。他手里拿着书，正打算再吸一支烟，各种语言在他的脑海中翻腾，他的妻子留在家中，家里人都在下面喝茶。即便是一大早，已经有人来造访过了，刚下的雪上

1　卡斯珀·大卫·弗雷德里克（1774—1840），19世纪德国浪漫主义风景画家，被认为是当时最出色的德国画家，他的画作常表现自然的博大和深远。

留下不同的脚印，每一个脚印都是一本读完的书，汇入五米之外的其他脚印混不可辨，那也是一本书，那是卡内蒂的精神王国。风、语言、风，思想家长眠在素朴的木质十字架下面[1]，他尚未得到安宁，也许和我一样，依然能听到远处动物园里的狼嚎。

动物园和墓地一样荒凉。在这个冬日走访动物园的人都有些与众不同，动物很清楚这一点。最后，我和动物能长久地凝望彼此。我与老迈的狮子讨论关节炎，与骆驼大谈何为抑郁，与老鹰谈“过去的好时光”，与雪枭谈我们的记性如何越来越坏，还有一头将干树枝抛得四处都是、自得其乐的大象，我与它聊流亡生涯的苦与乐。我们都能听到狼那尖厉、难忍、可怕的嚎叫。这叫声让人如此真切地想到“西伯利亚之冬”，甚至都能想象出在苔原冻土上雪橇比赛的场面，能听到雪橇手的鞭声呼啸。这些狼真是优美的生灵。它们深知自己所扮演的角色，向天高昂着头，高歌令人难忘的咏叹调，第三只狼低着

1　卡内蒂当时刚刚过世，他墓上的木质天主教十字架为暂时性的，后来为墓石所取代，墓石上有其本人签名。——原译注

头，吟咏着低沉的、无调的断音对位之歌[1]。

正因为这里我的同类如此稀少，我才能意识到我们自己也正是属于这里。铁笼的正面和反面都是用同样的材料所塑造。世界上必有一家动物园，敢于对我们的起源做一锤定音之展现吧？一只铁笼，里面是智人，各种类的智人，那样我们或许会对自己多些了解，问题不过是其他动物是否允许我们这样做。

最后一天。一周以来，湖水一直吸引着我，我急于去探访，河的那一边是否的确空无一物，于是我乘船去开琴伯格。湖水如花纹大理石一般光滑，码头边的缆柱倒垂下透明的冰刃，与我同行的游客只有一对快要冻僵的日本夫妇，可他们并不和我一同去康拉德·斐迪南·迈耶[2]的故居。

门敞开着，屋里没人，也许作家去散步了。我在他

---

1 对位指把两个或几个有关但独立的旋律合成一个单一的和声结构，而每个旋律又保持它自己的线条或横向的旋律特点。

2 康拉德·斐迪南·迈耶（1825—1898），瑞士诗人和小说家，精通德法两种语言。

的书房前犹豫了一会，才走了进去。这里有些不对劲，书桌太整齐。书架上的书也太安静（它们想被你抽出来读，那轻柔的恳求声只有作家才能听见）。书桌上放着一卷高乃依的作品，是他挑出来的吗？我瞥了一眼什么人写的日记："1847年3月5日。什么也没有做。"这话听起来多熟悉！还有查尔斯五世[1]的书信集，奥地利的安妮[2]的回忆录，帕斯卡尔的《沉思录》。墙上有一张大师的像，日期是1887年，一个低矮壮实的老派角色，戴着帽子，遮住了眼睛。片刻之间，他似乎就要张口说话，说给这个不请自来，在他的屋子里徜徉，好奇的、他身后的同行听，"你还是去读我的书吧，"他似乎要这么说，"如果你在寻找我，我就在我的书里。"

半小时后，我在托马斯·曼安息的小教堂后院，也得到了同样的感悟。"**尚未安息**"，巨大的玄武岩块上

1 查尔斯五世（1500—1558），神圣罗马帝国皇帝，是当时财富最多、势力最大的欧洲帝王。

2 奥地利的安妮（1601—1666），法国国王路易十三的王后，路易十四的母亲。她是17世纪欧洲最著名的女性之一。

无情地写着。这里也有脚印。有读者来找这些逝去的作家。也许正是积雪让这一切如此肃穆，可是作家们坚定地躺在地下，安眠在自己的名字中，托马斯·曼、盖尔达·曼。只有他们依然笔直地站着；艾莉卡、莫妮卡和迈克尔躺在石块的根部，只有嵌在地面的小铭牌，躺在显赫父母的阴影中。有人以手拂去了积雪，露出了他们的名字，好像在说："我们也在这里，我们也在这里。"

事到如今，我在苏黎世的日子要告终了，我将自己的新珍宝装进箱子，其中有明信片，上面是夏加尔设计的窗户，还有中央图书馆的目录，茨威利沉思的剪影，还戴着荷兰式软帽，以蓝色为背景。还有一万名惨遭折磨的骑士[1]，中世纪的绘画，是该城的守护圣徒殉难的场景，那时候苏黎世还是小地方，环绕城市的群山如此苍翠；雕刻、碎片、书籍、回忆、诗歌、故事，这些都将

1 一万名惨遭折磨的骑士指底比斯军团，因为拒绝服从罗马皇帝之命，而在苏黎世被屠杀。罗马军团多为步兵战士，但中世纪的宗教绘画将其描绘为骑士。

陪伴我飞在空中，从一座古城到另一座古城，我的家就在那里。

2002年

马里[1]的月光

这是1968年11月19日的夜。“苏麦拉将军号”[2]，一艘改装过的西德游艇，沿着宁静、漆黑的尼日尔河[3]行驶。在雨季里，这船就成了客轮，在首都巴马科[4]和莫普提[5]、廷巴克图、库里克洛和高尔之间往返，一次旅程要数周之

1 马里共和国是西非的一个内陆国家。80%的居民信奉伊斯兰教，18%的居民信奉传统拜物教，历史上曾是加纳帝国、马里帝国和桑海帝国的中心地区。1895年沦为法国殖民地。1958年5月成为“法兰西共同体”内的“自治共和国”。1959年4月与塞内加尔结成马里联邦。1960年9月22日独立。1968年11月，穆萨·特拉奥雷政变上台。1991年3月爆发社会动乱，阿马杜·图马尼·杜尔发动政变，建立军人过渡政权。1992年1月，公民投票通过了新宪法。

2 原文为法文。

3 尼日尔河是西非主要河流，全长4 200公里，是仅次于尼罗河和刚果河的非洲第三长河。

4 巴马科是马里首都和第一大城市。位于国境西南部，跨尼日尔河两岸，地势平坦，天气炎热。

5 莫普提是马里中部城市，坐落在尼日尔河及其支流巴尼尔河汇合处的三座小岛上，号称撒哈拉深处的威尼斯。

久。尽管已经是深夜，可所有的乘客都醒着，或是倚在栏杆上，或是坐在舱室的小舷窗前听半导体，或者说是倾听半导体中播放的一片沉寂。生活在世界的其他角落继续，在欧洲，总统们正在床上翻身大睡，印刷机正在印刷第一批的晨报，而在马里，正在发生一场缓慢的、宁静的革命，这个国家在哪里，大多数人都不知道；这是个炎热、干燥、赤贫的非洲共和国，面积比法国和德国加起来还大，大部分国土是沙漠。“苏麦拉将军号”上那一言不发的乘客，非比寻常，库里克洛距离首都六十公里，在那里的码头周围不安等待的人群，也不是一般的迎接人。这是莫迪博·凯塔[1]任期的最后一天，他知道，他在岸上的追随者们知道，等在码头上的士兵知道，还有那十四名舍生忘死搏一把的军官[2]，他们也知道。片刻之间，夜幕就会散去，展现出整个世界，只有在热带地区才如此迅捷。而这个世界是这样的：干热，无论对人或是对野兽，都严酷无情；一片棕黄，就像河水的颜色；如同一条土色的蛇，

1 莫迪博·凯塔，马里共和国首任总统。

2 即发动政变的十四名青年军官。

倦怠地在光秃秃的荒原上展开身体。破晓以前，半导体突然发出声音，船上的人听见了，码头边的人，这个国家里所有的人，都被惊醒了。有人在弹奏弦乐——这段旋律人人熟悉——然后传来一个声音，也是尽人皆知，这是盲人歌手班奏曼的声音，他的歌已经被禁数年之久，因为他曾歌唱，总有一天，强权将会倒地而死。马里人传诵着他手中乐器的传奇，那乐器能飞翔，当班奏曼睡去时，还会自己演奏。这个信号是何意义，每个人都心知肚明。

这是一个时代的结束，正如几内亚一样，马里也走着自己的道路。马里人不想和法国社区及有法国背景的中非法郎有任何关系，因此就被自己的传统生意伙伴所疏远了。马里人投票选择走一条热烈的、空想的社会主义道路，因此就被其邻国所疏远。莫迪博·凯塔，是非洲独立运动最可敬的创始人之一，也是难以置信的塞内加尔—马里—几内亚联盟的主席，这个联盟1962年因为营养不良而垮台，此人曾经不过是一名默默无闻的教师，他走过了一条平步青云的道路，从囚徒到法国国民议会的副主席，还曾一度担任过法国的部长，直至登上这个世界最贫穷国家之一的顶端，如今终于穷途末路。码头上的仪仗队向其致以元首应有的礼节，人群欢呼，总统还礼，走向自己的座车。他向国旗致敬，和人们握手。这辆黑色的加长汽车，飘扬着红黄绿三色旗，向前开了十公里，就被一辆苏制坦克拦住了去路。矮小的中尉穿着民兵制服，走近总统身边，抓住他的胳膊，护着他进入一辆卡车。同一天下午，穆萨·特拉奥雷中尉[1]向马里的三万台收音机宣布，政权已经被推翻。马里，一个独立不足十年的国家，有四百万人民，四千五百辆私家车，人均年收入为七十九法郎，共有七个牙医、一百零八个医生和四千六百四十台电话机，负债一千二百亿马里法郎——其中有三百二十亿是欠俄国的，二百六十亿欠法国，二百三十亿欠中国，七十亿欠埃及，六十亿欠加纳。一马里法郎相当于一法国生丁。该国已经沦落至破产的边缘，商贸往来都停止了，市场的店铺里空空如

1 马里前总统穆萨·特拉奥雷于1968年领导军事政变推翻了莫迪博·凯塔的统治，在1968—1979年出任马里的国家元首，完全推翻了莫迪博·凯塔的经济路线，奉行专制和极权统治，1990年被抗议和政变推翻，两次以独裁和贪污等罪名被判处死刑，2002年蒙赦出狱，告别政治。

也。鉴于莫迪博·凯塔所领导的政党，国家一天比一天左倾，可是又受制于原材料的缺乏和死气沉沉的官僚风气，所有的外资和技术支持都一蹶不振，沦为可悲的循环：先是死气沉沉，再大举外债，进而采取更加不得人心的新政策，莫迪博·凯塔于1967年决定，无论党内其他势力如何反对，也要再一次将经济扭转，以面向法国为主。可即便这个政策规定将货币贬值50%，也无力回天。盲目的教条、欺骗，城乡人民都怨声载道（没有小米，没有茶，没有汽油、水泥和钱），在此影响之下，该国经济进一步沉沦。到如今，议会已经解散多日，反对党领袖遭到谋杀，其中疑点甚多。其军队有三千人。有苏制武器、苏制坦克和苏联教官。其军官在法国训练并编制，可笑的是，所受的培训是法军在阿尔及利亚和印度支那战场上得到的教训[1]。高级军官是尽忠的楷模，只不过效忠的是自己的位置，而不是总统大人。而比他们年轻一辈的人，才是真正的危机所在，可是凯塔不能不

1　法国在二战后，曾先后在越南和阿尔及利亚试图镇压当地的独立运动，均遭受失败。

依靠这支训练有素的军队，因为他和图阿雷格人[1]时时有冲突。图阿雷格人凶悍、独立、好战，遍布该国从东到西，是本族撒哈拉沙漠领地的主人，他们对国内的黑人颇为轻蔑，也看不起无形的国界，他们的眼中没有国界，所以经常不得不把他们迁回自己的地盘。可恰恰是这支军队将推翻总统的权威，年轻的中尉们做得很成功。他们出身卑微，在广阔的国土各地长期服役于不同的兵营，他们慢慢了解了民众巨大的不满和消极的仇恨，饥饿的肚皮和空洞的口号之间的反差又是多么强烈。他们玩了一场缓慢的扑克牌游戏，一边是革命可能的后果（比如一旦革命失败，就会有人丧生），一边则是难抑的民族主义激情。他们并不反对社会主义，只是后来才变成那样，他们所想做的就是将祖国从党派小集团的掌握中救出来，

1 图阿雷格族是一支主要分布于非洲撒哈拉沙漠周边地带的游牧民族，是散布在非洲北部广大地区的柏柏尔部族中的一支。过去图阿雷格人曾一度宰治撒哈拉沙漠南北的奢侈品与奴隶贸易，利用五条纵贯沙漠的贸易路线连接撒哈拉沙漠以南的大城市，并掠夺黑人为奴。在法国开始对北非与西非地区开始殖民之前，图阿雷格人曾奴役过许多西非民族，法国殖民者深入非洲时他们进行了英勇的抵抗。图阿雷格男人一般佩戴深蓝色面纱，因此被称为“沙漠中的蓝人”。

而这个集团已经无法管理国家了。从这一天开始，足足有两年，莫迪博·凯塔被关押在撒哈拉沙漠中某地。而马里将由发动政变的中尉们来掌管。其中一人后来身故，还余下十三个人，所以马里是世界上唯一一个由十三名中尉统治的国家。

达喀尔[1]并不遥远，可要是你运气不好，飞机客满了，又在巴黎、波尔多和拉斯·帕尔马斯[2]停留，等你抵达的时候，就肯定不会精神饱满，我只能戴着三法郎买的耳机，飞在一万米的高空，听着荷兰作曲家彼得·夏特作曲的一段打击乐。我还记得，在一年中其他的季节，达喀尔机场炎热多雾，可此时居然有清凉的海风吹拂。进口大厅里人潮乱涌，非洲的机场会让人们像梵蒂冈的神父们一般宁静——因为你生气也毫无用处，到最后你无论如何还是挤了出来，可见大家还都是与人为善的。

1 达喀尔是塞内加尔的首都，位于佛得角半岛，面朝大西洋海岸，是西非经济中心和交通枢纽。

2 拉斯·帕尔马斯，法属加那利群岛上的一个岛屿。

你刚从飞机上下来，头还在晕，就站在一间高墙四立的黄色房间里，四面都是人，热情地要给你换钱，给你提箱子，给你找住处，最后是一个更严肃的哨兵，他仔细检查护照，还问你问题。最后，非洲的大门终于敞开，我沿着海岸乘车前往旅馆，旅馆距离达喀尔十五公里。这旅馆在非洲本地很有名，就像达喀尔所有的旅馆一样，这家总是客满。如今也不例外。可我一个多月以前就预约过了啊？哦，没有。哦，有的，你看，这里就是我填的表格。啊，是啊，还有表，哈哈！可我的预约本里找不到你！非常优美而颀长的黑手乱翻着书页，就是找不着我的名字。他给什么人打电话，说话，还大声咆哮。门外，棕榈树沙沙作响，树后就是大海，我很想上床休息。过了一个小时，我终于有了房间，那是个货真价实的茅屋，距离大海只有二十米，海浪的轰鸣如同喷气式战斗机起飞。酒店的职员，穿着大得出奇的白色七分灯笼裤和白色拖鞋，领着我沿着漆黑的小路大步向前走。空气潮湿而有咸味，角落里有蛙声孤鸣，一切闻起来滞重而辛辣，我这才感觉自己到了非洲。天空中有那么多星辰，甚至渔火也融入星空；乾坤日夜浮。片刻之间，我感到天地尽在心中，冥冥之中上接笼盖四野的苍天，不过还冒出些老掉牙的想法，例如："上午我还在阿姆斯特丹，如今却在……如此云云。"然后我睡着了，20世纪超市探险家斯坦利，住在有淋浴的茅屋里。

第二天一早，这里现出一派古老的风情。洒水器让草坪上水珠晶莹，好让白人能光脚走上去，一个美丽的黑女人走过，腰上缠着一个坏脾气的白人婴儿，一个奇高的家伙在驯狗，一眼就看出，那也是白人的狗，一切都是老样子。后来我把这场面说给一个人听，此人看世界时更重视统计数字，而不是情感，他耸耸肩说："你以为会如何？每家宾馆都有雇员，在西班牙雇员是白人，在非洲就是黑人。"

那天上午，在非洲黑人基础研究所（IFAN）[1]，我想找到一个教授，他能给我些建议，可他不在。"也许下午会来。"人家告诉我。

---

1 非洲黑人基础研究所（IFAN）是设在法属西非的一个组织，主旨是研究非洲文化等。

城里拥挤而匆忙。优美的晨光中，充满了高喊声和高音汽笛声，这个市场摆满了鱼和颜料，突然之间，我就有了一个新的朋友。他向我走来，眉飞色舞，穿着整洁的欧式衣服，大喊着："啊哈！伯纳德！"他猛摇我的手，拍我的肩膀，怎么都不相信我不是伯纳德。你不是吗？可你不是住在恩戈（N'Gor）宾馆吗？是啊，当然了。那么，你昨天肯定和什么人说过话了。没有啊。可他已经拽着我的胳膊，推我走过市场。是啊，他是个学生。当然了，桑戈尔[1]是个大好人，可是蓬皮杜来的时候，学生们还是会罢课。总统太讨好法国人了。与此同时，他还恶狠狠地赶走了那些各式各样对我兜售东西的

1 桑戈尔，即列奥波德·桑戈尔（1906—2001），塞内加尔第一任总统，著名社会活动家，"非洲社会主义"倡导者和代表人物之一。1935年毕业于巴黎大学文学院，成为第一个在法国学校任高级教师的非洲人。二战期间，在法国参加反法西斯抵抗运动。1945年加入法国社会党。1945年、1946年两次当选为法国制宪议会议员。1946—1958年，任法国议会塞内加尔议员。1956年回国后，1960年当选为塞内加尔共和国第一任总统。他提出了"非洲社会主义"的论点，主张非洲应当走民族的、人道主义的、具有传统社会主义的中间道路。在执政期间，主张建设在阶级合作和国家合作基础上的"塞内加尔式的社会主义"。1980年退休，后成为法兰西学院第一位黑人院士。

孩子们。他指给我看一种仿古的乐器，这是一种加麦兰琴[1]，有一组窄木板，各自能发出不同的响声。他告诉我就是这琴启发了欧洲人，从而发明了钢琴。他始终热情地称我为伯纳德，他欢快如舞步的步法，还有热情的眼神，正适合这阳光灿烂的风景——直到我们来到一家咖啡厅前，他觉得我该喝点咖啡了，并认为到目前为止，我们的游览值得上一法郎五十生丁。我以老殖民地派头的荷兰商人斤斤计较的精神，将价格一举压到了两个马里法郎，他就此和我分道扬镳，还愤愤不平，去寻找下一个伯纳德了。

我随意走了一会，买了新近去世的诗人戴维·迪奥普（1927—1960）的作品，他是最著名的西非法语诗人，诗歌反映了对殖民者的仇恨和对非洲独立的希望，1960年死于飞机失事。他的诗歌："倾听一百人的怒吼，当他们挣脱枷锁／倾听我的鲜血，历经多年放逐／鲜血会干涸，语言会掩埋／寻找烈火，雾海中绽放的烈火／倾听古老地狱中，同志的嘱托／从非洲到美洲，倾听黑

1　加麦兰琴是印度尼西亚传统乐器，是一系列复合乐器的总称。

人的怒喝/它说黎明就要到来/兄弟之情，人民的梦想不落。”

还有列奥波德·桑戈尔的一些诗：“图腾/我将把其深埋在我心里/先辈有着风暴的皮肤，穿透着雷鸣和烈烈闪电/我的动物卫士，我要把他藏起，才不会撞破愤怒的围墙/他是我真正的兄弟，兄弟忠诚以待/保护我祖露的自尊/不受其他幸运民族的嘲讽。”

半小时后，我就坐在另一类的图腾中了；捷登自行车图腾，拉斐尔奎宁酒图腾，潘诺酒图腾，穿着比基尼的白人图腾，龙虾和牡蛎图腾，济济一堂于高柱支撑的露台，高踞大洋之上。远方，一座优美的小丘上，是诗人总统的宫殿在熠熠闪光，阳光无情地直射而下，黑色的身体躺在海滩上。我掰开虾壳，在《太阳报》上读到，一个年轻人从四楼的阳台跳下，落到拉明·古埃耶[1]大道上，锁擒式摔跤世界冠军保罗·麦克将在邓巴·迪奥普体育馆[2]比赛，还有要求几内亚大使立刻离开达喀尔。

---

1 拉明·古埃耶（1891—1968），列奥波德·桑戈尔的战友，也曾担任过法国议会塞内加尔议员。

2 邓巴·迪奥普（1927—1967），桑戈尔政府的体育部长。

还在户外的人，动作愈加缓慢。那天下午，我又去了IFAN，找到了我要找的那家伙。突然之间，我首次闯入这个充满怀疑的怪圈，而在马里，这将会是我的家常便饭。

要给你建议？消息？可谁派你来的？直到他搞明白，我读过他在《非洲文献》[1]上发表的一篇文章，而且查班·德马[2]的一位秘书也向我提过他，我们才一同去路边靠海的咖啡馆喝咖啡。我后来从笔记本中看到自己当时的记录，曾有一个银发堆得很高、招摇过市的女人从我的桌边走过，棕色的秃鹰在海滩上空滑翔，与荷兰的海鸥如出一辙，在两块黑色的岩石上，还挂着紫红香艳的布料。可我真正记得的，是我们谈到末了，走到他的车边时，他转身对我说“要小心”[3]，上车之后，又透过车窗说了句“还有，不要提起我的名字”。“可我会在荷兰写

---

1 《非洲文献》，一本泛非主义的文化、政治和文学杂志，1947年由诗人迪奥普创建于巴黎，对于泛非洲运动和法属非洲的解放有深远影响。该杂志至今仍在巴黎出版。

2 查班·德马（1915—2000），法国戴高乐主义政治家，时任蓬皮杜政府的总理。

3 原文为法文。

东西，那么远的地方，谁会去读呢?”“没错，可就是这样也不行。”他给了我一列名单——包括大臣、中尉和作家——可他还预言说，谁也不会愿意开口谈的。“我的国家还在过渡时期。人人互相提防，人人都认识彼此。在我们这样的国家里，只有少数精英，我们都是一家人。”他告诉我说，非洲知识分子的地位远比欧洲的显著。“非洲人民由于自己没有受过教育，所以对文化人特别敬仰和信任。”他是个穆斯林，“就像你可能是个天主教徒一样”。可他告诉我，尽管马里人皈依伊斯兰教已经几个世纪之久，可是在深层里，拜物教依然很有影响力[1]。“你千万不要忘记，拜物教和伊斯兰教不同，拜物教无罪恶的观念。对我们来说，这就够奇怪了。”尽管他景仰塞内加尔的总统列奥波德·桑戈尔，却认为他是“黑皮白

---

1 1076年，北非的穆拉比特人征服加纳帝国并占领其首都，统治者接受伊斯兰教，开始了伊斯兰教的传播。13世纪起，马里帝国取代加纳帝国，王族成员及社会上层归信了伊斯兰教，使伊斯兰教的传播更加广泛。1324年，马里帝国国王曼萨·穆萨曾带领大批人马和黄金去麦加朝觐。

心”。他还对同胞沃洛关[1]所著的《天生暴力》[2]嗤之以鼻，这是一部生猛的个人传奇之作，场景就设在马里，在全世界都有译本，他却认为这是一本“欧洲的书”。“里面的色情描绘都是谎话。那是欧洲的情色。只要谈到非洲男人，似乎女人就不存在，你们欧洲人对情色的想法不过如此，不是吗？”

我又在茅屋里过了天人合一的一夜，然后就去机场了，那里一切都乱了套。在非洲航空的台前，角斗士们加入了战场。每个人都想最先通关，所以花的时间反而长得多。这里是一个真正的巫婆大焖锅，人们推推挤挤，富有的塞内加尔人让搬运工来为他们推挤，起飞的时间就要到了，而这个老迈、面孔苍白的荷兰人还是一步也动不了。他有些惊慌。可想到一个星期只有一架飞机飞往巴马科，那就没什么好说的了，勒紧腰带，拼命去挤。过了半个小时，我终于挤出了热汗淋漓、挤挤挨挨、大

1　沃洛关，马里人，后前往法国求学和工作。

2　《天生暴力》出版于1968年，书分两章，第一部分讲述了殖民地之前的马里地区，贵族如何和贩奴者合作；第二部分则讲述主人公如何前往欧洲学习政治。本书中涉及许多暴力和巫术的描写，表达了对黑人政权互相残杀的极端反感。出版之后引起了许多争议。

呼小叫的人群，身体也没挤掉零件，飞机票还在自己手上。有一个美国黑人大胖子走过来说：“能不能请你向这个家伙解释下，我可不想让他来弄我的箱子？他想要钱，我可是他妈的一分他们的货币都没了。”那个搬运工，因为想绕过我而累得满头大汗，他站在那里，活像一个乞讨的人，穿着褐色的布布长袍[1]，不时含糊地喃喃着“美元，美元”，这可不是发起“黑人文化复兴运动”[2]的那些诗人所梦想的情景。事实是，许多非洲人对美国黑人很是厌恶，这实际是因为他们对彼此的看法扭曲。任何美国人，无论是不是黑人，只要有钱环游非洲，一离开大城市，就不得不忍受在他们看来难以想象的所谓贫苦。而其中的美国黑人，一面有寻根溯源的梦想，一面是毫不掩饰的中产阶级的优越感，看不起自己这个种族里所谓“原始”的人，因此非洲人觉得他们不可一世。他们和白人一同游览，又不说法语，一旦本地黑人让他们稍

1 布布长袍是非洲马里、塞内加尔等国人穿的宽长袍。

2 “黑人文化复兴运动”，一场文化和思想运动，20世纪30年代在巴黎由几个来自法国非洲殖民地的黑人诗人和知识分子发起，其中包括塞内加尔后来的总统桑戈尔。该运动主张黑人的团结和黑人艺术的复兴。

等片刻，他们就难以忍受，如果等得太久，就会发脾气，这是典型的美国做派。我一边胡思乱想，一边坐在这艘卡拉威船[1]的最后一排，系好安全带，还在想这架飞机的飞行员究竟是白人还是黑人。这又是怎么回事呢？是飞行恐惧症，还是不自觉的种族主义恐惧呢？不过飞行员的确是个黑人，几个小时飞翔在荒芜一片、砾石遍地的大地上之后，我们终于到了巴马科。这里绝对不同于别处。首先是很热，大地干燥，四处扬尘，机场寂静得可怕，只有一架飞机在跑道上。你回头一眼就能看到，那个你刚乘坐过的机器，那个史前巨怪，羽翼下还有几个人影。大部分乘客是要继续飞往瓦加杜古，那是上沃尔塔的首都。

有一个矮小结实、留着卢蒙巴[2]式山羊胡的人现在和我形影不离了。这是一门艺术。不是每个人都能做得

1　卡拉威船是15世纪葡萄牙航海者使用的一种小型和灵巧的船，主要用于探索西非的大西洋海岸。作者在这里使用本词为比喻。

2　卢蒙巴（1925—1961），扎伊尔民族英雄，刚果独立之父，也是刚果民主共和国首任总理，后被反独立的白人军队所杀害。

到。只是在南美、西班牙、摩洛哥和整个非洲才有。[1]有个人和你形影相随，黏着你，他看起来暴躁得可畏，一言不发，却成了你的好友，我本以为会有人严厉地质问我为何而来，毕竟这是一个极权主义统治的国家。可是穆萨·特拉奥雷中尉的官方肖像却更近于忧郁而不是严厉。整个填表和健康检查的例行程序洋溢着一派温柔、顺从的气氛。十分钟之后，我们坐上一辆老旧的灰绿色标致车。昨天，我也在所谓的非洲国家里，可那里的气氛诱人，轻松愉快。这里才是真正的非洲。巨大、辛辣、宏伟、空阔无边——烈日炙烤，茫茫沙漠，既散发着极其伟大的力量，又讲述着无比的忧伤。我沉吟着，若要形容这里的景致，不妨说是月球的表面，只不过有人的踪迹。这非同一般的美景一如既往地嵌入我心，永难忘却。

1 后文提到领袖的形象无所不在的情况，只有在拉美、非洲、摩洛哥和西班牙才有。拉美和非洲各小国的领袖经常是强人政治，领袖肖像广泛出现于大街小巷。作者写作本文的时间为1971年，当时西班牙的独裁者为佛朗哥，摩洛哥的领袖是哈桑二世。

在旅馆里，司机递给我他的名片，名叫亚努撒·萨格，司机，运输员，沃洛夫博果，196大街137号，巴马科，马里共和国。我是躲不开他的，在这里步行实在太辛苦。他今天下午三点再来。宾馆漂亮得出奇。这是一栋古老而黯淡的殖民地时期建筑，门外大街上都是极高大的树。进口处似乎也是宾馆的中庭，三教九流，往来穿梭。侍者穿着绿色的长灯笼裤，走来走去，挂着暧昧的微笑，大堂前台穿着非洲传统服饰的女人同样艳光四射。舒适的椅子上仰靠着几个人，像是在二流电影中常见的场面，一架国际航班深陷于沙漠深处，一群人就此阴差阳错地凑在一起。各种人都有，包括表情暧昧、黑手党似的人物，是来做面具生意的。也有海外志愿服务（VSO）的志愿者[1]，刚从丛林里下来，到城里消磨一天；还有狂笑不止的饶舌的黑人，他们刚刚把许多新做好的面具埋进土里，还加了点盐酸，以备明年出口[2]。还有一个芬兰贸易代表团的人，三个耄耋之年的澳大利亚老太

1 海外志愿服务是世界上最大的志愿者服务组织和国际发展慈善机构。

2 马里的面具，尤其是多贡人的黑木面具，很有特色，经常出口。

太，一个穿着卡其布上衣、卷着袖子的中尉，他表情严肃，是新贵阶层的一员。美丽的世界[1]！我的房间天花板很高，很灰暗。墙上是一张德国海报，鼓吹“精英的责任（Adel Verpflichtet）”，天花板上垂下一只偌大的电扇，外墙上马马虎虎开了个大洞，装着台空调。空调开机时一声巨响，震耳欲聋，而且噪声极大，我只好关上。床上铺着硬如石板的稻草床垫，除此之外，只有回忆起早已逝去的殖民者所度过的那些闷热的夜晚。

我买了张地图，好不容易躲过亚努撒锐利的眼睛走了出去，去的地方我觉得是个市场。路上要越过达喀尔出来的铁路，铁路在巴马科有一站，我走过麻风病研究院，走过一个浑身苍白、被人抬出来在路边的飞尘中等着咽气的人。开始热起来了。世界就此展现，无法以别的方式来形容：在这个市场上，我扑倒在时光之网中，徜徉在不同经济、不同风俗的世界里。我从自己的世界里直落而下，也没有落入他们的世界，而是个彻底的外人，实打实的异乡客。我首先想到，这里让人想起《旧

1 原文为法文。

约》的时代，无论《旧约》的时代究竟是什么样。我可能只是想说，这里很“古老”，有远古的风尚，本该早已消亡，在这里却依然存在。从来没有别的地方、别的国家曾给我如此强烈的这种感觉，在那里，总有时代的出口，总有当代的痕迹。可这里没有。成千上万的人，绵延数公里之长，快乐地四下乱转，各个种族，各种服装，每个人都全神贯注地忙自己的事。一群裹着穆斯林头巾、长袍褴褛的男人鞭打着绵羊，长老，背上驮着孩子的女人，鱼干，小米，甘蔗，奇形怪状的石头，泥土一般颜色的调味料，果实，心，药草。我真的觉得头昏目眩，但是停不下脚步，在集市中越走越远。这里没有人像在达喀尔一样，缠着要我买没用的东西，要不是有几次有人冲着我笑，我还会以为我已经隐形了。我现在懂得了这句法语谚语“游方客”，滚滚人流淹没了我，我沉没于马里的生活，在我自己的国度，这样的生活几个世纪之前就已经消失得无影无踪。我身在此地，就已经充满了怀旧之情。我从没有见过如此多优美的人们：女人的脚步如同巴厘岛的舞者，没有人穿着西式服装，无穷色彩的交织、闪烁、发光。我在一个摊子边喝了一杯鹳牌啤酒（和天气合拍的啤酒），这才想到我该去买一顶帽子。可能买到的，只有一顶沉重的越南草帽，尖顶，戴上去就活脱脱是舞剧里东方佬的模样，讽刺漫画中很常见。打扮成这个古怪的模样，我这个006特工又逛回了大酒店，照例每天吃奎宁片防疟疾。

之后的日子，变化多端，又充满狂热。像是不同的剧本，全都搅在了一起。第一幕是一个记者，想要的太多，他想理清无数民族和其各自历史的一团乱麻，他在巴黎买了许多书，是关于与欧洲的中世纪同时，在马里建立起各个伟大而神秘的帝国。可是这些帝国几乎没有留下任何实在的遗迹，只有许多口口相传的风俗。他虽然找来大量自命为权威的资料，却没有可见的历史实迹，让他困坐书堆而不可解。在二十三个不同的种族里，最重要的是班巴拉人、颇耳人、塞努福人、图阿雷格人、莫伦人、萨拉科累人、桑海人及马林克人，他们又分成不同的种姓。他们通过彼此的名字就知道对方的祖先谱系，即便在如今，也能说出对方究竟是来自武士家族还是贵族、歌手、工匠、自由奴隶或是商人。这些细微之处，粗心的游客常不能发现。或者干脆不知道，或者就总是心烦意乱地想到：这个社会的深层核心，总是在你面前躲得无影无踪，这两种，我不知道究竟哪样更为糟糕。

这也是年轻的非洲知识分子们经常争论、最让人困扰的问题之一。一方面，他们为自己的历史，为其变化多姿、内部的斗争及古老的传统而自豪，希望将其完整保存下来，并以此来对抗他们不得不学习的英国历史，英国的历史对他们太不切实际，顶多和他们本民族历史一样满纸都是贪婪，是为了利益而进行的部族冲突，之所以要掌握英国历史，因为欧洲依然多少有发号施令之威。可在另一方面，只要他们的社会依然如此，恰恰是这个历史沉淀，必须清除：如果要在一片被古老的仇根和创伤所蹂躏的大地上建立一个国家，怎么能让其腾飞呢？正如马里共和国的政府文件所说："为了统一我国的习俗和惯例，建立民主社会，对社会结构进行现代化革新，最近政府发布命令，宣告我国境内不同种族和种姓间一律平等。"可这并不简单。与亚努撒一同走在街道边、市场上，他能准确无误地指出谁来自哪里，其家族是新起的，或者有更为古老的过去。与当地一位作家一同翻看电话簿时，种姓和种族于他也是一目了然。没错，这看起来就是奇谈逸事，仿佛是古老的故事，无关紧要。可是当我们看到他本人的姓时，他指出这个姓（迪波特）的意思是“游吟诗人”，这就足以对所有人说明他的社会地位了，所有的“游吟诗人”都必须要互相保护，到死方休，当然这个规矩如今已经不再适用，可是无论如何，依然如此云云。《恩图》的社论说得更直白（恩图是班图语，意思是人类或人道）：我们想不再以欧洲人的方式，把非洲人分类为尼格罗人、班图人、尼罗河人、闪米特人，这些分类毫无意义，因为不是基于对非洲哲学的深刻分析基础上的。其帝国主义的分类法，对我们毫无意义，重要的是，我们对于生活、文化和传统有什么共识……

与此同时，非洲和欧洲的探宝人正在宁静中继续探索。一旦你知道在莱顿[1]的非洲研究院里，关于各类历史

1 莱顿是荷兰西部城市，在海牙东北十六公里。

的、民族学和社会学的研究课题是多么浩如烟海，都会被震骇。对我而言，当我意识到每个课题要花费多少年时，更是惊讶得无以复加，仰慕得五体投地。每个分课题往往都对研究的对象做极精细的分类，然后就需要没完没了的耐心的田野调查，而调查的环境往往极其原始，吹尽黄沙始见金，由此深入非洲这片各类语言、哲学和传统的无价宝藏。随意拿起两本在海牙的莫顿出版社[1]印刷的《非洲研究杂志》，看看其中所涉及的课题吧："北加纳塔伦西人[2]心理和社会的变迁；8世纪末到9世纪北非塔赫特国[3]及其与西苏丹的关系；东部班图人中对于魔鬼概念的一致性和二元性；莫西人[4]政治体系的封建特点；喀麦隆民族和语言调查的报告；塞内加尔移民的精神病理学研究。"换句话说，你可以花钱如流水，读得头昏眼花，可对我这样一个门外汉，一切都归于一点：我在这里，四处游走，看在眼里，就像是在儿时，第一次

1 莫顿出版社是欧洲一家著名科学读物出版社。
2 塔伦西人，加纳北部民族，语言属尼日—刚果语系的古尔语族。
3 塔赫特国是阿尔及利亚的伊巴底王国，首都是塔赫特。
4 莫西人，苏丹中西部一部族。

走过鲁兹莱赫特湖[1]刚结冰的湖面，脚下就是一个神秘莫测的世界，无所不有，植物、动物、秘密，无法名状，却强大有力。

第二幕场景就要滑稽得多了。在马里，你要是想拍照，得有许可。要是你还想拍许多，够得上专业水准，那就要更多的许可。与我一同来的那个摄影师却两手空空，而没有证明就贸然去拍照是很危险的，因为一旦被发现，一般来说你就会被捕，根据消息人士说，要把人从监狱里弄出来可是要大费周章的。我们听了各种绝妙的建议，然后大胆地闯入了官僚体系的旋转木马。可这不管用。我们日复一日地撞上一堵高墙：彬彬有礼的官僚主义，让人抓狂的各种规定，在各种热如蒸笼的等待室里如坠迷宫。先后有许多举止优雅的绅士们，坐在办公桌后面向我们解释，这些规章都是继承自前政权，那时候所有的自由都被剥夺得几乎一干二净。可是前政权在两年前就已经灭亡了啊？啊，没错，可是这些规章依然有效。每个人都赞同这是荒唐的，与政府颁布的各种

1　鲁兹莱赫特湖是阿姆斯特丹一著名湖泊。

鼓励旅游业的声明是完全背道而驰的。我们去找了高层官员，与一个说德语、穿西装的矮个子一同抽“顿希尔”[1]雪茄，与一个说法语、穿刺绣精美的布布长袍的高个子一同抽“寿百年”[2]卷烟，顺便交了很多朋友，可是就是得不到一纸许可。在大酒店那个灰扑扑的酒吧里喝了一杯威士忌，消磨了几个小时之后，他们向我解释道：没有人愿意为别人开许可证，每个人都小心翼翼，他们都得留一手——“这种官僚体系就是诅咒，正因为这个体制，才什么也做不了，什么也没完成。”——然后他们就给我说了许多的故事：一个意大利记者写了些不好听的实话，西非共同市场的记者也不太喜欢说好话。我都不记得这个问题最终是如何解决的，就是某一天，有个什么人从国外什么地方回来，写上了他珍贵的签名，于是，第三幕至少可以开张了，那是属于亚努撒的一幕。他认为，获得许可的这一通忙乱，都是自找麻烦。他说，要是我们让他来弄这事，那事情早就解决了。他也提不

1 “顿希尔”是古巴知名雪茄品牌。

2 “寿百年”是英国历史最悠久的卷烟品牌。

起热情带我们去看一个路很远的自然保护区。他经常带“图巴布”[1]（也就是白人）去那里，白人们在那消磨一整天，等着大象经过，要是没有大象，他们就很恼火。他问我们为啥不去动物园看呢？于是我们就去了动物园，动物园在市区和总统住的小山之间。在路上，那些硕果仅存的旧殖民地时代建筑之外，是色彩鲜亮的广告牌，宣传着前往布达佩斯、东柏林和莫斯科的航班，这是对总统的一个小小的提醒。因为总统每天都经过这条路，他坐在一辆开得飞快的豪华汽车里，旁边还有例行的摩托警卫队，表情严肃。因为这个城市很小，我已经好几次看见过他，一个高大健壮的人，眼神很是忧郁。动物园里的参观者只有我们，还有三个图阿雷格人，有一些疏于照顾的铁笼，关着寥寥可数的动物。亚努撒不太喜欢图阿雷格人，这些人也确实体魄高大；身材很高，瘦削，头巾下面的面孔疲惫而专横。他们来城里卖加工过的皮制品，买武器，今天下午特地休息来喂动物。“该死的种族主义者，”亚努撒说，“他们都坏得透顶，而且枪

1 图巴布，西非广泛使用此词形容白人，意为“白色”。

从不打偏。”我们继续向前进，像背包一样肩荷着酷暑，走过了河马“马里”，走过红猴“苏拉乌拉”，还有斑点鬣狗“斯鲁古”及野猫“巴可隆古鲁”。这些动物似乎都很悲伤——虽然在故乡，却依然被关在笼中，它们坐在笼子里堆起的干硬的草地上，靠着生锈的铁栏，悲伤中又有一丝兽性。我想知道那些树的名字，就指着树问。“那是法国树。”亚努撒说。那么那一棵呢？“那也是法国树。”很显然，我们都不是合格的自然爱好者。

是该开车回城的时间了，去他家旁边的那个小清真寺，大约七点开始礼拜祈祷。他将车停在前门，我们就在那里看见一辆小巧的标致面包车每几分钟就开来一次，越来越多的老人们从车上下来。这车是一家电影院老板的，那是个虔诚的人，自愿每天来接送老人。有些老人走进寺内，有些则留在外面，坐在沙土中；他们裹着褴褛的衣服，彼此慢悠悠地挥手打招呼，然后一个高瘦的人，穿着湖蓝色的有帽长袍走出来，马上开始吟诵。天空已经变成烟灰色，诵经声不知疲倦地穿破夜空，老人们颤悠悠如螃蟹一般横着走过沙地，向清真寺走去，通过进口，我可以看见他们跪倒在地，祈祷着。我想我们是不是正挡在别人礼拜的方向上，可亚努撒说："真正的穆斯林，即便有蛇爬过来，盘在他面前，也不会在祈祷的时候抬头看一眼的。"说得真好。"那为什么有这么多人在寺外的沙堆中祈祷呢？""因为他们没有穿合适的礼拜服。"

我们开车离去，他突然开口说："在莫斯科，赫鲁晓夫告诉我们的一些学生娃，天堂是不存在的。"我问他如何看出这点，可他不过耸耸肩，含糊地评论道："我们黑人就是好骗。"我问他如何看待中国人，这些地区有不少中国人。作为回答，他带着我们开到中国大使馆紧锁的大门前；大门十分艳丽，似乎是戏剧中用的道具门。这里一个人影也没有。"他们干活很卖力。他们在莫普提六个星期就盖了一座宾馆。六个星期完工后，一天晚上就都走得无影无踪。他们总是和自己人在一起，我们尊重他们。他们为我们做了很多事。神父也做了很多。可俄国人就不是这样。俄国人剥削我们，他们看不起我们。"

"那其他国家的人呢？""其他的？不错，游客，商人。以前，在莫迪博当总统的时候，情况很糟。没有生意，没有游客，没有工作。”他笔直的非洲式手指直指着我的前额，又说：“没有工作，没有钱。”没有钱，就没有女人。或者说没有钱，就不能结婚。一起睡觉没问题，但是你没法说服女人离开她家，你也不能搬去和她住在一起，你得反过来先贴她一笔嫁妆。我问他，结婚了吗？没有，他离婚了。老婆走的时候，他还得再付笔钱。现在他和自己父母住在一起。他没钱再娶老婆了。“哦，我可以找个乡下姑娘，可你知道那是咋回事，你把姑娘带进了城，你教会她怎么做个体面人，然后就来了个大个子的帅小伙，他们就双双私奔了。”我从他的声音里听出来，很可能这就是他的遭遇。他现在孤身一人吗？不，他倒是有个女朋友。要是她怀孕了可咋办？是不是让她吃避孕药啊？避孕药？不，那不是我们吃的东西。为什么不呢？反正就不是。那不是给我们吃的，话就说到这儿了。他想带我去看看尼日尔河上的日落，就开车出了城，来到一座大桥上停车，我们一同踩着沙石走到河岸边。一轮宏伟的落日沉入空阔的原野，河流低浅而宁静，我们走上一只底朝天的船底壳上坐下，身边是嘎嘎叫着的几内亚水禽。不远处，渔夫在补网，还有三个女人——夕阳衬托出她们如埃塞俄比亚舞蹈家一般优美的剪影——她们在暗下去的河水中洗澡，有个男孩在艇上奔忙，小声说着马林克语。一个人松松地披着袍子，跪下来，背对着最后的残阳，在芦苇丛边祈祷，一群黑色的鸟儿飞过，融入原野之中，而原野又落为茫茫暮色。

我们回到城里，一切都浸透了甜美和滞重的安宁。在清真寺周围那个砂石遍地的广场上，人们蹲坐在火堆和火把边，裹着斗篷在吃饭。我问这些人是谁，亚努撒说："他们没有吃饭的家。"那里坐了一大圈人，大部分是年轻人，有音乐声，还有轻柔的歌声，他们吃的是大块的烤肉，或者是橘红色的米饭。"他们是从林里来的，进城来做活。"那他们晚上睡哪呢？"随便睡哪。"在车站那边也是一样。人们在大厅里，站台上，或坐或卧。一个老黑人蹲坐着如厕，脸朝着墙。火车就到这里为止，再不会向非洲腹地前进一步，这就是铁路线的终点站，今天没有车来，也许再也不会有车来了。钟已经坏了，指着的时间肯定是错的。我买了一包立波泰烟，就回到了旅馆。

旅馆的餐厅简直是荒废已久，为何要在这里吃糟糕的东西？我吃着凯普特内，也就是肥大的河鱼，突然间宁静的愁情袭上心头，忧愁而不哀伤。天花板是灰色的，描绘着夜中的茅草屋，夜色灰暗得很不自然，似乎霓虹灯的月亮照耀着这片惨白的大地。窗帘曾是黄色，橘色的桌布也褪了色，肮脏的墙面上垂挂着古怪的、落满灰尘的面具，每张餐桌边都有个多余的冷水器，两盏大吊灯上几乎也没有亮着的灯泡了，即便偶有亮着的，也是忽明忽暗，椅子是绿色的，我身边还亮着一盏灯，橘红得煞人，照亮了墙面。我听见屏风后面有个人边大嚼边说话："大使馆里拿的是美国钱。"狂野的夜色向前奔去。

过了几个小时，我如约去见一个年轻的作家。首先迎接我的是恶狠狠的猛犬，过了好一会狗才安静下来。他在电话里已经再三说明，他不谈国事，绝对不谈。我到的时候，他还不在。他的白人妻子严厉地批评了依然居住在这里的法国人。"他们还在翻十五年前的老账呢。"我们喝着威士忌，坐在向晚的阳台上，晚风渐凉，四周草木摇动，沙沙作响。我告诉她，我在巴黎买了好几本她丈夫的书，包括他抄录的马里传统故事集，可无法了解其中深意。作家一个小时后才回来，他是一个高大的人，身体总是微微摇摆，表情欲言又止。我想要什么？要是关于政治的，他什么也不会说，除了官方的新闻发言人外，要是我能找到任何人愿意谈政治，那肯定就是那些肆无忌惮的人，所以其说法也就“没有意义”。

后来我才从他口中打探出，他最近被一个重要的政府部门解雇了，第二天早晨我听说有许多任务的领导人也在当晚被捕了。他想给我解释下这里如迷宫般错综复杂的种姓和奴隶，还有其各自的仪式和规矩。当然如今已经没有奴隶了，可是你只要一听某人的名字，就知道他究竟起源于四类奴隶中的哪一类。正如他的名字，迪阿贝特，你就知道他是个尼亚马卡拉——而不是奴墨（铁匠）或是罗伯（木工），而是一个迪阿勒——游吟诗人、歌手、士人、作家。他们的上面就是贵族，而贵族又分成三个主要的种姓。总而言之，是整整一套符号和意义体系，让英国的阶级制相形逊色，比《哥达年鉴》，或者领带俱乐部的目录更精妙复杂。他对祖国的语言传统深深热爱，在业余时间就远足走入丛林，记录古老的民间故事——作为一个迪阿勒，他就有资格找到所有其他迪阿勒种姓的人，而其中有许多老人依然记得这些歌谣，有些歌谣可以上溯至12—13世纪。他播放了一盘磁带。弦乐器独奏着一个单调却充满变音的旋律，然后响起一个老人的声音，歌唱的是传奇帝王桑·迦塔[1]统治的时代。我们静静地听着，可是这有多么不同啊！我听到的不过是音乐，除此之外，我和顽石并无区别，就像是阿尔班·伯格[2]的歌剧演出上的巴布亚人[3]，蒙昧得无可救药，所有的词语，所有的意义，全都不解其意，然后是又一段音乐，而我还是呆坐在天井里，听见的只有音符。他缓缓地开始翻译："*A di benye labo a kala do*——他探囊取箭 / *K'a la birilan basilan lu kima*——他披挂众神之衣 / *K'a n'i lo wéré da la*——他步入丛林 / *K'a dun were kono ware nofè*——他向着猛狮而前 / *K'a bun bényé la wara ba*——一

1 桑·迦塔（1217—1255），马里帝国的建立者，马林克族人。桑·迦塔重视贸易，尊崇宗教，积累了巨额财富，后被加以曼萨的尊号。

2 阿尔班·伯格（1885—1935），奥地利作曲家。

3 巴布亚人是南太平洋上的原始民族。

箭已经落空……”他说着，向我解释，还为我写下来，我懂得越多，也就更加明了我有多么不了解马里，最后我们终于停了下来，只是在沙沙响的夜色中，听着吟唱。再过两代到三代人，这个声音代表的所有意义就会被忘却，就会真正成为古董，成为联合国教科文组织赞助的博物馆展台上一个封存的秘密，这是非洲人的回忆，回忆其光辉的岁月，伟大的英雄和历史，直到麦克卢汉[1]的地球村获得最后一切，将曾经“属于人民”的一切变成对祖先一无所知的后代们手中烧钱的把戏。我们感伤地互相道别，我按惯例在黑暗的大街上漫步，感觉自己在往城里走。城中心也不过是比别处多了几条街道，热带的杜威村[2]，几栋破旧失修的政府大楼，古怪的旅馆，大道边有大使馆，跻身于日渐颓弃的殖民地建筑中，还有一所高校，门口停着辆卡车，上面挤满了荷枪实弹的士兵。我叫了辆出租车，问司机哪里能看到跳舞。是啊，

1 麦克卢汉，即马歇尔·麦克卢汉（1911—1980），被誉为信息社会、电子世界的“圣人”“先驱”“先知”。他是20世纪名副其实的传播学大师，是最富有原创性的传播学理论家。“地球村”概念即由他提出。

2 杜威村，伦敦郊区一个景色优美的居民区，多有17、18世纪的建筑。

想考国家芭蕾舞团的孩子们正在大清真寺后面练习。我穿过大门，走进庭院时听见了鼓声。观看舞蹈的只有两个男孩子。黑暗的大楼里，半空中垂下长长的电线，亮着一盏孤灯。昏暗中我看见了跳舞的人。我不知道自己坐了多久，藏身于夜色中，谁也看不见我。节奏越来越奔放，跳舞的人，有男孩，也有女孩，光脚踏着地面，似乎想把地球踢到一边；我还记得，舞者如同气喘吁吁的猛兽，散发着无穷的兽的力量，似乎他们都拧成了一个愤怒、跺脚、流汗的身体，每一刻都变得更加狂怒，舒展而又蜷缩，忽而化作两条互相绞杀的大蛇，忽而又绞为黑暗、阴沉、无法穿透的一团，这不是抽象的芭蕾舞姿，而是纯粹的舞动，只有舞蹈，此外空无一物，每一刻都在有力迅速地扯开身体，见所未见。这就像是有人在你脸上狠狠打了一记耳光，而同时，这又是——上天啊，该如何形容呢？追思往昔时光的高贵之舞。这是人与生俱来，但是早已遗忘的能力吗？还是身体总该有这样的机会，来表达自己，毫无保留，也没有沮丧？看了一个小时，我自己走了出去。我这个人，知道怎么做洋葱酱，知道在伦敦哪里的鱼最好吃，更喜欢罗斯特罗波维奇[1]而不是斯塔克[2]演奏巴赫的大提琴曲，认为维斯迪季克[3]早期的小说比晚期的更好，去过威尼斯两次，喜欢《NRC》更甚于《口号报》[4]，现在却突然觉得自己是一个可怜的仆人，侍奉着富足的主人。我所受的惩罚，就是在乏味的客房里度过长夜，整晚梦见舞蹈，这并不令人愉快。市场、动物园、士兵、舞者，都涌入我的梦里，我醒过来，满心疑惑，走到阳台上眺望，轻柔起伏的罗望子[5]果树下，街道死一般寂静，驶过的敞篷卡车里满是士兵。

第二天早晨伯纳德·德·阿拉斯来见我，我总算清醒了些。他是UTA的主管，一个高大而贵族气的法国人，在非洲待了二十年，从没有想过离开。我问他，从殖民者到普通的白人市民，这个转变是否困难，可他在大步跋涉中早已接受这一切变化。他说，你一定得适

1 罗斯特罗波维奇（1927—1997），俄罗斯大提琴家。
2 斯塔克（1924—2013），匈牙利大提琴演奏家。
3 西蒙·维斯迪季克（1898—1971），荷兰作家，著有三十八部小说和超过二十卷诗歌。——原译注
4 《NRC》《口号报》均为荷兰报纸。——原译注
5 罗望子是苏木科罗晃子属常绿乔木，原产印度及热带非洲。

应，他自己则出色地证明了自己的适应能力，方法是策划出一套巧妙的方案，即便和威尼斯的权臣们比也毫不逊色，让我们绕过国内事务部门前那一小群提着斯登机关枪的卫兵。我们的目标是：菲利芬·斯索科中尉，他是CMLN，也就是国家解放军事委员会的成员，也是推翻莫迪博·凯塔，如今统治马里的那十三人中的一员。我们知道委员会在酒店开会，也搞清楚了该中尉会何时离开其部门去开会，我们盘算得如此精确，所以在一个摇摇欲坠的木头站台上，突然之间和一个目光冷酷、穿着民兵制服的大汉面面相对。我们挡住了他的去路，他因此而颇为愠怒。德·阿拉斯和他一样高大，此时临时发明了一个敬礼的姿态，半是鞠躬，半是军礼，还滔滔不绝地说“我的中尉大人”，但“我的中尉大人”冷冷地看了我们一眼，他的座车高鸣警笛而去，把我们丢给他的副官，副官和我们约好了明天来访问。我们再度面见斯索科中尉时，他的眼神依然冰冷，嗓音生硬，访问是严肃而军事化的。他来自严肃古板的阶层。他仔细读了我带来的那本荷兰杂志《大道》，那一期是关于坦桑尼亚的，我也仔细端详了他。他的办公桌上是一尊四十五厘米高的铝制弗·伊·列宁像，齐膝的壁炉架上，还放着一本金日成写的革命小册子，可能是一个紧张兮兮的访客忘在这里的。不，我不能去见总统。总统今后三个月的日程都安排满了。不过他给了我总统的所有讲话稿，所谓“所有的”，的确名副其实，甚至包括瑞典大使就职典礼上的讲话。总统讲话的基调是：尽可能地开放对外关系，但尽可能不给诺言。其行文有熟练的职业外交家风格，又有些幕后操控的意味。对于国内政策上：他所说的不过是法律和秩序，重建，一个民族，一个信仰，一个目标，个人可以自由地选择目标，但首先要重建一个市政服务体系，目前的体系被“懒惰、无序和无为”极大地削弱了，无法形成“健康而有活力的经历”的良好基础。访问到此结束。他出发去开十三人委员会的会议，我去见一名尼德兰的布拉班特[1]来的年长的教士，他在马里已经工作了五十多年。

这是一个瘦弱的小个子，留着胡志明式的胡子，此

1 布拉班特是比利时一省名。

人极其聪明，班巴拉语[1]、法语和荷兰语都很流利，讲荷兰语时还带着地道的布拉班特口音，这么多年依然乡音不改。他给了我一杯所谓荷兰咖啡，他几乎听不清我的话，不过这实际无关紧要，因为这么长岁月之后，无论我说的是什么事，与他都已经毫无瓜葛。马里就是他的生命。他告诉我巴马科之前“一无所有”，还有过去那些法国殖民地的官员，“从没有注意过，在宣判家族中某人有罪的时候，本家的富人就会找穷仆人顶罪，因为这些官员谁也不会讲本地话”。在遥远的20年代，他如何给马里人带来了莴笋和猪肉，还有他如何和魏刚[2]的官员一同携枪去猎水牛，可是一头也没打中，在这个不属于白人的异国，他度过了漫长而奇特的一生。他的侄子也是“白人神父”教团中的一员，带着一本《沙洛姆》[3]刚刚抵达，失望地把这杂志丢在桌子上。他只是说了句：“他们

1　班巴拉语是马里一种土著语言。

2　魏刚，即马克西姆·魏刚（1867—1965），法国将军。1940年7—9月任维希政府国防部长，后任该政府驻法属非洲总督。1942年11月被德国法西斯当局逮捕，囚禁在集中营，直到1945年。1965年去世。

3　《沙洛姆》是荷兰杂志，主要讨论第三世界问题与世界和平。——原译注

啥也不知道。”我还没来得及深入地问问他，就有人将他请去照料病人；他很是疲劳，白凉鞋上全是尘土。我看到这间独立的屋内，四壁都是英文和荷兰文的图书，不禁第一百次问自己同一个问题，是什么让人们来到这里，在非洲遥远的角落，在贫穷孤独的生活中苦熬。更何况在这样的国度里，他们努力究竟有何成果，也看不出来。可我的那位神父对这些问题都毫不关心。他的脚上裹着绷带，蹒跚地陪我走过酷热的庭院去门口，他在我耳边大声说：“我已经在马里住了一辈子，我也希望死在这里。我不用再回荷兰了。那里已经基本没有我认识的人了。”

这是我在巴马科度过的最后一个下午。明天我们就要去莫普提了，之后还要去廷巴克图。亚努撒载着我漫无目的地沿着火热的大道行驶，可我知道自己已经再也学不到什么了，我最后一个约见的，是一位欧洲经济共同体的代表，这是个矮小而秃顶的人，坐在一张巨大的马里地图下面。“就食物而言，本国足以自给，”他说，“当然是在一定程度上而已。有迹象说明本国还有石油和铝矿藏，俄国人还在这里开金矿，可是由于马里不幸四面都不环海，开采矿藏无利可图。欧洲发展基金所尝试进行的是扩大现有种植业的利润——例如棉花、花生、大米——扩大种植物的种类，让更多的土地变成可耕地。”他列举了几个项目：防御牛瘟，给一个屠宰场的建造提供技术支持，靠近泰莱湖附近的一个灌溉工程。他还指给我看大地图上的许多小点，那就是欧洲人和马里人一同开展项目的地点。他说项目产生的利润完全回馈给马里，没有一分钱去了欧洲。我问他中国人在干什么。“他们做了很多，”他简短地回答道，“他们在莫普提盖了一座砖厂。还教马里人如何种植茶叶。在中国人的指导下，马里军队第一次穿上了本国产的皮靴。他们还开展了规模巨大的稻米项目，中国人生活在当地人中间，不索取任何物质回报。”

后来，有人更直接地说明了情况：“马里这样的国家，就像是牌桌上的一个筹码，只不过现在没人想赌一把。这个国家对俄国人不重要，对美国也同样。全靠自己了，这就是为什么这个国家对一切可能的帮助都来者不拒。牲畜和河鱼可能是其唯一能赚钱的出口商品，无论新政府有多么高效，马里还注定是个一穷二白的国家。他们尽力了，可就是没希望。”

我回到宾馆，看到有一张德·阿拉斯送来的字条，说马里航空改变了明天的航班安排，航班会提前五个小时起飞，他在凌晨四点四十五来接我。我对亚努撒抱怨这事，他幸灾乐祸地笑了：“你看到了？这就是非洲。”

第二天一早我确实见识到了。起飞时间过了整整两个小时，飞行员和机组人员终于在候机区露头了，他们接着享用了一顿简便早餐。这天一开始就是橘红色风旗翻飞，这架安-24型[1]俄国飞机，停在跑道上，准备飞往莫普提。飞机里挤得满满当当，有四个老迈的、行尸走肉般的美国人，图阿雷格人在皮套里警觉地插着枪，女人裹着层层叠叠的衣服，还有一个矮胖的法国人，在筑路项目上干活，他告诉我说，马里航空（该公司只有三架飞机）为机组人员提供早餐，否则的话

1　安-24型飞机是苏联安东诺夫设计局研制的中、短程双发涡轮螺旋桨运输机，1958年开始设计，原型机1960年4月首次试飞，1963年9月进入航线使用，1978年停产。

他们什么也不吃，就会精神不振。为什么我感觉只在此刻，我才真正踏上旅途？起飞才一分钟，大地就已经是一片空茫，毫无变化。本该装着空调的位置，现在只有一个洞，冰冷的风猛灌进我的脖子，可是空中小姐有一张甜美的圆脸和柔美浑圆的胸脯，手工纺织的长袍长可及地。飞了几个小时，在塞戈停了片刻，我们就到了莫普提，赫曼·汉恩在那里迎接我们，他已经无数次来这里参加深入多贡人[1]领地的泰伦人[2]遗迹探险，在这赶集的日子来莫普提采购物资。那天下午我

---

1 多贡人居住在尼日尔河河湾处，以耕种和游牧为生，没有文字。多贡人认为，天狼伴星是神所创造的第一颗星，是整个宇宙的轴心。而天狼星的伴星直到1844年才被科学家证实。据多贡人说，他们的天文学知识是在古代时，由天狼星系的智慧生物到地球上来传授给他们的。他们称这种生物为“诺母”，只能生活在水中。多贡人玄学的思想体系要比绝大多数的其他非洲民族来得更为抽象，这方面包括给自然物命名，为善及恶加以拟人的说法，给多贡人性格的精神本质做出定义等。多贡人的宗教生活每六十年有一次高潮，届时要举行仪式。仪式要在天狼星出现于两座山峰之间时举行。仪式举行之前，青年男子都要度过3个月的与世隔绝的生活，在此期间用一种秘密语言交谈。

2 泰伦人是俾格米人种的一支，曾经在悬崖上开凿居所，后神秘失踪，在马里有人相信泰伦人掌握了飞天的秘密。如今泰伦人的悬崖居所，还有多贡人居住。

们开车经由班迪嘎拉前往桑加，那是多贡人领地的起点。开始的那段路还算可以，可到了后来，我们在路虎车上被颠得彼此乱撞，仿佛大家都是布娃娃。路边偶遇了寥寥可数几个人，浑身都是晒干的、红扑扑的灰尘，可他们似乎毫不介意。我们赶到营地的时候已经精疲力竭，从凌晨五点开始到现在，这可是漫长的一天。

桌子摆在满地的岩石上，石头砌的屋子，没有电灯、蚊帐，一切景致都仿佛《圣经》中的高原。一个高大的黑人，面容骄傲，近似于东方人的长相，他拥抱了汉恩，欢迎他的到来。我第一次听到了多贡传统的问候语，或者说我听到他们彼此说了一大串话，其意思我后来才明白：欢迎！欢迎！你还平安吗？是啊。你的妻子呢？她也平安。你的孩子呢？这个世界呢？动物呢？不过，说的究竟是什么可能并不那么重要，重要的是人们都无一例外的如此互相问候，无论在什么场合。似乎彼此相会是那么重要，似乎和别人交谈，倾听别人说话是那么可贵的珍宝，要用客套话小心保护。后来几天里我听了无数次这种问候，甚至恼火自己不会说。*Po? Pol Ia po? Ia po! Oe seoa? Seoa! Umana seoa? Seoa! Pégé seoa? Seoa!* 如此等等，无穷无尽，最后是一句悠长而心满意足的“啊！”。

赫曼·汉恩带领我们走过奥格尔村。1946年，正是在这个村里，猎人奥格泰麦里找到了马赛·格里阿勒[1]，这位法国人种学者自从1931年就开始在这个区域进行研究，在整整三十三天内，猎人奥格泰麦里事无巨细地为他说明了多贡的整个天地。三十三天，揭示了一种思维方式，数个世纪以来仅凭口口相传，却又如此深邃，令人震惊，用格里阿勒的话说，“所有声称非洲人的精神世界原始的观念，都被一扫而空了”。

我走过村庄：红土砌成的方方正正的小屋，奇形怪状的尖尖的稻草屋顶，就像是小精灵的尖帽。神圣的场所，牺牲石，祭坛，不许人走的空院场。我们停在霍根，或者说村社长老的住所前。他权力很大，全社区的人都要照料他，一旦被选为长老，他就永远不会离开自己的庭院。他半裸着，斜倚着一面墙，墙上是干涸的血[2]。他形容枯槁，像个黑得发蓝的木偶，只有眼睛还能活动。

---

1 马赛·格里阿勒（1898—1956），法国人种学者、前飞行员，他以对马里面具及对多贡族的研究而著名。

2 多贡人有以血泼墙祭祀和避邪的传统。

我们靠在墙后面，汉恩以传统方式向其问候。他没有回答，过了一会就走进屋里去了。我们四处站了一会，一圈孩子静静地看着我们，瞪圆了大眼睛。然后长老又出来了，他披了件松松的靛蓝色的长袍，所戴的人脸面具上，还系了一条亮红色的头巾，那是一顶弗里吉亚软帽[1]。你问我答，往来穿梭，即便我们离开时，老人家尖细的嗓音还萦绕不去。

夜晚就要来了，汉恩离开我们，返回他们在山崖边的营地，到那里还要走一个小时，泰伦遗迹探险队的其他人正在等他。我们安排了他的导游迪安库鲁第二天早上六点来找我们，带我们去悬崖游览。那天晚上，在摇曳的油光灯下，我读了关于阿玛神的故事，他仿照女人的身体创造了大地，他以蚁丘为其阴部，白蚁山为其阴蒂，完成之后，他想和这个女人同眠，然而宇宙间第一次出现了错误。白蚁山勃然而起，阳刚气十足；阴蒂其

1　弗里吉亚人是从欧洲迁入小亚细亚的民族，讲一种印欧语系的语言。弗里吉亚帽是一种尖顶软帽，后来在法国大革命时期，作为无产阶级的代表而风靡一时。

实是阴茎，神无法与其性交了。可是神是万能的，他一把扯掉白蚁山，依然占有了被去势的大地。然后生出了豺，那是神的苦难的象征。第二次交媾则获得了更好的结果，大地=那个被阉割而成的女人，阴蒂=被拔出的阴茎，水=深深钻透大地的神的种子，一对孪生子诞生了，奴墨兄弟，那是多贡人艺术中不变的主题。他们的身体，是绿色和柔软的，胳膊没有关节，上半身是人，下半身是蛇，皮肤则像水面一样闪光。他们是一对完美的双生子，有八只躯干，所以它（或者说他们）的数为八，这也是代表宇宙的数字。因为奴墨是神的种子，他们也具有神的精华，也就是：生命之力的支柱，形状和材料，活力和忍耐的源泉。这种力量就是水。两兄弟就是每一滴水，属于每一滴水，就在每一滴水中。那天深夜我入睡时，想到的是，明天我就要走进一个世界，对这个世界我只有极其模糊和零散的概念。

六点整，迪安库鲁就敲响了我的门。外面曙光依稀。十分钟后我们上路，越过岩石嶙峋的高原。天气很冷，稀疏地长着些波巴布树，也就是猴面包树，在我身后的小村中，能听到女人们捣米时发出的沉闷而规律的响声。绵羊低叫，小公鸡尖啼。迪安库鲁步伐轻快，我走在后面，一言不发。走了半小时后，除了风声，已经一片寂静。远处还有咯咯的响声，他说那肯定是猴子。营地里的人都已经起床了，一共六人——人类学家、生物学家、学生——都是来搜寻传奇的泰伦人的，泰伦人消失得无影无踪，只剩下神秘的土塔，无言的神像，还有神像身后成千上万堆积的骨骸，隐匿于这许多陡峭、高不可攀的岩石绝壁。我们爬到崖壁顶上，探险队就要在这里度过三个月的时间，在高高的峭壁上，滑轮悬着他们所谓的“软机器”，这样他们就可以升到一个高处的墓穴里去，那里堆满了数千的骨骸要被筛选和测量。还有些骨头会被送往尼德兰，这真是奇妙的学问啊。

过了一个小时，我们进入了山谷。现在是我们五人，赫曼·汉恩领头，俨然是个罗马百夫长，我们在他身后排队前进；沿着狭窄的小径，我们全天远足，世界终止于桑加，再没有车子可以前进。我们深入丛林，树木也更加苍翠，时而听见泉水淙淙之声，迪安库鲁告诉我，那就是猴子和其他野兽黎明时来饮水的地方。我看见一只黑色的蝴蝶，如同欢快翻飞的死亡天使，鸟儿小如我的小拇指，看不见的地方，有斑鸠扑扇着翅膀，甜美的啼叫声回响在岩壁上。我们走了很久，没遇见任何人，突然看见了一个穿着白袍的老人，拄着一根极其精美的手杖。我们依次从他身边走过，那传统的问候又开始了，甚至他已经转过弯道，消失之后，问候声依然不绝。这长篇大论的问候可以没完没了，我想这究竟有多少东西我还没来得及问他呢。“白云呢？”“它们很安宁！”“树木呢？”“它们很安宁！”“还有宇宙呢？”“它很安宁！”走了几个小时，我们才到了村中。村庄斜倚着陡峭的岩壁，仿佛是一片石刻，我们身边的景致，仿佛是一幅刻工精致、司空见惯的蚀刻画，橙色的岩石凸出地面，常青藤，白色的花朵，叶片细小狭长的树木，我们脚下的很远处是苍白的、灰尘弥漫的平原，渐渐没入地平线。村里的老人们将我们迎入“谈话室”，那是个低矮、敞开的屋子，屋顶是极厚的灯芯草和大捆树枝，支撑屋顶的是四根天长日久被磨得精光闪亮的木柱。

我的下方有人坐着在编垫子，还有人在纺雪白的长条布，有动物在吵闹，迪安库鲁和村里的长老们在平静地做法事，此外四周一片寂静。我们正上方，有一只鹰静静地盘旋着。汉恩指给我看，有些房子的造型如同母亲的身体。我问他天气这么干热，为何草原上远处的景致又那么模糊。他说那是因为远道而来的撒哈拉风暴卷来了红色的沙尘。这时，我才真正注意到，发亮的岩壁是如何蛮横地矗立于天地之间。其崇高的顶峰上布满了泰伦人古怪的塔楼，我疑惑，他们究竟是怎么爬上去的。

多贡人的葬窟就要矮得多，迪安库鲁说，如果有人死了，猎人们就会折断此人的弓，将一块闪光的木炭放进各自嘴里，以此表示哀悼。我觉得这才称得上是致哀呢！人死后，其遗体会用井里刚汲的水清洗，头发剪去，然后用白棉布缠好，脚上却不缠。遗体被放在“勇者之石”上，下面是树枝所编的托架。活着的人向死者道谢，说道："感谢你的小米/感谢你猎的野兽/感谢你的昨天/感谢你的善行。”然后他们将死者带往葬窟，男人们会返回死者的居所，破门而入，四处开枪，假装搏斗，女人们则大呼小叫，敲着空葫芦瓢（之所以是空的，是因为死者再不需要饮水了。），这仪式要进行数日。在此之后，达玛仪式才能开始，达玛的用意是陪伴死者依然在村中游荡的灵魂，并带领其去先祖的所在。在这段旅途中，此人的灵魂，或者说尼娅玛，等同于他生前所杀死的所有动物或人类的灵魂，因此会受到这些灵魂的复仇。一个闻所未闻的怪声——仿佛牛的咆哮——宣告了达玛仪式的开始。开始时，会在空中旋转一个周边刻有凹槽的木头或金属薄板，发出类似于哀号的声音。女人和孩子都绝对不能出席。在月光照耀下，直到黎明，“牛啸”的演奏者要走过离这个沙漠小村不远的一条古老路线。多贡人认为这个“牛啸者”是第一位死去的先祖的声音；也正是其声音让人学会了语言。在葬窟顶上还有面具之舞，有长着翅膀的面具、描绘先祖的面具、狮子面具、骑士面具；这些都能帮助死者上路，这是一个社区最后的活动：其人民生活在一起，也不会孤单地死去。

我们告别，继续前进，下午更是炎热不堪。四周的静谧似乎变得宛然可见，触手可及。一切极其寂静，只有我们的脚步声和略有些沉重的呼吸，现在我们慢慢登山。这是一个神奇的山谷，是现实中的香格里拉，现在我坐在家中，已经是离开那里许久之后了，我听着多贡族的音乐，看着照片上的人们也变成他们的面具一般抽象的形象，依然能感觉到同样的感情，欢乐和渴望交织，也许我永远也不会再回去了。即便回去，一切还会是原样吗？我们的世界，还能容忍多贡人的世界存在多久？他们的社会，若说有不够完满之处，就是他们被我们所看到了，而我们的关注，已经不止一次导致了礼崩乐坏。也许这是怀旧之情，多贡人的国度不会永远如此。我发现自己甚至什么也写不出来：若是我想描述他们的“社区”，就不得不使用最傲慢专横的新基督教的术语，那腔调简直是出自基督教民主党激进派的选举团幕僚。我们没有资格谈论社区，因为我们已经没有一个真正的社区了。同样的概念，又怎么能胡乱加到一个和我们思想观念完全不同的社会上去呢？我们独自生活，他们聚族而居，换句话说，那个坐在窗前、死去三天才被人发现的老妇人，在多贡是不可能发生的，当然了，注定会有人说，那是因为他们根本就没有寡妇。

我们返回营地时，已经入夜。最后两个小时我们疲惫不堪，几乎爬不上营地，每十五分钟就要停下来喝水，而现在，即便是印着科特迪瓦国旗的啤酒瓶个头偌大，也浇不灭我心头的干渴。

实际上，马里是众多的国度合为一体。巴马科是热带风光，班迪嘎拉的后面是遗失的天堂，还有莫普提的景色——宽广、浑黄的河流，数百只掏空的独木舟，在黯淡、宽广的河岸上，破水向前，如同是写在空白羊皮纸上的象形文字，数公里之长的集市，各种奇妙的玩意和传统服饰：颇耳人女人戴的金耳环大如脸庞，哈吉[1]们在卡车边祈祷，戴着黑帽子的农民仰坐在驴屁股上，似乎还有人在为他驾驴，大教堂一般宏大的土坯清真寺里，伊玛目[2]突然如鬼魂一样出现，抬水的人带着越南式的帽子，大块黑色的鱼，大块的盐层层结壳，闪闪发光；被苍蝇卵所污的棕黄色的肉片，半裸的姑娘在刚多拉式的小舟边洗浴。我继续溯河而前，赤陶器高高地堆成金字塔形，干热的大地上，秃鹰狠狠啄着一只吃了一半的羊

1 哈吉，伊斯兰教称谓，意为“朝觐者”。专用以尊称前往伊斯兰教圣地麦加朝觐并按教法规定履行了朝觐功课的男女穆斯林。

2 伊玛目，最早来源自穆斯林做礼拜时候的领拜人，又称为带拜人、众人礼拜的领导者。

骨架。在那之后，无比单调的黑夜降临了中国宾馆，九点之后，一切都是坚如铁石的寂静，你只有床对面的墙上刺眼的日光灯相伴，这是上帝最后的启示。

在看过这样的场面之后，又看到了廷巴克图风沙飘拂如海市蜃楼的景致。如果你飞越荒漠草原，就能见我之所见。DC–3飞机飞得足够低。天地中的色彩慢慢流失，即便河岸边也丧失了最后的绿色。我们在几小时内所飞越的路程，足够路虎奔驰上几天。

最后的一周就像是在一个巨大的沙坑中玩耍。一切都是黄沙，一切都是沙色。没有街道，只有没有海的沙滩。独立广场也仿佛是个小沙漠，而站在谢赫·西迪·贝卡耶要塞前的卫兵，机枪子弹链如同项链一般挂在颈脖上，黄沙也淹没了他的脚踝。曾经一度，整个欧洲和整个马格里布[1]一听到廷巴克图的名字，就渴望地浑

1 马格里布为阿拉伯语，意为“日落的地方、西方”，原指埃及以西的整个北非地区，后专指突尼斯、阿尔及利亚和摩洛哥三国。

身颤抖。在阿斯基亚·穆罕默德·杜尔[1]的御宇之下，这里曾有两万五千名学生求学，这曾是智慧之城，西苏丹的学者之都。可如今若有人爬上清真寺干透了的屋顶，就会看到这个城市只有些茅屋陋室。大学已去，黄金和白盐的贸易已去，石头修建的宫殿已去。在苏丹最古老的一部编年史，也就是《廷巴图克编年史》[2]中，描述了所有的梦想灰飞烟灭的那一天。那是1593年10月20日：

> 马汉莫德帕沙[3]将所有的乌勒玛[4]（有知识的书吏）召集到清真寺里，摩洛哥燧发枪兵在所有的院子和出口处站好队形。之后的事情，只有凭真主做证了。那

---

1 阿斯基亚·穆罕默德·杜尔（1442—1538），即阿斯基亚大帝，桑海帝国的伟大君主，在其统治下桑海帝国版图达到西非最大，商业和文化一片繁荣。当时北非的商人带着盐块，横穿撒哈拉沙漠，来到廷巴克图，与马里人交换黄金，贸易规模宏大。1591年，桑海帝国被入侵的摩洛哥萨迪王朝打败，阿斯基亚王朝终结。

2 《廷巴图克编年史》（*Tarikh al-Fettach*），阿拉伯文编年体史书，主要讲述桑海帝国历史，也涉及到早期的马里帝国。

3 帕沙为伊斯兰世界军事高官的头衔。

4 乌勒玛，伊斯兰教中的经院学者。

惨不忍言之事，说出恐心肝俱裂；莫过于说，这是对整个伊斯兰最沉重之一击。

有超过七十个乌勒玛被枷送摩洛哥，其中只有艾哈迈德·巴巴（Ahmed Baba）得以返回，编年史说，廷巴克图从此成为“没有灵魂的身体”。摩洛哥军人，主要是西班牙来的叛基督教者，他们知道自己在干什么——摧毁了知识精英，就等于粉碎了这座城市，桑海帝国就名存实亡。廷巴克图沦为如今这个风华尽失的小村庄，阳光不改旧时；四辆路虎车，八千村民，一座军营，还有一座营地，接待那些来凭吊往昔风光的游客。

旅途的终点，如同重返荷兰，坐在汽艇上，陪伴我们的是一位摩尔人导游，长相颇似奥尔逊·威尔斯[1]，弗伦海姆女伯爵乘独木舟渡过大河继续旅行。大河另一侧的土地多沼泽，苍翠得怪异。发光的河水上漂浮着发蓝的、神秘的荷花和睡莲，白色、褐色和灰色的苍鹭在岸

1 奥尔逊·威尔斯（1915—1985），集演员、导演、编剧、制片人等多种身份于一身的电影天才。

边的芦苇中潜行；两个桨手把桨举在半空中，小船在死寂中向前飞驰。河面越来越宽阔，我们来到一个小村，那里的茅舍是圆形凸起的，用草编成。我看见一个生平所见最娇美的女人，并发誓永远不忘记她，牧场上涌来千百只白羊，我已经不知道身在何处。撒哈拉与荷兰融为一体，我们划船返回，太阳更加巨大，似乎要将地球吞没，岸上有孩子们尖叫，“白人啊，去哪里？”是啊，一切都很安宁，我很安宁，夜晚很安宁，时光很安宁，甚至还起了薄雾，鹳飞过，似乎翻动了几层空气，一个农民带着牧群泅水渡河，我们到达港口时，天已经黑了。

第二天一早，我们六点就到了机场，可是飞机要晚点二十四小时。那实在是漫长的一天。我们开车进入沙漠，去找商队，可最终没能找到。我们来到骆驼饮水的水井，公牛们拖着漫长的锁链，把水引上地面，可是摩尔牧羊人充满了敌意，不和我们说话，女人们将面纱盖过面孔。营地里也没有了茶和咖啡，没有啤酒，没有矿泉水也没有红酒，这些本该由飞机带来，可现在都停滞在巴马科。我那个石壁的小房间里，青蛙仍然在浴室里，壁虎依然在床上，蜘蛛依然在网上忙碌。下午缓缓过去；我躺在床上，想着我的旅途，在巴黎，有个人在我出发前如此说道："非洲？那里不适合生存，现在不适合，今后也永远不会适合。我过去也很热爱那里，可我在那里已经住了二十年，毫无希望。他们整个的历史不过是流血和谋杀，而如今也丝毫没变样。"我不能认同他的绝望，或者说悲苦。如果飞机晚点二十四小时，对于欧洲和美国的乘客来说，就是天崩地裂。我们傲慢地孤立于他人，由于自我放纵而变得自私，白人游遍非洲，却一无所见。旅游者的人数日渐增多，走过奇特狂野的野兽，花钱观看面具舞，也什么都没有看到。周而复始，列维-施特劳斯说得更清楚：

> 民族学者来此研究的目的是见证一个事实：我们的生活方式不是唯一的方式，还有其他方式能让人们快乐地生活。民族学让我们暂且放低自鸣得意之心，去尊重不同的生活方式。民族学所研究的社会生活中，有我们值得倾听的真谛。那是人类和自然环境和谐相处的社会，而这样的和谐，其秘密和用意，我们

永远也无法懂得。

最后一夜，我们受邀去参加一个摩尔人的婚礼。我原来不仅仅是一个过客！在乌德勒支，有人会邀请两个碰巧路过的黑人去参加婚礼吗？无论如何，时间流逝，我的乌托邦怀乡之情也随着音乐渐渐退去。我不再思索了。身着金丝银缕的女人舞蹈着，那是同样的鸟儿一般的舞蹈，周而复始，音乐回旋着单调的旋律，过了几个小时，我们离开宴席，在营地的庭院里坐了片刻。我依然能听到那鼓声不停地敲响，敲响。月亮挂在层层天穹之上，远处肯定有一支商队在前往廷巴克图，有头驴嘶叫，狗开始吠，明天还会有人坐在这把椅子上，明天还会很热。明天一切如常。

1971年

当世界戴上小丑的帽子

“我该怎么去呢？”“如果你在破晓之际离港出发，向着灿烂的朝阳航行，沿着海岸线，很快港湾就看不见了。而那个小丘之后的高山，也不会越来越近，所以不要为其所迷惑。你要尽可能沿着海岸线前进，利用海风，这个季节，往往吹的是南风。你会抵达一个地方，那儿耸立的岩石仿佛是一群摩肩接踵的牛，然后你就去……”世界上最早的地图必然是语言所描述的地图。

然后就有了画在沙上，或是刻在岩壁上的地图。

“我听不明白。”

“我画给你看。”

当然了，实情并非如此；或者说也许如此。在潮湿的沙滩上，用树枝画出一条曲折的线，还用语言来解说这幅地图；语言描述着悬崖、星辰、礁石、抛锚地、激流；诉说着鸟儿的动作是何意思，海水颜色的变化又是否意味着近处有一条河，在港口，在船头，这些话重复了许多世纪。当人们偏离熟知的海岸线，进行可怕的冒险时，话语陪伴着他们向未知的黑洞远航，在返航时——如果还能返航的话——他们会带来语言所描述的新地图，写在他们的记忆之书里。估算的距离，险恶的狂风，星辰亘古不变的位置，安全的避风港，贪婪的漩涡；这些言语所绘的地图，口口相传，如此生动，今天的海员还能凭借其去追寻奥德修斯漫游的轨迹。

那时的世界还被经度、纬度所编织的蜘蛛网束缚，没有被轻如蛛丝的线条捆绑，哦，线条笔直，精确地向前伸展，一往无前地横穿过未知的大海。那里已经看不到海岸线，无穷的大海倒映无穷的碧空，那里才有可能挣脱这个世界，深入无人探寻过的洞天。

几年以前，我到过耶罗岛的极西之角，那也是加那利群岛的最西处，这里曾经是已知世界的进口，直到哥伦布向着茫茫未知扬帆起航，寻找亚洲。[1]为表破釜沉舟的壮烈之意，西班牙人在此竖立了一座巨大的十字架，我到那里时，如血的残阳更增其景致，十字架右臂上还落了一只乌鸦为点睛之笔。我能依稀看见远方有一叶渔舟，隐隐觉得心有所动，可能是汪洋之中的小舟一点，也许是因为哥伦布正是从这里扬帆起航，那时的世界，尚且只露出半张面孔。

一百年后，一位无名的画家和制图师给这个世界画上一张脸，戴着小丑的帽子，这张脸我们依然记得。可对于哥伦布那时而言，另外半张脸依然是空白。如果将小丑帽子的左右角上铃铛连成直线，则耶罗岛如今正好在其垂直等分线上。而在当时，该岛在哥伦布的地图上却已经是极左之地。地图上该岛旁边，很有可能还曾经放过象限仪、尺子和圆规。在没有海图的时代，人们就经常用这些工具来划定海洋。因此，在马略卡[2]的安吉利

1　耶罗岛，大西洋中加那利群岛中之一岛，又称为“子午线岛”，因为欧洲人长期认为该岛是所知世界中最西的一座。加那利群岛在大西洋上，靠近非洲西北海岸，是西班牙飞地和自由港，也是西班牙通向美洲的必经之路，哥伦布前往美洲，多次在这里补给。

2　马略卡为西班牙重要海港城市。

诺·都赛特[1]（又名都西诺）所制的1339年版波多兰航海图[2]上，未知世界依然是棕黄羊皮纸上一大片空白。地图所止之处，也是罗盘线止步之处。罗盘线冷静地、茫然不自知地落入民间故事和传说中的神秘之地。

站在天地中这片真实的土地上时，我心中有所感，看到这让人辨认不出真实世界的古老地图时，我又有所思，所感所思之间，必有相关之处。地图上，北方诸国似乎依然在莫测的云中若隐若现，似乎自从斯特拉波[3]和塔西佗[4]的残简以来，对这个地区的探索进展极少。但是人们已经能分辨出意大利和西班牙的海岸线形状。在我那份地图的复印件上，你得用放大镜才能辨认出以华丽的细纹所写下的众多海岸的名字。红海如鲜血一样红，

---

1 安吉利诺·都赛特为马略卡制图师。

2 波多兰航海图最初在14世纪的意大利、葡萄牙和西班牙制作，其对大西洋和印度洋港口的记录相当准确，被西班牙、葡萄牙和荷兰等航海国家视为国家机密。

3 斯特拉波（前64—前23），古罗马地理学家、历史学家。著有《历史学》《地理学》。

4 塔西佗（约56—120），古代罗马最伟大的历史学家，在《日耳曼尼亚志》中对北欧的日耳曼人地区做了最早的描述。

莱茵河[1]从波希米亚向西流淌，努比亚[2]有白象徜徉，要想看出真实的地形，你得不停地旋转地图。名字从上向下书写，而且彼此相关，似乎制图师想在这四方的地图上，描绘出圆形的世界。而一百五十年后热那亚人所绘的一幅地图，则将中国皇帝绘成倒立的形状，面孔更是近似于“北风”。在这幅地图上，世界是椭圆形，布满了神秘的动物、异兽和海怪、君主，还有神秘的文字说明。而且，这个和现实迥异的地图所绘的世界，被一片大洋所包围，这片大洋理应浩瀚无际，所以可以从海上向西远航抵达亚洲。四十年后，哥伦布就是如此前进，在途中发现了美洲。

博尔赫斯曾写过这样的故事，有和现实同样巨大的地图。可在那个故事中的国度，人们发现这类地图实在毫无用处，于是就将其付之“烈日和严冬的摧残”。于是地图片片残破，碎片中只有野兽和乞丐跻身，这个故事

1 莱茵河发源于瑞士，而非波希米亚。

2 努比亚，今日尼罗河上游，苏丹之土地。

看似疯狂荒诞，却隐含着一个深刻的问题：一个地区，或者这个世界的地图，能在多大程度上代表现实？从第一代伟大的绘图师所绘制的精美的老地图上，我们已经知道了这个让人清醒的答案。实际上，大陆并非他们所绘的形状，跃出海面逡巡沙漠的神秘异兽也并不存在，世界是一个神话故事，一个传说，模糊之处变得更加真实可见，所以和任何地图都不相同。

可即便如此，对真实程度的质疑也永远不会彻底消失。我的母校里，悬挂着一幅荷属东印度的地图。其上有婆罗洲的荷属地区，现在则是加里曼丹岛[1]，是暗绿色的，我至今还记得，许多年后，我飞临这片大地上空时所见的那苍翠的雨林，似乎学校里的那幅旧地图迎面扑来，越变越大，到着陆之时，地图就和我脚下的土地合二为一了。

这地图是无比正确的——毕竟这是20世纪，已经没有了意外和幻想的空间。可是人类也许总是渴求着手绘地图的时光，那时地图上有皇帝，有狮鹫和独角兽，人

---

1 加里曼丹岛也译作婆罗洲，是世界第三大岛，位于东南亚马来群岛中部。

迹未至的大海上，罗盘上开出玫瑰花，每条航向大海的船只，都会带着不同的地图回到起航的港口。在漫长的时光里，未知的神秘世界是如此广大，至于地图有多么明确，倒显得无关紧要。世界依然能戴着小丑的帽子。

2002年

我的旅馆（二）

《我的旅馆（一）》大约写成于二十年前，至今一切也没有改变。我依然构想着自己的旅馆，那只在我的脑海中的、想象中的建筑，那些我熟悉的旅馆，远方的旅馆，或在闹市，或在乡村，地处寒冷或温暖。虚幻的窗户可以眺望铺石的广场和后花园，眺望公园和沙漠。床铺飘浮着，墙壁都用造梦的材料所筑，电话只能在宾馆内互相拨打，房间是空气所建，我在每间里面都写过文章；有些是书，有些是信件、字条和故事，内容是关于我所到过的地方和见闻，还有城镇和诗篇，书籍和展览，旅行和摄影。我在《风暴眼之中》这篇文章里，书写我的旅行，约五十年前开始，我就一直在写，在读，更多是看。本质上，我认为什么也没有改变。游牧人的生活也许告诉了我，我是谁，我不是谁。今天早晨，在新世纪的第一个一月，我读了一位住在阿姆斯特丹的年轻波兰艺术家所写的文章，她正在从事一个她称为“疏离”的项目，就是今后六十天内，每天在城市里不同的旅馆过夜，以此来试验自己的疏离。这个心理实验，伊格那爵·罗耀拉[1]可能会大为赞同。

我不知道自己是否能容忍这个计划中的刻意姿态；我知道自己的一生中也是在做类似的事情，可那都是不经意之旅，跟随命运之星而漂泊。但这个计划让我心有所感，就像人海中，陌生人的一瞥也能拨动你的心弦，那一瞥，抓住你的眼神，挥之不去，你和这人分享着内心深处的感受，甚至无需语言来表达。也许我不该借用游牧人这个光荣的称号，毕竟我不是图阿雷格人，不是中世纪的朝圣者，徒步前往耶路撒冷或圣地亚哥·德·孔波斯特拉，也不是澳大利亚的土著人，徒步走过无边的澳洲腹地荒原，要是那样，要不了

1 伊格那爵·罗耀拉（1491—1556），天主教的改革者，耶稣会的创始人。罗耀拉原为西班牙军人，后因负伤读宗教书籍，从此刻苦向学，1534年创立耶稣会，确守永久的神贫、贞洁、听命圣愿。其会士应绝对服从教宗委派前往任何地区工作。

几天，我就会死于饥渴。因为我不像他们一样能发现最细微的食物和水的蛛丝马迹。这些人的目光之锐利警觉，是难以用文字形容的。在季节变化时，西班牙的牧羊人就会利用至今尚存的中世纪秘径，带着羊群远途转场；而土著人若是被自己的部落驱逐出去，孤苦无依，无法如之前那样谋生，就如同被冲出大城市的一片浮木；在几个星期的漫漫长旅之后，一支沙漠商队出现在北尼日尔和马里；还有步行四十多天后，抵达圣地亚哥·德·孔波斯特拉的大教堂时一位意大利朋友眼中的神采。他们之间的共同点就是漫长的旅途，我所说的并不仅仅是路途上的遥远，还有其他，饱含着天荒地老、告别、超然而疏远。在荷兰，你不仅能走过远路，保持距离，或者创造距离，你还能孤立自己。一般是孤立于别人，但有时也会远离稳定、安全和安居之所[1]。

与此常伴的还有困惑、焦虑和怀疑。即便老旅行者也会害怕那些他不知为何的怪声，他或她也会慢慢知道，

1　原文为拉丁文。

每一种沉默都各不相同。你所不懂的语言，可能意味着威胁或诱惑，高深莫测的表情会导致无法逾越的误解，这都是体验中自然的一部分；是啊，我们不该忘记，每个体验都包含了改变和重新认识。

那个波兰女人打算在六十天内每天住一家旅店，从我的经验看，那就意味着，起码六十次进入陌生的空间。人们善于隐藏自己的感情，甚至对自己也同样如此，可是若看过猫如何打量陌生的地方，就会知道到底情况如何。无论以什么样的方式，这个空间总要被你所征服。可以通过策略，也有仪式，也许是因为旅行者特别是独身旅行者，虽然不知不觉，但心知肚明，在不熟悉的环境中，他会顺从于最脆弱的人类活动：就是埋头睡觉。

从我在笔记本上那些荒唐的记录，我能告诉你这些安卧之处有多么诗意。文莱的安旅馆、伊希莫尔岛的提埃瑟内旅馆、萨摩亚的艾奇格雷旅馆、瓦努阿图的维拉港旅馆，那时我登高去凭吊罗伯特·刘易斯·斯蒂文森的坟墓。或者是汤加努库阿洛法的日期变更线旅馆，那是太平洋上的群岛之国，世界上虚拟的时间就在此地一分为二，当旧世纪的时间还在世界其他地方运行，这里就迎接了新千年的到来。这些名字从我发黄的书页中高歌，它们记录了我远去的漫游之旅。在所有这些房间里，夜来看望我，房间里盛放着我的梦，有些铭记，有些遗忘，同样遗忘的，还有那些柬埔寨、尼日尔或弗吉尼亚旅馆的模糊记忆，如今也变化了模样，成为我梦想中旅馆的一部分。梦想中的旅馆既寒冷又温暖，你或许是邻居的座上宾，听他哭诉，或者不是，但正如此刻一样，词句会来到你身边，你离开时，会带它们回家。

在我的小说《仪式》中，我写道："似乎所有人，哪怕是教皇，也无法忍受这漫长无情的许多岁月走到尽头（等等）。"现在漫长的千年终于快到尽头，也许正是因为如此，我怎么都无法感觉到有任何不同。一切都没有改变，直到这个灾难深重的世纪只剩下最后两周[1]，我遇见了两个人，他们都想远离这个世界的喧嚣和忙乱，他们的生活曾经是，或者说，一直是清贫的，只有顽石和困

1　本文最后写明写作的日期为1978年，可能有误。——译者注

苦，他们周围的人民，即便黑森林来的预言家[1]，其“名存而实去”（Seinsvergessenheit）的预言家至今依然无用武之地。你如何置身于世事之外呢？可以在加尔都西会[2]的修道院清修，或是置身于百万人民中，大隐隐于市，没有一定之方，旅行者也可以围绕自己修建一道高墙。这两个人，我只见过其中一位，两人都选择了一座孤岛隐居。第一位是提姆·罗宾逊，他在伊希莫尔岛上生活了很久，伊希莫尔岛是阿伦群岛中最大的岛，在爱尔兰西面的大海中；那片顽石一块的岛屿上，几乎什么也种不出来，大洋经过纽芬兰而前，积蓄全部的力量，猛撼这座小岛，似乎世界的尽头就在这里。我后来在另一个地方写到他，写到他为那岛所写的书，那就是《阿伦岛之石》。书分两卷，分别是《朝圣》《迷宫》。博尔赫斯曾写过一个故事，说有个国王，想让人画一幅地图，描

1 黑森林来的预言家，这里指海德格尔。“名存而实去”是其理论，或可译为“忘记存在”，指哲学中只关注存在的概念，却不关心存在本身的问题。

2 加尔都西会于1084年由法国人圣布鲁诺创立，以本笃会会规做蓝本，但更严格。修士各居一小室，以便独自专务苦身、默想、诵经，终身严守静默，只能在每周六聚谈一次。

绘他的王国，臣民们遵命绘图，可所有的地图都不够详细，总有些地方，或是道路、山岗、溪流没有画出，直到最后人们画出了一幅地图，与国土一模一样大小。提姆·罗宾逊是个数学家和画家，他在伊希莫尔岛就是这样做的。我不知道，还有这样的书，描绘了这个地方每一寸土地，同时又美得让人窒息；什么样的石头、植物、鸟儿、传说、传统，特别是名字，也就是高卢语的名字，在这个岛屿上，高卢语已经深深地刻入石头。我在去年的最后几周抵达该岛，似乎又是被风暴驱走的。大陆和伊希莫尔岛之间的渡船，在风暴中有时向着暗如墨汁的大海直插而下，每次当龙骨再次低头猛冲时，在狂雨激沫之间，能够瞥见该岛模糊的轮廓，涨落沉浮，云山雾罩，我知道，我所见的岛上每个形状，都会有自己的名字来描述或说明。之前一天的夜里，我和作家在一间海港般的屋里有一番长谈。他就在那里，和我选择了一条截然相反的生活道路。他一直留在一个地方，这里极其严酷，甚至要在袋子里装满石头，才能挡住门使风不撞进来；除了电石灯，没有光亮；这个岛屿上，过去甚至没地方买面包，你得自己烤面包；除非你自己也开始种土豆，否则当地人不会接纳你——而这块田地你也得自己开拓，就像辛勤的造物主一般。你要在平展的石面上一层又一层地铺上海藻，在上面要播撒一点点泥土，而这泥土是你从岩缝里生长出坚硬、矮小的植物根部辛苦刮取的。

十二年来，他是如何忍受的呢？

他学习高卢语，这样就能和当地居民交谈，而且还得等他们愿意开口。他写日记，有时他快乐沉醉，有时他彻底绝望，正是从日记中，才生长出那两卷本的书。不要忘了还有普鲁斯特和他的四千页著作，普鲁斯特本人也是一位隐士，在浮华的世纪末巴黎建造了自己的圣殿。先是普鲁斯特的英语版，然后是法语版，一页又一页，他大声读给自己的妻子听。她呢？她学习拉丁文，读维吉尔。然后是意大利文，读但丁。这是宁静中的奖赏和补偿，这种生活，告别本世纪已经很久。可开始时，他们来这里不过是为了散心。“但这次散心却成就了我的一生。”这是一个高大清瘦的人，同时有军人和僧侣的气质。

另一个人年纪更大，却也仿佛僧侣一般。我没见过他本人，只在电影中见过他，三个银幕上同时播放。

苏黎世，一个以作家之名命名房间的旅馆。这是我本世纪入住的最后一个旅馆，再合适也没有了。我被安排到卡内蒂的房间。床头悬着他的画像，屋里到处是他的著作。他没有选我为伴，我却很高兴有他作陪，我还读他如何描写父亲的暴卒，以及他如何伤心欲绝。我也在少年时就失去了父亲，那是在战争中，有一刻我觉得卡内蒂的此文是为我而写，可不是吗：文章总是为了阅读者才写的。

我来苏黎世是为了参观一个关于“神谕”的展览，可是展览关闭了，而且没有事先“喻示”！现在我没有格言警句和预兆，只能如此告别这个世纪了。我走过积雪，去了艺术馆，走进一家小影院，那里有三个银幕，同时反映着三部不同的电影。“三扇窗”描绘的是另一片海岸，另一处贫瘠、荒芜的风景，更多的岩石。一个仿佛希腊僧侣的老人，这是另一个人。他喂猫，画起一个圈，以石头松松地搭起一道墙。他在岩石嶙峋的小道上没完没了地跋涉，化作有形的永恒，就是这样。这就像是彼特拉克尚不能看到冯度峰的峰顶时走出的小路。[1]另两个银幕上是大海，灰白，一切都是灰白的、雾气朦胧的电影。我不想贸然走入，我在昏暗中看出几个人影，才决定走进去，也坐在地板上。那里有一种全心投入的气氛，不是我喜欢的。依然能感到有太多的不安——既不是风景不安，也不是人物不安，而是我心不安。那岛屿叫作帕特摩斯，圣约翰正是在这里写下了《启示录》中严苛、粗暴的语句[2]。银幕上的人物却并不写作，他作画。他画了一个圈，这让我很恼火。然后是几句话，一遍又一遍地重复，仿佛是吟诵咒语，我问自己，为什么会对那个圈如此恼火。白纸，鹅毛笔，最简单、最基本的图形，老人的手描绘着并不甚圆的圆形，似乎他第一次想出了这个图形。可我当真站起来时，却发现我还是想坐下来。我不知道是否身边所坐的其他人也如是想，可是每个人都很安静。低低地传来说话声，虽安静却引人注意，似乎不是对我们所说。“声音来之又去，只有寂静

---

1 1336年4月26日，“文艺复兴三杰”之一彼特拉克和他的兄弟及另外两个同行者爬到了冯度峰顶（1 909米）。在那时，为登山而登山是不太寻常的。因此1336年4月26日被认为“阿尔卑斯主义”的诞辰日。他本人也被称为“阿尔卑斯主义之父”。

2 帕特摩斯是希腊一岛屿，据说圣约翰在此写下了《启示录》。

不改。”我是当时听到了这话，还是事后才读到的？“寂静，只有怪声能够穿透，牢不可破，古来如此，真实的只有寂静，黑暗的寂静。虽然总有涌动，无论是一束光，或是噪声一响，但其停止时，所剩下的只有黑暗的寂静。我在黑暗中等待，在雨中，除了雨声别无声响。等待，又不在等待，无事可做，只有等待。阴影是否颤动？寂静是否扰动？不，毫无扰动，我也同样。他们在等待吗？我不知道……”

后来，这个谜题终于破解，我发现了此人是罗伯特·拉克斯，他八十五岁了，曾经在一家巡回马戏团里干活，电影由两个德国年轻人所拍摄，我依然记得当时自己满心沉静。[1]哈罗德·布鲁姆曾经写过，《塔木德经》告诫，读经书的时间，只应当在光线耀眼、字句能反射出读书人脸庞的形状时，“如果光线如此幽暗”[2]，德文如此说，可以从字面理解，也可以从抽象意义上理解。而

1 罗伯特·拉克斯（1915—2000），美国诗人，年轻时曾做过记者，后来突然开始在马戏团当变戏法的，最后隐居希腊帕特摩斯岛至死。他的诗歌极其简练，甚至只用两三个词，大有禅诗的意境。作者看此电影时，他即将过世。

2 原文为德文。

这老人何等漫不经心，何等简单地画圆，由此而起的想法和恼怒，都是因为他画圆的那份质朴，并非随手可得，并且在他漫长的一生中，在他破败的小房间里，他也许一直在干着这件事，而别人在同样的一生中，甚至写出过定义生命、空间和时间关系的作品。可是这究竟发生了什么？在那一瞬间，在苏黎世黑暗的电影放映室里，我在电影的银幕上认出了自己的面孔，我面前的屏幕上，就是尚未完成、并不完整、却很清晰的一张老人的面孔。

他一生的风暴，比我的要平静无限。我还有长路要走。有一次，大约在四十年前，在撒哈拉边缘一家肮脏陈旧的旅馆里，靠近毛里塔尼亚边境，我被某人说话时的寂静之声所唤醒。可那并不是寂静，而是恐惧，只不过借用了寂静的外形。我无法准确地形容那感受，因为，就像野兽一样，我自己就成了恐惧本身。我无所畏惧，因为没有余地可让我恐惧。我记得泥土的地面，有东西或什么人在窸窣作响，我还走到外面，走到黑暗如盘的天地下，永恒不动的群星下。那个夜晚镌刻在我的灵魂深处，我却无法解说。我后来选择了自己的道路，度过了我的一生，那是在世间写作和铭记的道路，可是为了能读到一个词，你究竟要写多少词呢？

1978年

图书在版编目（CIP）数据

流浪者旅店 /（荷）塞斯·诺特博姆著；杜冬译．
—南京：译林出版社，2021.9（2025.5 重印）
（诺特博姆作品）
ISBN 978-7-5447-8397-2

Ⅰ.①流… Ⅱ.①塞… ②杜… Ⅲ.①游记－作品集
－荷兰－现代 Ⅳ.①I563.65

中国版本图书馆 CIP 数据核字（2020）第 169503 号

著作权合同登记号 图字：10-2015-486 号

流浪者旅店 ［荷兰］塞斯·诺特博姆 / 著 杜冬 / 译

责任编辑 张 睿
装帧设计 陆智昌
校　　对 戴小娥 王 敏
责任印制 颜 亮

出版发行 译林出版社
地　　址 南京市湖南路 1 号 A 楼
邮　　箱 yilin@yilin.com
网　　址 www.yilin.com
市场热线 025-86633278
排　　版 南京展望文化发展有限公司
印　　刷 苏州市越洋印刷有限公司
开　　本 850 毫米 ×1168 毫米 1/32
印　　张 12
插　　页 4
版　　次 2021 年 9 月第 1 版
印　　次 2025 年 5 月第 2 次印刷
书　　号 ISBN 978-7-5447-8397-2
定　　价 68.00 元